KAPITAN DLA CLARISSY

PEŁEN PRZYGÓD ROMANS REGENCYJNY O ZBUNTOWANEJ DAMIE I ODWAŻNYM KAPITANIE

CATHERINE BILSON

SHENANIGANS PRESS

SPIS TREŚCI

ROZDZIAŁ PIERWSZY

Słońce chyliło się ku zachodowi nad Atenami, rzucając złotą poświatę na antyczne ruiny wznoszące się wysoko ponad tętniącym życiem miastem. Partenon wyrastał z Akropolu niczym korona, spoglądając z góry na ruchliwe ulice, które teraz pogrążały się w wieczornej rutynie. Kupcy nawoływali przechodniów, zachwalając swoje towary. Konie i wozy toczyły się po wąskich, brukowanych uliczkach, omijając bawiące się dzieci, podczas gdy barwnie ubrane kobiety targowały się o świeże produkty na straganach.

Lady Clarissa Creighton przedzierała się przez tłum, a jej żądna przygód dusza chłonęła energię tętniącego życiem miasta. Oczy błyszczały jej z ciekawości na widok bogactwa historii i kultury, które ją otaczały. Gorące słońce rozjaśniło jej brązowe włosy do bladego złota; opadały luźno na ramiona, wymknąwszy się prostej wstążce, którą jedynie je związała. Już dawno odmówiła noszenia kapelusza, woląc czuć ciepło słońca na twarzy, ku przerażeniu bardziej sztywnych przedstawicieli śmietanki towarzyskiej, którzy potępiali jej „niedamowatą" złotą opaleniznę i piegi rozsiane na nosie i kościach policzkowych.

— Zwolnij, droga! — zawołał jakiś głos, wyrywając Clarissę z zamyślenia. Odwróciwszy się, dostrzegła Helenę, owdowiałą markizę Glenkellie, i jej siostrę, contessę Ginori. Obie starsze damy były ucieleśnieniem ekscentrycznego arystokratycznego stylu, bliskie sobie jak siostry, mimo dziesięcioleci rozłąki, kiedy to Helena wyjechała do Szkocji, by wyjść za mąż. Ich śmiech, gdy się zbliżały, dzwonił niczym srebrne dzwoneczki.

— Czyż nie jest piękny? — powiedziała Helena, wskazując na Partenon. Potem posłała Clarissie szelmowski uśmiech. — Oczywiście nie tak piękny jak kawalerowie z odpowiednim majątkiem, których dla ciebie znalazłyśmy, moja droga.

— W istocie — zgodziła się contessa, a jej akcent wciąż nosił ślady włoskiego, nawet po prawie siedemdziesięciu latach życia w Anglii. — Upewniłyśmy się, że twój pobyt w Atenach będzie niezwykle ekscytujący — zarówno pod względem kulturalnym, jak i romantycznym!

Clarissa zdusiła w sobie jęk, czując, jak jej żądna przygód dusza nieco więdnie na myśl o ich wtrącaniu się. Mimo wszystko nigdy nie potrafiła się tak naprawdę zirytować ich swatającymi wysiłkami. Wzięły ją pod swoje skrzydła po spotkaniu we Włoszech w zeszłym roku i zaprosiły do Grecji — na podróż, na którą w innych okolicznościach nigdy nie mogłaby sobie pozwolić.

— Dziękuję za wasze starania — powiedziała dyplomatycznie, starając się, by w jej głosie nie było ani śladu sarkazmu. — Z niecierpliwością oczekuję na poznanie tych dżentelmenów, o których mówicie.

— I o to chodzi! — Helena z zachwytem klasnęła w dłonie.
— Nie zawiedziesz się, zapewniam cię, droga.

— W samej rzeczy. — Contessa stanowczo skinęła głową.
— Zorganizowałyśmy dziś wieczorem małe przyjęcie w naszym hotelu, gdzie ich poznasz. Wybrano oczywiście tylko najlepszych kandydatów.

Gdy trzy kobiety kontynuowały zwiedzanie Aten, Clarissa mogła jedynie chichotać pod nosem na myśl o matrymonialnych zapędach starszych sióstr. Zdążyła się już do nich przyzwyczaić, spędziwszy ostatni rok na unikaniu licznych zalotników, których próbowały jej narzucać we Włoszech. Na razie jednak z radością zanurzała się w bogactwie otaczającej ją historii i kultury, a jej żądnej przygód duszy nie zniechęcała dobrotliwa ingerencja przyjaciółek.

Wieczorne przyjęcie trwało w najlepsze, a wielka sala balowa okazałego ateńskiego hotelu tętniła barwami i ruchem. Zapach kwiatów wypełniał powietrze, mieszając się z migotliwym światłem dziesiątek świec, które rzucały na ściany tańczące cienie. Muzycy grali żywego walca, a Clarissa przyłapała się na tym, że wystukuje nogą rytm muzyki.

Helena i contessa były jednak zbyt zajęte przeszukiwaniem sali w poszukiwaniu odpowiednich kandydatów na męża, by to zauważyć. Co chwila pochylały ku sobie głowy, by szeptać z ożywieniem, kiwając w stronę tego czy innego dżentelmena.

— Oto i on! — wykrzyknęła nagle Helena, wskazując na wysokiego, młodego mężczyznę o nienagannie nawoskowanych wąsach i perfekcyjnie naoliwionych włosach. Chwyciła Clarissę za ramię, popychając ją w stronę biednego, niczego niepodejrzewającego dżentelmena. — Clarissimo, pozwól, że ci przedstawię pana Montgomery'ego. Pochodzi z nader szacownej rodziny i jest dziedzicem ogromnej posiadłości w Hampshire. — Zniżyła głos do czegoś, co prawdopodobnie uważała za szept, lecz w rzeczywistości było na tyle głośne, że słyszeli ją wszyscy w zasięgu słuchu!

— Jestem oczarowana, z pewnością — odparła Clarissa przez zaciśnięte zęby, zmuszając się do uśmiechu, gdy dygnęła przed zaskoczonym panem Montgomerym. Jego wzrok zatrzymał się na jej rozjaśnionych słońcem włosach i piegowatej twarzy, a ona niemal słyszała jego pełne dezaprobaty myśli.

— Panna Creighton — rzekł w końcu, sztywno się kłaniając. Gdy wymieniali uprzejmości, Clarissa stłumiła ziewnięcie za wachlarzem, żałując, że nie jest gdziekolwiek indziej. Może na Partenonie albo pośród licznych interesujących ruin, których jeszcze nie miała okazji zwiedzić...

— Zachwycające! Po prostu zachwycające! — oświadczyła contessa, biorąc Clarissę pod ramię i odciągając ją od pana Montgomery'ego. — A teraz pozwól, że przedstawię ci pana Abernathy'ego, dzielnego kapitana marynarki.

Zanim Clarissa zdążyła zaprotestować, stanęła twarzą w twarz z kapitanem Abernathym, który wyglądał na co najmniej dwa razy starszego od niej.

— Panna Creighton — warknął kapitan Abernathy, lekko skłaniając głowę. Tłumiąc westchnienie, Clarissa przygotowała się na kolejną nużącą rozmowę o pogodzie lub statkach.

— Clarissimo, moja droga! — szczęśliwie kilka minut później uratowała ją Helena, pojawiając się u jej boku. — Jest ktoś, kogo po prostu musisz poznać!

Kolejny? Clarissa jęknęła w duchu, choć zmusiła się do uprzejmego uśmiechu, odwracając się. Nagle jej serce podskoczyło do gardła.

Stał przed nią Edward Dalton, a na jego przystojnej twarzy malował się powolny uśmiech, który przyspieszył jej tętno. Edward! Znała go od dzieciństwa — jej ojciec zajmował się sprawami prawnymi Daltonów przez wiele lat, zanim odziedziczył tytuł hrabiego — i chociaż minęło wiele lat, odkąd widziała go po raz ostatni, jego znajoma postać była mile widzianą ulgą pośród morza nowych twarzy.

— Pan Dalton! — wykrztusiła, na chwilę zapominając o wcześniejszej irytacji swatkami. — Co za niespodzianka spotkać pana tutaj, w Atenach.

— Panna Creighton... ale nie, oczywiście teraz jest pani Lady Clarissą — rzekł ciepło, biorąc jej dłoń i unosząc ją do ust. Jego pocałunek na jej kłykciach był delikatny, lecz dotyk ten sprawił, że po plecach przeszedł ją dreszcz. — Cała przyjemność po mojej stronie. Muszę przyznać, że wyrosła pani na jeszcze piękniejszą, niż kiedy widziałem panią ostatnio.

— Pochlebca — oskarżyła go, choć jej usta wygięły się w szczerym uśmiechu po raz pierwszy tego wieczoru. Pogrążając się w swobodnej rozmowie z Edwardem, nie mogła nie zauważyć aprobujących spojrzeń wymienianych między Heleną a contessą. Wydawały się bardzo zadowolone z pozornego rezultatu swoich matrymonialnych starań.

— Czy zechciałaby pani zatańczyć, Lady Clarissimo? — zapytał Edward, z gestem wyciągając rękę. W jego oku błysnęła iskierka łobuzerstwa, a Clarissa zawahała się tylko przez ułamek sekundy, zanim położyła swoją dłoń na jego.

— Zatem dobrze, panie Dalton — powiedziała z rezerwą, ignorując dreszczyk, który ją przeszył, gdy jego ciepłe, silne palce zamknęły się wokół jej dłoni.

— Proszę mi powiedzieć, Clarissimo — rzekł cicho Edward, przyciągając ją bliżej, gdy muzyka wokół nich narastała — co panią sprowadza do Aten? Nigdy bym się nie spodziewał pani tutaj zobaczyć.

— Ani ja pana — przyznała, opuszczając wzrok na jego mocno zarysowaną szczękę. — Podróżowałam z ciotką i wujem podczas ich podróży poślubnej we Włoszech. Moja ciotka kilka miesięcy temu urodziła bliźnięta, więc postanowili zostać we Florencji, dopóki dzieci trochę nie podrosną. Jednakże Lady Glenkellie i contessa Ginori uprzejmie zaprosiły mnie, bym dołączyła do ich towarzystwa podczas tej wycieczki do Grecji.

— Doprawdy? — zabrzmiał na zaskoczonego. — Bez męskiego krewnego w roli przyzwoitki? Zawsze miała pani w sobie ducha przygody. — Lekkość jego tonu nie do końca maskowała delikatną nutę krytyki w jego słowach, a Clarissa skrzywiła się.

— Kiedy mus, to mus — odparła, próbując się uśmiechnąć. — Poza tym nie mogłam się oprzeć okazji, by podróżować do tak fascynującego miasta.

— Nie, przypuszczam, że nie mogła pani. — Uśmiech Edwarda był pełen zrozumienia. — Ateny mają wiele do zaoferowania tym, którzy są gotowi podjąć ryzyko.

Zawirowali ponownie w tańcu, a Clarissa zaczęła zastanawiać się nad nagłym zainteresowaniem Edwarda jej osobą. Nie było to wcale niemile widziane; w istocie czuła się tym raczej zaszczycona. A jednak w jego komplementach kryła się pewna ostrość, mrok, którego nie potrafiła do końca określić. Odegnała tę myśl, zdeterminowana, by nie pozwolić jej zepsuć sobie tej chwili.

— Panie Dalton — odezwała się po chwili, starając się, by jej głos nie drżał — to niespodzianka widzieć pana tak daleko od domu. Co pana sprowadza do Grecji?

— Ach, Lady Clarissimo — rzekł tajemniczo, a jego oczy na moment pociemniały, zanim znów się rozjaśniły — powiedzmy, że życie ma swoje zakręty.

Muzyka dobiegła końca, a oni cofnęli się o krok, kłaniając się sobie nawzajem. Clarissa rozważała słowa Edwarda, zastanawiając się, jakie sekrety mógł skrywać. Na razie jednak pozwoli mu zabiegać o jej względy... nawet jeśli ten nieznośny głosik z tyłu głowy wciąż pytał, dlaczego jego uwaga sprawia, że czuje się trochę jak mysz obserwowana przez kota.

Helena i contessa wymieniły rozradowane spojrzenia, obserwując ożywioną rozmowę Edwarda i Clarissy. Obie upodobały sobie pana Daltona i zgodziły się, że byłby on znakomitym kandydatem do ręki Clarissy. Trajkocząc z podnieceniem, szeptały do siebie o wspaniałych weselach, żadna z nich nieświadoma skrywanego niepokoju Clarissy.

— Widzisz, siostro — powiedziała Helena z zadowolonym uśmiechem — mówiłam ci, że nasze matrymonialne wysiłki zakończą się sukcesem. Spójrz na nich! Jakby znali się całe życie.

— W istocie — zgodziła się contessa, a jej oczy błyszczały z przyjemności. — I cóż za przystojną parę tworzą! Zawsze wiedziałam, że moja Clarissa zdobędzie serce jakiegoś dzielnego światowca, a pan Dalton z pewnością pasuje jak ulał. Jej rodzice będą wniebowzięci!

Mimo swoich obaw, Clarissa z upływem wieczoru coraz bardziej cieszyła się towarzystwem Edwarda. Był doskonałym rozmówcą, pełnym opowieści o swoich podróżach, a także potrafił z wiedzą wypowiadać się na tematy polityki, literatury, sztuki i wielu innych dziedzin. Trudno było utrzymać ostrożny dystans w obliczu takiego dowcipu i uroku.

— Proszę mi powiedzieć, Lady Clarissimo — rzekł Edward, pochylając się blisko, gdy spacerowali razem po oświetlonych księżycem ogrodach — czy kiedykolwiek rozważała pani pisanie? Pani myśli są tak wnikliwe, że wierzę, iż wielu byłoby zainteresowanych poznaniem pani poglądów.

Zarumieniła się na ten komplement, a jej serce zatrzepotało mimo przekonania, że musi on mieć jakieś ukryte motywy. — Ja... próbowałam swoich sił, ale nikt wcześniej nie był zainteresowany czytaniem moich bazgrołów. — Spojrzała na niego spod rzęs; patrzył na nią, jakby była najciekawszą istotą, jaką kiedykolwiek spotkał.

— Proszę nigdy nie lekceważyć siły swoich słów — powiedział poważnie. — Ma pani wyjątkowy punkt widzenia, który zasługuje na to, by się nim dzielić.

— Dziękuję, panie Dalton — mruknęła z policzkami zaróżowionymi z przyjemności, choć nie mogła pozbyć się wrażenia, że Edward Dalton ukrywa przed nią swoje drugie oblicze.

W następnych dniach wydawało się, że Edward pojawia się wszędzie, gdzie tylko Clarissa się obróciła. Czy to przypadkiem, czy celowo, wciąż na siebie wpadali, zwiedzając tętniące życiem ateńskie targi i podziwiając starożytne ruiny. Każde spotkanie sprawiało, że Clarissa była coraz bardziej zaintrygowana, a jednocześnie coraz bardziej niespokojna, a jej początkowa ostrożność topniała pod wpływem jego nieustannych zabiegów.

Stojąc obok niego na Akropolu i spoglądając na miasto poniżej, Clarissa zaczęła kwestionować własne instynkty.

Być może, pomyślała, źle go oceniła. Być może jego intencje były mimo wszystko całkowicie honorowe, a jej podejrzenia bezpodstawne.

— Lady Clarissimo — powiedział cicho Edward, a jego głos był ledwo słyszalny ponad szumem wiatru — mam nadzieję, że nie uważa pani moich zabiegów za natrętne. To po prostu... cóż, zdaje się, że nic na to nie poradzę. Pani żywiołowość i bystry umysł przyciągają mnie jak ćmę do płomienia.

— Panie Dalton — odparła z wahaniem, z sercem rozdartym między nadzieją a niepewnością — muszę przyznać, że cieszę się pańskim towarzystwem, choć jest ono niespodziewane. Ale nie mogę przestać się zastanawiać, dlaczego, po tylu latach, spotykamy się ponownie w tak nieprawdopodobnym miejscu.

— Być może — zasugerował z cieniem uśmiechu — los ponownie nas połączył, dwie bratnie dusze, które w innym wypadku nigdy nie miałyby szansy na ponowne spotkanie.

Clarissa uśmiechnęła się na tę myśl. Być może wiara w przeznaczenie była głupotą, ale tutaj, gdzie niegdyś sami bogowie mieli chodzić pośród śmiertelników, prawie mogła w to uwierzyć.

Dobrze zdawała sobie sprawę, że *chce* w to wierzyć. Chciała wierzyć, że światowy, inteligentny mężczyzna jak Edward Dalton naprawdę uważał ją za godną jego uwagi. Spośród wszystkich chętnych zalotników, którzy roili się wokół niej, odkąd jej siostra poślubiła księcia, żaden nigdy nie traktował Clarissy tak, jakby miała mózg w głowie, a ona była tym już dogłębnie zmęczona. Szacunek Edwarda dla jej intelektu i chęć słuchania jej opinii były czymś innym i mimo ostrożności, której nie potrafiła się pozbyć, jego względy zaczynały wpływać na jej uczucia.

Pośród ruchliwych targowisk Aten Clarissa zatrzymała się, by podziwiać stragan ozdobiony jaskrawymi jedwabiami i misternymi koronkami.

— Clarissimo — głos Edwarda wyrwał ją z zamyślenia — muszę przyznać, że ten odcień błękitu wybornie podkreśliłby pani oczy.

— Dziękuję, panie Dalton — odparła nieobecnym tonem, a jej myśli wciąż krążyły wokół ciotki, gdy patrzyła na piękną sukienkę do chrztu. Narodziny bliźniąt we Florencji były nieoczekiwanym błogosławieństwem, ale obarczyły Clarissę nowym poczuciem odpowiedzialności. Nie mogła obciążać ciotki swoją obecnością w tak delikatnym czasie, więc wyruszyła do Aten, pragnąc odkrywać ich bogatą historię i kulturę.

— Czy wszystko w porządku, Clarissimo? — zapytał Edward, a troska zarysowała się na jego przystojnych rysach, gdy zauważył jej nieobecne spojrzenie.

— Jak najbardziej, dziękuję — zapewniła go, zmuszając się do uśmiechu. — Myślałam tylko o mojej ciotce Marianne i ostatnich nabytkach w rodzinie.

— Ach tak, radosne przyjście na świat bliźniąt — zamyślił się Edward, a w jego oczach zamigotała jakaś nieodgadniona emocja. — Cóż za wspaniała niespodzianka dla wszystkich zainteresowanych, jestem pewien.

— W istocie — zgodziła się Clarissa, choć serce bolało ją na myśl, że ominą ją cenne chwile z nowymi kuzynami.

Kontynuując spacer po targu, Clarissa zaczęła uważniej obserwować Edwarda. Jego urok i uroda były niezaprzeczalne, ale pod powierzchnią kryło się coś, czego nie potrafiła nazwać. Podskórny nurt tajemnicy, który ją niepokoił.

— Clarissimo — zaczął Edward, odchrząknąwszy. — Chciałem zapytać o nową posiadłość pani ojca w Creighton Hall. Minęło sporo czasu, odkąd ostatnio byłem w domu, i tęsknię za pięknem angielskiej wsi.

— Ach tak, Creighton Hall to rzeczywiście urocze miejsce — wspominała Clarissa, a jej oczy zasnuła nostalgia. — Muszę jednak wyznać, że moje serce zawsze tęskniło za czymś więcej... za przygodą i wolnością odkrywania świata poza naszymi granicami.

— Słowa prawdziwej odkrywczyni — pochwalił Edward. — Jest pani zaiste rzadkim klejnotem.

— Dziękuję — odparła, rumieniąc się mimo utrzymujących się podejrzeń.

Gdy dotarli na skraj targu, Clarissa zauważyła mężczyznę zbliżającego się do Edwarda, z twarzą zasłoniętą cieniem szerokiego ronda kapelusza. Bez słowa podał Edwardowi małą, złożoną notatkę, po czym zniknął w tłumie.

— Proszę wybaczyć — rzekł cicho Edward, wsuwając liścik od tajemniczego korespondenta do kieszeni płaszcza. — Sprawa służbowa.

— Oczywiście. — Clarissa skinęła głową, ale jej ciekawość została rozbudzona przez to dziwne spotkanie i fakt, że Edward najwyraźniej czekał na kogoś tutaj, w środku Aten. Chciała wierzyć, że jest dobrym człowiekiem bez złych zamiarów wobec niej czy kogokolwiek innego, ale otaczało go zbyt wiele tajemnic.

— Czy kontynuujemy nasze zwiedzanie Aten? — zapytał Edward, oferując ramię z czarującym uśmiechem, który nie do końca rozwiał obawy Clarissy.

— Tak — powiedziała w końcu, kładąc dłoń na jego ramieniu, gdy wchodzili głębiej w stare miasto, a jej nastrój psuły pytania bez odpowiedzi.

Skręcając za róg, natknęli się na kilkoro miejscowych dzieci bawiących się w jakąś odmianę berka, a ich śmiech był zaraźliwy. W kilka chwil Clarissa dołączyła do zabawy, pomagając jednej z mniejszych dziewczynek uciec przed „berkiem" i chichocząc z zachwytu na podziękowania małej. Zerkając na Edwarda, zobaczyła, że obserwuje ją z tęsknym uśmiechem i ponownie zastanowiła się, co on ukrywa.

— Panie Dalton... — zaczęła z wahaniem. — Wiem, że dopiero niedawno odnowiliśmy znajomość, ale nie mogę pozbyć się wrażenia, że to nie zwykły przypadek sprawił, że pan tu jest. Czy jest coś, czego mi pan nie mówi?

Uśmiech Edwarda na chwilę zniknął, zanim się pozbierał. — Clarissimo, zawsze była pani znacznie bardziej spostrzegawcza, niż większość ludzi sądzi. Ale zapewniam panią, że moje powody obecności w Atenach są całkowicie niewinne. — Uśmiechnął się czarująco. — Miłośnik historii i kultury taki jak ja z trudem mógłby się oprzeć wizycie w tak starożytnym mieście.

— Przypuszczam, że nie. — Clarissa westchnęła, a jego urok zadziałał na jej podejrzenia. Na razie odłoży pytania na bok. Wiedziała jednak, że nie będzie mogła ich ignorować wiecznie.

— Chodźmy — powiedział Edward, ponownie oferując ramię. — Jest jeszcze tyle do zobaczenia w tym cudownym mieście.

Czując się nieco lżej na sercu, Clarissa przyjęła jego zaproszenie do dalszego zwiedzania, gotowa cieszyć się dniem ze starym przyjacielem. Chociaż w jej umyśle wciąż tliły się wątpliwości, postanowiła pozwolić, by słoneczne ulice Aten przegoniły jej lęki — przynajmniej na razie.

ROZDZIAŁ DRUGI

Zachodzące słońce rzucało długie cienie na brukowaną ulicę, na której stał Edward Dalton, czując na sobie wzrok drugiego mężczyzny. Angielski lord, mający nie więcej niż dwadzieścia trzy lata, spoglądał na niego z wyniosłością i zniecierpliwieniem, jakby oczekiwał natychmiastowego posłuszeństwa.

— Panie Dalton — odezwał się młody lord z jawną pogardą — zbyt długo zwlekał pan ze spłatą swoich długów. Przegrał pan sromotnie w karty, a ja mam pańskie skrypty dłużne.

Edward poruszył się niespokojnie, czując strużkę potu spływającą po karku. Nie od razu wiedział, co odpowiedzieć; miał nadzieję całkowicie uniknąć tego spotkania, ale został osaczony w zaułku przez dwóch uzbrojonych mężczyzn i zmuszony do przejścia kilku mil w upale, by stawić się przed swoim wierzycielem. — Zapewniam pana, milordzie, że wkrótce będę miał pieniądze — odezwał się wreszcie, próbując zabrzmieć pewnie.

— Doprawdy? — Lord uniósł jedną brew. — A w jaki sposób zamierza pan zdobyć taką sumę?

— Cóż, ja... — Edward rozejrzał się nerwowo, po czym zniżył głos. — Staram się o rękę pewnej dziedziczki — wyznał. — Uroczej młodej damy z bardzo dużym posagiem. Myślę, że oświadczę się jej w ciągu tygodnia.

Słońce zniżyło się jeszcze bardziej, rzucając na Ateny pomarańczową poświatę. Mężczyzna rozważał jego słowa, mrużąc oczy z podejrzliwością. — A dlaczego miałbym panu wierzyć, panie Dalton? Słynie pan ze składania wielkich obietnic i pozostawiania wierzycieli z pustymi rękami. Pańska obecność w Grecji sama w sobie świadczy o tym, że musiał pan uciekać z Anglii, bo pańskie długi stały się zbyt wielkie.

Serce Edwarda waliło w piersi, ale zmusił się do uśmiechu i zachowania spokoju. — Rozumiem pańską rezerwę — powiedział, przybierając najbardziej szczery wyraz twarzy. — Ale tym razem jest inaczej, zapewniam. Ta młoda dama jest córką bogatego hrabiego, a jej siostra wyszła za księcia. Jej rodzina jest zarówno wpływowa, jak i niewyobrażalnie bogata. Jestem starym przyjacielem rodziny i wierzę, że ona już darzy mnie pewnym uczuciem.

Obserwował twarz drugiego mężczyzny, szukając jakiegokolwiek znaku, że go przekonał. W końcu młody lord westchnął z rezygnacją. — Dobrze więc — rzekł. — Ma pan tydzień, aby przedstawić dowód tych zaręczyn, panie Dalton. Jeśli pan tego nie zrobi, powiem każdemu, kogo spotkam, że jest pan człowiekiem niewiarygodnym i niegodnym zaufania.

Przełykając z trudem gulę w gardle, Edward skinął głową, uśmiechając się słabo. — Oczywiście, milordzie. Nie zawiodę pana.

Gdy lord odwrócił się i odszedł, Edward został sam na brukowanej ulicy, a za nim gasły ostatnie promienie słońca. Ciężar jego kłamstw odebrał mu dech w piersiach, ale nie widział innej drogi. Teraz kierowała nim desperacja; Edward Dalton był człowiekiem na krawędzi ruiny lub odkupienia. Tylko czas miał pokazać, w którą stronę upadnie.

Gdy tylko młody szlachcic zniknął z oczu, z cienia wyłonił się inny mężczyzna. Serce Edwarda zamarło w przerażeniu, gdy zobaczył greckiego lichwiarza, którego wzrok utkwiony był w nim z zimną intensywnością, od której przeszedł go dreszcz.

— Panie Dalton — powiedział mężczyzna z silnym angielskim akcentem, jego głos był niski i groźny. — Słyszę, jak mówi pan o posagach i przyszłym bogactwie. Chcę moich pieniędzy teraz. Pańskie obietnice nic dla mnie nie znaczą.

Edward usiłował zachować spokój, chociaż serce mu waliło, a na czole perlił się pot. Wiedział lepiej niż większość, że z tym człowiekiem nie ma żartów, i chociaż do tej pory był cierpliwy, Edward czuł, że jego cierpliwość się kończy.

— Proszę pana — zaczął, przeklinając w duchu drżenie głosu, mimo wszelkich starań, by zabrzmieć pewnie. — Przysięgam panu, gdy tylko poślubię lady Clarissę, jej posag z nawiązką wystarczy, by spłacić moje długi wobec pana i wszystkich innych! Ma pan moje słowo.

Lichwiarz uśmiechnął się z nieskrywaną pogardą. — Pańskie słowo jest warte mniej niż nic. A jak zamierza pan położyć ręce na jej pieniądzach? Wróci pan do Anglii i nigdy tu nie powróci, zapominając o swoim długu wobec mnie? — Potrząsnął powoli głową. — Nie, panie Dalton. Chcę moich pieniędzy teraz.

Panika ścisnęła gardło Edwarda. Rozpaczliwie szukał sposobu, by udobruchać niebezpiecznego człowieka stojącego przed nim — i wtedy wpadł mu do głowy pomysł, tak odrażający, że na samą myśl o nim robiło mu się niedobrze. Ale jeśli miałoby go to uratować...

— Być może jest inny sposób — powiedział z wahaniem, zmuszając się, by spojrzeć lichwiarzowi w oczy. — Lady Clarissa jest córką bogatego hrabiego, a jej siostra jest żoną księcia. Gdyby coś jej się stało... — Przełknął ślinę. — Mogłaby być warta więcej jako okup niż posag.

Ledwo mógł uwierzyć w to, co właśnie zasugerował, ale zdawało się to przynieść pożądany efekt. Oczy lichwiarza zwęziły się i przez chwilę Edward ośmielił się mieć nadzieję, że jego desperacka zagrywka może się powieść.

— Mów pan dalej — powiedział mężczyzna z mrocznym błyskiem w oku.

— Jej rodzina zapłaciłaby każdą cenę za jej bezpieczny powrót — powiedział Edward, choć jego głos był ledwie szeptem. — A gdyby to pan ją dostarczył...

Jego sugestia zawisła w powietrzu między nimi. Lichwiarz milczał, jego oczy utkwione były w twarzy Edwarda.

Strumyk zimnego potu spłynął po kręgosłupie Edwarda, gdy czekał na decyzję greckiego lichwiarza. Powietrze zdawało się ciężkie, brzemienne poczuciem zbliżającej się katastrofy.

— Jest ładna? — zapytał w końcu lichwiarz, przerywając napięcie.

— S-słucham? — wydukał Edward, zaskoczony pytaniem.

— Lady Clarissa — powiedział niecierpliwie mężczyzna. — Angielka, którą stawia pan jako zabezpieczenie. Czy jest ładna?

Zdezorientowany Edward zawahał się. Jakie znaczenie miało, czy Clarissa jest atrakcyjna, czy nie? Ale nie śmiał odmówić odpowiedzi. — Tak — przyznał niechętnie. — Jest.

— Dobrze. — Lichwiarz uśmiechnął się, a ten mrożący krew w żyłach wyraz twarzy sprawił, że po plecach Edwarda przebiegł dreszcz. — W takim razie pańska oferta jest do przyjęcia. Ale niech pan pamięta, panie Dalton — nachylił się blisko, jego gorący oddech musnął ucho Edwarda — jeśli mnie pan zdradzi, będzie pan tego żałował.

Po tej straszliwej groźbie odwrócił się i zniknął w ciemności, pozostawiając Edwarda samego z ciężarem jego straszliwego wyboru. Czuł się, jakby stał na skraju przepaści, a nogi trzęsły mu się i niemal uginały pod nim. Co on zrobił? Zdesperowany, by uniknąć bankructwa, oddał Clarissę — słodką, niewinną Clarissę, która bezgranicznie mu ufała — w ręce pozbawionego skrupułów nieznajomego.

Opadając na pobliską ławkę, Edward ukrył twarz w dłoniach. Zimny kamień przenikał przez jego spodnie, ale ledwo to zauważył. Obejmując się ramionami, próbował powstrzymać dreszcze przebiegające przez jego ciało. Czuł, jakby ciemność, która pochłonęła lichwiarza, teraz otaczała i jego, pogrążając go w poczuciu winy i rozpaczy.

— Boże, pomóż mi — wyszeptał złamanym głosem. — Co ja narobiłem?

Ogrom tego, co właśnie uczynił, runął na niego, a Edward zgiął się w pół, obejmując się za żebra, gdy strach chwycił go za serce. Wydał Clarissę w ręce bezwzględnego lichwiarza, zrujnował jej reputację, niemal na pewno skazał ją na śmierć... a wszystko po to, by uratować się przed finansową ruiną. A teraz nie było już odwrotu. Decyzja zapadła i jedyne, co Edward mógł zrobić, to czekać na jej konsekwencje.

Była połowa nocy, hotel spowijała ciężka cisza. Migoczące światło latarni rzucało na ściany upiorne cienie, gdy grecki lichwiarz prowadził grupę mężczyzn przez ciemne korytarze. Z każdym ich krokiem ich złowieszcza obecność stawała się coraz bardziej groźna, niczym pętla zacieśniająca się na szyjach niczego niepodejrzewających gości, drzemiących za zamkniętymi drzwiami.

Gdy dotarli do drzwi Clarissy, lichwiarz wyjął klucz, którego metal odbił światło latarni. Włożył go do zamka i przekręcił z cichym kliknięciem, które odbiło się echem w cichym korytarzu. Powoli, ostrożnie, pchnął drzwi do środka, a jego ludzie wślizgnęli się do środka, cisi jak cienie.

Clarissa spała głęboko w swoim łóżku, a niesforne loki okalały jej twarz. Jej oddechy były powolne i równe, a jej snów nie zakłócało zbliżające się zagrożenie.

Obudziła się nagle, zrywając się na łóżku, gdy szorstkie dłonie ją chwyciły, a szmata zakryła jej usta, zanim zdążyła krzyknąć. Jej oczy rozszerzyły się z przerażenia, a serce zaczęło walić jak szalone, gdy szarpała się z porywaczami. Ich uścisk był jednak silny i w kilka chwil została skrępowana i wrzucona do wora niczym żywy inwentarz.

— Puśćcie mnie! — krzyknęła, ale jej głos stłumiła gruba tkanina. Kopała, próbując krzyczeć ponownie, ale liny na jej nadgarstkach i kostkach trzymały ją mocno.

Jej wołania o pomoc pozostały bez odpowiedzi, gdy jeden z mężczyzn przerzucił ją sobie przez ramię i wyniósł na zewnątrz. Chłodne nocne powietrze sprawiło, że zadrżała, ale nie tylko z zimna: była przerażona. Cokolwiek się działo, jej życie w jednej chwili wywróciło się do góry nogami.

Gdy oddalali się od domu, Clarissa próbowała pojąć, co się dzieje, a myśli kłębiły jej się w głowie. Jak dostali się do jej pokoju? Kim byli ci mężczyźni i czego od niej chcieli? Ale najważniejsze pytanie brzmiało: co się z nią teraz stanie?

Mimo strachu Clarissa wiedziała, że nie może poddać się rozpaczy. Jeśli się podda, będzie stracona; jedyną szansą było zachowanie przytomności umysłu i wypatrywanie okazji do ucieczki. Gdyby udało jej się uwolnić, mogłaby znaleźć pomoc i wrócić w bezpieczne miejsce.

— Myśl, Clarissa, myśl — szepnęła do siebie, a jej słowa były niesłyszalne ponad krokami i ciężkimi oddechami mężczyzn. — Musisz wymyślić, jak się stąd wydostać.

Wydawało się to oczywiście niemożliwe, ale musiała rozważyć swoje opcje. Jakkolwiek małe byłyby szanse, nie chciała zaakceptować, że nie ma nadziei.

Nie są Grekami, zdała sobie nagle sprawę, gdy mężczyźni zaczęli rozmawiać między sobą. Mieszkała w Atenach wystarczająco długo, by rozpoznać ten język, nawet jeśli niewiele z niego rozumiała. Ci mężczyźni mówili jednak w innym języku, i chociaż nie potrafiła go zidentyfikować, była pewna, że to nie grecki.

Dźwięk pod stopami zmienił się z odgłosu butów na kamieniu na buty na drewnie, a mężczyzna niosący ją zatrzymał się. Clarissa szarpnęła się, za co otrzymała mocne uderzenie w nogę, co sprawiło, że krzyknęła z bólu. Gniewny głos wykrzyczał coś do niej, a słowa były niezrozumiałe, ale ich znaczenie jasne.

Serce Clarissy waliło, gdy głos kontynuował gniewnie. Nie miała pojęcia, co będzie dalej, ale wiedziała, że nic dobrego. Próbowała się rozejrzeć, ale gruba tkanina worka na jej głowie blokowała całe światło, pozostawiając ją w całkowitej ciemności.

Nagle została rzucona na twardą powierzchnię. Chwilę później worek został ściągnięty z jej głowy, a ona mrugała w słabym świetle lampy. Po kilku sekundach była w stanie widzieć wyraźnie.

Odkryła, że znajduje się w malutkim pomieszczeniu, w którym nie było nic oprócz wąskiej pryczy przymocowanej do ściany, tej samej, na której siedziała.

— Kim wy jesteście? — zażądała, a jej głos drżał ze strachu i złości. — Czego ode mnie chcecie?

Jeden z mężczyzn, którzy porwali ją z domu, uśmiechnął się do niej pogardliwie, obrzucając ją spojrzeniem, które sprawiło, że poczuła się głęboko niekomfortowo, zwłaszcza że wciąż była ubrana tylko w koszulę nocną. Chwyciła cienki koc z łóżka, owijając się nim.

Ostry głos warknął rozkaz w tym obcym języku, a oczy mężczyzny rozszerzyły się ze strachu, po czym skinął głową i wycofał się z pokoju.

Nie, z *kabiny*, zdała sobie sprawę Clarissa, czując się głupio, że nie rozpoznała tego od razu. Musiała być na pokładzie statku.

— Dokąd mnie zabieracie? — zapytała, jej głos był wysoki ze strachu.

W drzwiach pojawił się inny mężczyzna, wysoki i barczysty, z bliznami szpecącymi twarz, która kiedyś mogła być przystojna. Uśmiechnął się do niej i przemówił z silnym angielskim akcentem.

— Twój ojciec — powiedział drwiącym tonem — zapłaci za twój bezpieczny powrót, ile zażądam, prawda?

Clarissa przełknęła ślinę, zmuszając się, by jej głos pozostał spokojny pomimo terroru przepływającego przez jej żyły.

— Tak — odpowiedziała, z podniesioną dumnie brodą. — Jest hrabią Creighton i nie będzie szczędził wydatków, by zapewnić mi bezpieczeństwo.

Kapitan wybuchnął gardłowym śmiechem, a jego oczy zwęziły się z rozbawieniem. — Myślisz, że ryzykowałbym pływanie gdziekolwiek, gdzie panuje angielska marynarka? Złoto twojego ojca na nic mi się nie przyda, jeśli skończę ze stryczkiem na szyi.

Pochylił się bliżej, jego oddech był gorący i cuchnący na jej twarzy. — Nie, moja droga panienko. To na targach niewolników w Algierze dostanę za ciebie niezłą cenę.

Żołądek Clarissy skręcił się na jego słowa, a żółć podeszła jej do gardła. Walczyła, by zachować spokój, a myśli kłębiły jej się w głowie, gdy rozważała następny ruch.

— Proszę — wyszeptała, jej głos był ledwie słyszalny. — Błagam, niech pan to przemyśli. Musi być inny sposób.

Kapitan tylko uśmiechnął się na jej prośbę, wyraźnie czerpiąc przyjemność z jej strachu i desperacji. — Zachowaj swoje błagania na targ, dziewczyno — zadrwił, po czym odwrócił się i trzasnął jej drzwiami przed nosem. Klucz przekręcany w zamku przypieczętował jej nową rzeczywistość — stała się więźniem.

Nie panikuj. Nie panikuj, próbowała sobie nakazać Clarissa. Ale gdy rozglądała się po obskurnej małej kabinie, desperacko szukając czegoś użytecznego, co mogłoby jej pomóc w ucieczce, dźwięk skrzypiących desek i powolne kołysanie powiedziały jej, że nawet gdyby udało jej się wydostać z kabiny, było już za późno.

Statek wypłynął w morze.

ROZDZIAŁ TRZECI

Słońce zachodziło, rzucając złocistopo-
marańczową poświatę na wody Morza Śródziemnego,
gdy kapitan Rafael de Silva stał na pokładzie swojego
statku, a wiatr rozwiewał jego ciemnobrązowe włosy, podczas gdy on sam lustrował horyzont w poszukiwaniu
jakichkolwiek oznak kłopotów. Urodzony w szlacheck-
iej portugalskiej rodzinie, popadł w tarapaty, gdy wojna na Półwyspie Iberyjskim zniszczyła jego rodową posiadłość. Teraz jego jednostka była częścią eskadry patrolu-
jącej morza w poszukiwaniu piratów i korsarzy polujących
na niewinnych ludzi.

Rafael oparł się o reling, obserwując ławicę latających ryb,
która wynurzyła się z wody. Morski ptak zanurkował, aby
schwytać jedną z nich, rozpierzchając resztę we wszystkich
kierunkach.

— Kapitanie! — krzyknął w jego stronę jeden z marynarzy
z głównego pokładu, wyrywając go z zamyślenia. — Żagiel
na prawej burcie!

Rafael odwrócił się, by spojrzeć we wskazanym kierunku,
mrużąc oczy, by dojrzeć coś w oddali.

— Znam ten statek — powiedział po chwili, rozpoznając układ żagli. — Ghazi Khadra i jego stare sztuczki. — Druga jednostka znajdowała się blisko wybrzeża Afryki Północnej, prawdopodobnie w nadziei na uniknięcie patroli, które operowały dalej na morzu. Wydał swojej załodze rozkazy, obracając statek, by przechwycić korsarza.

— Podejdźmy do tego statku — rozkazał. — I wycelujcie w niego broń.

— Stać w dryf! — ryknął jego bosman, powtarzając rozkaz po portugalsku, angielsku i berberyjsku, gdy ludzie na pokładzie drugiego statku udawali, że nie rozumieją.

Rafael uśmiechnął się, widząc, jak korsarze spoglądają na siebie nerwowo. Płynąc pod algierską banderą, trudno im było udawać, że nie rozumieją własnego języka.

— *Qewwed*! — odkrzyknął jeden z nich z nieprzyzwoitym gestem.

— Oddajcie strzał ostrzegawczy przed dziób — rozkazał Rafael. Jego kanonierzy mieli już załadowane armaty i minęła zaledwie chwila, nim pokład zadrżał mu pod stopami, a huk odbił się echem po wodzie. Kula przemknęła po falach, chlapiąc zaledwie piętnaście stóp przed dziobem statku korsarzy.

— Jak myślisz, kapitanie, odpowiedzą ogniem? — zapytał jego pierwszy oficer.

— Ghazi Khadra nie jest głupi — odparł Rafael, wciąż obserwując drugą jednostkę. — Wie, że mamy nad nim przewagę ogniową. Wyobrażam sobie, że jest teraz pod pokładem, ukrywając swoje nieuczciwie zdobyte łupy i modląc się, żebyśmy nie znaleźli jego tajnych schowków.

— Nie wyrzuca ich za burtę? — zapytał pierwszy oficer, spoglądając na wodę za korsarskim statkiem.

— Nie, jest zbyt chciwy. Jeśli choć przez chwilę pomyśli, że może uda mu się je zatrzymać, nie wyrzuci ich. Nie wie, kto dowodzi tym statkiem; nie wie, że już się spotkaliśmy. — Rafael uśmiechnął się, pokazując zęby. — Ostatnim razem, gdy się spotkaliśmy, byłem na pokładzie statku brytyjskiej marynarki i musieliśmy przerwać, pozwolić Khadrze uciec, bo na horyzoncie pojawił się francuski okręt wojenny. Tym razem? Tym razem zakuję tego złodziejskiego handlarza niewolników w kajdany.

Korsarz zrzucał już żagle, posłuszny coraz bardziej poirytowanym okrzykom bosmana, a pierwszy oficer odwrócił się od Rafaela, by rozkazać opuszczenie ich własnych żagli.

W ciągu zaledwie kilku minut oba statki leżały nieruchomo na wodzie, burta w burtę, a Rafael podszedł do relingu.

— Gdzie — powiedział w swoim ojczystym języku — jest Ghazi Khadra?

Zobaczył, jak szok przeszywa stojących naprzeciw niego mężczyzn. Zobaczył, jak uchodzi z nich buta, gdy jego ludzie celowali z karabinów w korsarzy. Nie mogli udawać uczciwych kupców, skoro Rafael wiedział, że ich kapitanem jest Ghazi Khadra.

— *Ḥadremt!* — ryknął głęboki głos. — Walczcie, tchórze! — ale korsarze byli żałośnie nieprzygotowani, większość z nich uzbrojona jedynie w pistolety i zardzewiałe ostrza. Kilku z nich rzuciło się do przodu, rozległa się krótka kanonada i pięć ciał korsarzy padło na pokład.

— Chcesz spróbować jeszcze raz? — powiedział uprzejmie Rafael. — Czy po prostu przestaniemy marnować czas, Khadra?

Kapitan korsarzy wysunął się zza swoich ludzi, a jego szpetna, pokryta bliznami twarz była maską furii. — Kim jesteś, szczeniaku? — wysyczał łamaną portugalszczyzną.

— Nie pamiętasz mnie? — Rafael płynnie przeszedł na angielski. — A teraz?

Oczy Khadry rozszerzyły się, a on sam spojrzał ze zdziwieniem na płaszcz Rafaela.

— Owszem, ostatnim razem, gdy się spotkaliśmy, nosiłem mundur brytyjskiej marynarki — wyjaśnił mu Rafael. — Teraz pływam dla własnego króla i kraju. Oczyszczam Morze Śródziemne z korsarskich szumowin.

Khadra splunął na pokład. Jeden z jego ludzi odezwał się do niego cicho, wskazując na Rafaela i jego załogę, najwyraźniej próbując przemówić Khadrze do rozsądku.

— Mamy nad wami przewagę liczebną i ogniową — powiedział spokojnie Rafael. — Złóżcie broń, a będziecie żyć.

Broń z brzękiem upadała na deski, zanim jeszcze Khadra otworzył usta, by wydać rozkaz, co sprawiło, że wyraz twarzy kapitana korsarzy na krótką chwilę stał się jeszcze bardziej morderczy, nim ludzie Rafaela zaczęli przechodzić na jego statek, by go zabezpieczyć.

— Przeszukajcie go dokładnie — ostrzegł Rafael. — Prawdopodobnie ma przy sobie więcej noży, niż ty masz palców. Wyrzućcie każdy z nich za burtę, skujcie go i zacznijcie przeszukiwać statek.

— Nie macie prawa nas zatrzymywać ani przeszukiwać mojego statku! — rzucił gniewnie Khadra, gdy szorstkie dłonie go obszukiwały, wyciągając noże z jego rękawów, butów, a nawet cienkie ostrze z jego długiej brody.

— Patenty, które mam przy sobie, od siedmiu różnych rządów, zdają się świadczyć o czymś innym — odparł łagodnie Rafael. — Włączając w to, nawiasem mówiąc, deja Algieru. Skoro to pod jego banderą dziś pływasz... naprawdę mam nad tobą władzę.

— Jesteśmy legalnym kupcem — próbował twierdzić Khadra.

Nawet jego ludzie spojrzeli na niego z ukosa, a Rafael roześmiał się głośno. — Oczywiście, że tak. Czysty jak łza.

— Kapitanie! — Jego ludzie już wychodzili z dołu, przywołując go gestem. — Znaleźliśmy coś, co powinieneś zobaczyć.

W małym pomieszczeniu w ładowni statku powitał go smutny widok tuzina młodych chłopców i dziewcząt, każdy z żelazną obrożą zapiętą na szyi i łańcuchami przymocowującymi ich do ściany.

— Grecy — powiedział cicho bosman, gdy Rafael zmarszczył brwi na ten widok. — Z Aten, porwani nocą od swoich rodzin. Mieli być sprzedani na targu niewolników w Algierze.

— Wystarczy, by powiesić Khadrę, nawet bez tego, co prawdopodobnie jeszcze przemyca. Uwolnijcie ich i przenieście na Santa Dorotéę. — Odwracając się na pięcie, Rafael wspiął się z powrotem po wąskiej drabince na górny pokład. Zatrzymał się przed wyjściem z luku, gdy jego wzrok przykuło coś na szorstkich drewnianych deskach — skrawek białej koronki.

Schyliwszy się, Rafael podniósł skrawek, pocierając go między palcami. Rzeczywiście bardzo delikatna koronka, pomyślał, a jego oczy zwęziły się. Odwrócił się i rozejrzał. Po lewej stronie stały otwarte drzwi.

Zaglądając do środka, nie zobaczył niczego niezwykłego — jedynym meblem była maleńka, pusta koja z grubym kocem. Zapach nieopróżnionego nocnika uderzył go w nozdrza, więc skrzywił się i cofnął.

— Kapitanie? — obok niego pojawił się bosman.

— Ktoś był tu więziony. — Rafael wskazał na zamek w drzwiach, rzadkość na statku. Na jego własnym, Santa Dorotéi, były tylko dwa takie, na drzwiach jego kajuty i szafy z alkoholem. — Wysoko ceniony więzień, jak sądzę. Może kobieta. — Pokazał bosmanowi skrawek koronki. — Być może to właśnie ją Khadra próbował ukryć, zanim się pokazał.

— Jeśli tu jest, znajdziemy ją, kapitanie — obiecał bosman, po czym odwrócił się, by krzyknąć rozkazy ponownego przeszukania statku.

Gdzie Khadra mógłby ukryć kobietę? Rafael ponownie potarł skrawek koronki między palcami. W swojej własnej kajucie, podejrzewał, i skierował swoje kroki w stronę kajuty kapitańskiej.

Clarissa z trudem mogła złapać oddech, by utrzymać przytomność. W jednej chwili leżała na twardej koi w swoim więzieniu, w następnej drzwi zostały gwałtownie otwarte i stanął nad nią kapitan korsarzy z oczami rozszerzonymi z paniki.

— Nie wydasz z siebie ani jednego dźwięku — obiecał.

Natychmiast zastanawiając się, czy ratunek może być w jakiś sposób blisko, Clarissa bez wahania otworzyła usta i krzyknęła na całe gardło.

Potężny cios w twarz sprawił, że na chwilę zakręciło jej się w głowie, a potem wepchnięto jej w usta gruby kawałek materiału, knebel zawiązano z tyłu głowy, a ją samą przerzucono przez barczyste ramię korsarza i wyniesiono. Kopała i krzyczała, miotając się dziko; poczuła, jak jej koszula nocna zahacza o drzazgę i rozdziera się, gdy się szarpała, ale korsarz się nie zatrzymał. Przeniesiono ją przez statek, bezceremonialnie rzucono na ziemię, związano jej ręce i nogi, a następnie wepchnięto do kufra, którego wieko zatrzaśnięto.

Ledwo mogła się poruszyć, ledwo oddychać przez knebel. Wewnątrz kufra panowała absolutna ciemność i nie była pewna, czy czarne plamy pływające jej przed oczami były wytworem wyobraźni, czy też skutkiem braku powietrza.

Głośny huk w pobliżu sprawił, że rozszerzyła oczy. Armata? Czy byli pod ostrzałem? *Proszę, nie pozwól mi umrzeć związanej w kufrze!*

Cisza.

Kołysanie statku ustało i wyczuła, że zwolnili, może nawet się zatrzymali. Z oddali dobiegły krzyki, potem krótka kanonada, a następnie tupot butów po drewnie.

Ratunek? Próbowała krzyczeć przez knebel, ale wysiłek przyprawił ją o zawroty głowy.

Poczekaj, pomyślała. *Będą tu szukać. Poczekaj, aż ich usłyszysz.*

W pobliżu zatupotały buty, a ona spróbowała krzyknąć. Próbowała wydobyć z siebie jakikolwiek dźwięk, ale zdołała wydać tylko najcichszy z jęków. Próbowała kopać w bok kufra, ale w ciasnej przestrzeni nie mogła poruszyć się więcej niż o kilka cali; jej bose stopy nie wydawały żadnego dźwięku o ciężkie drewno.

Tupot butów znów się oddalił i Clarissa nie mogła się powstrzymać; zaczęła płakać. Łzy spływały jej po policzkach, gdy kroki jej potencjalnych wybawców cichły w oddali. Próbowała zaczerpnąć powietrza, ale ogarnęła ją ciemność.

Rafael rozejrzał się po kajucie ze zmarszczonymi brwiami. Nie było tu miejsca wystarczająco dużego, by ukryć kobietę, chyba że... jego wzrok padł na ciężki kufer morski obok łóżka, na poły przykryty kocami. Schyliwszy się, otworzył wieko i zaniemówił, spoglądając na piękność w środku.

Rozjaśnione słońcem włosy opadały wokół bladej, zapłakanej twarzy i smukłej sylwetki, ledwo w połowie zakrytej przez podartą koszulę nocną obszytą drogą białą koronką. Młoda, piękna, blondynka i, sądząc po wyglądzie, z dobrego domu – nic dziwnego, że Khadra trzymał ten skarb pod kluczem i próbował ją ukryć. Byłaby warta fortunę na targach niewolników w Algierze.

— Gdzie, do diabła, on cię znalazł? — mruknął Rafael, schylając się, by podnieść dziewczynę z kufra. Wydawała się nieprzytomna, a Rafael zaklął, wyciągając zbyt ciasny knebel z jej ust i nachylając się, by sprawdzić, czy wciąż oddycha. Byłoby to w stylu Khadry, przypadkiem udusić dziewczynę, próbując ją ukryć. Przeciął więzy krępujące jej kostki i nadgarstki, przeklinając pod nosem korsarza.

Pierś dziewczyny uniosła się i opadła, gdy wzięła głębszy oddech, a Rafael oderwał wzrok od jej ciała, chwytając jeden z koców, by ją porządnie okryć, po czym cofnął się. Obudzenie się i zobaczenie nieznajomego mężczyzny pochylającego się nad nią prawdopodobnie przeraziłoby ją na śmierć po tym, co bez wątpienia już przeszła. — Kapitanie? — odwrócił się i zastał bosmana w drzwiach.

— Znalazłem kobietę. — Rafael wskazał na dziewczynę na łóżku.

Bosman rzucił okiem i gwizdnął, długo i przeciągle. — Nic dziwnego, że Khadra próbował ją ukryć!

— Właśnie. Nie chcę jej bardziej straszyć. Zostanę tu i będę jej pilnował; zabezpieczcie całą załogę korsarzy i obierzcie kurs na Vallettę oboma statkami. — Powinni dotrzeć na Maltę przed rankiem, a rząd maltański był jednym z sygnatariuszy umowy antykorsarskiej, na mocy której działał Rafael. Przejmą pieczę nad korsarzami i ich statkiem oraz zorganizują powrót greckiej młodzieży do domów.

Co należało zrobić z piękną młodą kobietą, miało się dopiero okazać.

ROZDZIAŁ CZWARTY

Świat zdawał się łagodnie kołysać, gdy Clarissa powoli odzyskiwała przytomność. Powieki jej zadrżały i uniosły się, ukazując nieznajome otoczenie kajuty kapitana korsarzy. Mrugnęła, próbując rozproszyć mgłę, która spowijała jej umysł i mąciła zmysły. Kajutę oświetlała słabo pojedyncza, migocząca latarnia, która rzucała chwiejne cienie na drewniane ściany, ozdobione mapami morskimi i przyrządami nawigacyjnymi.

Zapach soli i starego drewna przenikał powietrze, mieszając się z lekką wonią tytoniu. Clarissa poczuła pod opuszkami palców szorstką fakturę koca, którym była szczelnie owinięta, by chronić ją przed chłodem morskiego powietrza. Gdy jej wzrok się wyostrzył, zauważyła stojącą w pobliżu postać, której rysy stopniowo nabierały ostrości. Nie był to kapitan korsarzy, lecz nieznajomy — wysoki, śniady mężczyzna o jastrzębich rysach, ubrany w coś, co wyglądało na mundur marynarki, choć krój i kolor nie były jej znane. Owinęła się kocem ciaśniej i przyjrzała mu się. Był wysoki i niezwykle przystojny, o ciemnych włosach okalających mocną, muśniętą słońcem twarz. Jego oczy były szczególnie uderzające: urzekający, morski odcień zieleni, który zdawał się skrywać w sobie głębię samego oceanu.

Oficer marynarki przemówił, a na jego czole malowała się wyraźna troska. Clarissa zmarszczyła brwi, próbując zrozumieć jego słowa. Nie był to włoski, językiem, którym posługiwała się dość biegle po ponad roku spędzonym w tym kraju, ani grecki, ani francuski. Prawie udawało jej się uchwycić niektóre słowa...

— Przepraszam — powiedziała po angielsku. — Nie rozumiem.

— Uspokój się — odparł zaskakująco czystą, nienaganną angielszczyzną, jego głos był głęboki i kojący. — Jesteś już bezpieczna.

— Dziękuję — szepnęła, z trudem próbując pojąć całą sytuację. Wspomnienie omdlenia powróciło niczym fala, przytłaczające i sprawiające, że czuła się bezbronna i wystawiona na widok.

— Kim jesteś? Co się stało?

Jego spokojne spojrzenie zdawało się być kołem ratunkowym na wzburzonym morzu jej emocji. — Jestem kapitan Rafael de Silva, z portugalskiego statku *Santa Dorotéa* — rzekł spokojnie. — Prowadzimy na tych wodach patrole przeciwko korsarzom i przejęliśmy ten statek. Za kilka godzin zawiniemy do portu Valletta na Malcie.

— Och. — Z trudem pojmując nagłą zmianę okoliczności, Clarissa leżała bez ruchu.

— Skąd i kiedy zabrał cię Khadra? — zagadnął łagodnie Rafael.

— Och... z Aten. — Usiłowała poskładać w całość mękę, którą przeszła. — Cztery... pięć dni temu? Nie wiem. W kajucie cały czas było ciemno. Otwierał drzwi i dawał mi jedzenie, chyba dwa razy dziennie. — Za każdym razem kuliła się pod ścianą, przerażona tym, co mógłby próbować jej zrobić. Jedzenie było skąpe — czerstwy chleb i butelka wina o okropnym smaku — ale wmuszała je w siebie, zdeterminowana, by zachować siły na nadchodzącą walkę.

— Rozumiem. — Rafael powoli skinął głową, nie spuszczając z niej wzroku. — Czy możesz mi zdradzić swoje imię? — zapytał.

— Clarissa Creighton — odparła. — Nie musisz mówić do mnie jak do idiotki. Przeżyłam wstrząs, ale nic mi nie będzie.

Na jego jastrzębiej twarzy zakwitł uśmiech, który sprawił, że nagle stał się o wiele przystojniejszy, a ona odwzajemniła uśmiech.

— Cieszę się, że przynajmniej nie straciłaś ducha. Cóż. — Wskazał gestem otoczenie. — Musimy pozostać na tej wstrętnej małej jednostce, aż rano zacumujemy w Valletcie. Czy mogę spróbować znaleźć ci coś stosowniejszego do okrycia i może coś do jedzenia?

— Tak — powiedziała Clarissa, uświadamiając sobie, że umiera z głodu. — Proszę. — Podniosła się do siadu, niezdarnie chwytając za koc, gdy ten zaczął się zsuwać.

Rafael odwrócił wzrok, co Clarissa zauważyła, i pomimo wciąż trwającego zamętu i dezorientacji, poczuła, że może zaufać temu portugalskiemu kapitanowi o uderzających, morskich oczach. Na razie, przynajmniej, zawierzy mu i będzie miała nadzieję, że razem zdołają pokonać niepewne wody, które rozciągały się przed nimi.

Nie pozwolił nikomu innemu wejść do kajuty, zatrzymując mężczyznę przy drzwiach, a następnie przynosząc jej prosty posiłek składający się z chleba, sera i wina znacznie lepszego niż jakiekolwiek, którego próbowała w ostatnich dniach. Stał przy drzwiach, dopóki nie skończyła jeść, a potem powiedział:

— Będę stał na warcie przed twoimi drzwiami aż do rana. Nie musisz się obawiać, że twój sen zostanie zakłócony, a jutro ustalimy, co dalej.

Wpłynęli do portu w Valletcie we wczesnych godzinach porannych, gdzie spotkali się z władzami, które z radością przejęły korsarzy i zobowiązały się do odesłania greckich jeńców do Aten.

Rafael zostawił Clarissę samą, aby odpoczęła, bezpieczną w kapitańskiej kajucie z dwoma najbardziej zaufanymi ludźmi na straży, ale wrócił, by zapytać, co zamierza zrobić.

— Na Malcie są angielskie rodziny, które chętnie by cię przyjęły — zaczął.

Natychmiast potrząsnęła głową. — Muszę dostać się do Florencji. Lady Glenkellie i lady Ginori na pewno wysłały tam wiadomość o moim zniknięciu, a moja ciotka odchodzi od zmysłów.

Rafael z namysłem skinął głową. — Znalezienie statku płynącego do Włoch może zająć trochę czasu. Sam cię tam zabiorę.

— Och... ale czy nie płyniesz gdzie indziej? — Clarissa wahała się, czy prosić go o cokolwiek więcej. Już i tak zawdzięczała mu życie.

— Jestem panem własnego losu — powiedział z pewną arogancją. — Ja decyduję o przeznaczeniu mojego statku i o tym, dokąd popłynie. Zabiorę cię do Livorno, a stamtąd do Florencji.

— Cóż... dziękuję — powiedziała w końcu.

Rafael skłonił głowę. — Zobaczę, czy da się zdobyć dla ciebie jakieś stosowniejsze ubranie, zanim opuścimy Vallettę — rzekł dość szorstko, po czym znów zostawił ją samą.

Później tego samego dnia, młoda kobieta zaskrobała do drzwi. — Jestem Ana — powiedziała z akcentem po angielsku, z uśmiechem i małym dygnięciem. — Kapitan de Silva, on wynajął mnie, żebym była twoją pokojówką. Jedziemy do Florencji, tak?

— Tak — odparła z ulgą Clarissa.

— Mam tu dla ciebie suknię. Więcej, na drugim statku. Przebierzesz się i idziemy?

Oczywiście, zostawią tu statek korsarski, uświadomiła sobie Clarissa, a Rafael przysłał Anę z ubraniami, aby Clarissa mogła wyglądać porządnie podczas przesiadki. Gdzieś w ciemnych godzinach nocnych zdała sobie sprawę, że jest całkowicie zrujnowana, mimo że została uratowana, zanim mogło dojść do najgorszego.

Jej zniknięcia z Aten nie dało się wytłumaczyć. Lady Glenkellie i lady Ginori z pewnością postawiłyby Ateny na nogi, za co nie mogła ich winić; musiały wpaść w panikę po jej zniknięciu. Ponowne pojawienie się we Włoszech ponad tydzień później, na pokładzie portugalskiego statku, bez wyjaśnienia, co się z nią działo... Cóż, to byłby skandal pierwszej wody.

Ale na razie odsunęła te myśli na bok i przebrała się w suknię, którą przyniosła jej Ana. Była to prosta, skromna suknia w bladoniebieskim kolorze, z wysokim dekoltem i długimi rękawami. Clarissa włożyła ją z wdzięcznością, czując ulgę, że w końcu pozbyła się brudnej, podartej koszuli nocnej, którą nosiła od wielu dni.

Gdy wyszła z kajuty, Rafael czekał na nią na pokładzie. Przebrał się w świeży mundur i w każdym calu wyglądał jak przystojny kapitan marynarki.

— Jesteś gotowa? — zapytał, podając jej ramię.

Ujęła je, czując dziwne trzepotanie w żołądku. — Tak, kapitanie — odparła, starając się, by jej głos brzmiał pewnie.

Zeszli ze statku korsarskiego i udali się w stronę drugiego, smukłego, nowoczesnego statku pod portugalską banderą.

Załoga uwijała się, przygotowując do wypłynięcia, a Rafael tylko skinął im głową, dając znak, by zeszli pod pokład.

Ana pewnie poprowadziła ich do dużej, przestronnej kajuty na rufie statku. — Kajuta kapitana, panienko — powiedziała z ukłonem. — Powiedział, że tutaj będziesz bezpieczna. Widzisz? Drzwi na klucz. — Uniosła klucz. — Zamkniemy drzwi i będziemy bezpieczne.

Clarissa skinęła głową, czując napływającą falę ulgi. Była bezpieczna, i to z mężczyzną, któremu mogła zaufać. Rafael od momentu, gdy znalazł ją na statku korsarskim, był dla niej miły i czuła do niego wdzięczność, której nie potrafiła wyrazić słowami.

Kołysanie i skrzypienie statku wkrótce dały Clarissie znać, że wypłynęli, a ona usiadła na niskiej, wyściełanej ławce przy oknach na rufie, ciesząc się, że może patrzeć na morze po tylu dniach spędzonych w małej kajucie. Może Rafael nawet pozwoli im później wyjść na pokład, aby zaczerpnąć świeżego powietrza; desperacko tego potrzebowała, ale rozumiała, że na statku pełnym mężczyzn może to nie być możliwe.

Kątem oka Clarissa dostrzegła ruch na podłodze u swoich stóp. Z cichym piskiem poderwała nogi z podłogi i podkuliła je pod siebie. — Szczury!

Ana, która właśnie ścieliła łóżko, odwróciła się gwałtownie. Jednak po chwili spojrzała i roześmiała się. — Nie ma tu szczurów, panienko. Spójrz. To nie szczur. To kot!

Clarissa roześmiała się z własnej głupoty, gdy kot wymknął się z kryjówki i spojrzał na nią jasnymi, zielonymi oczami. Smukłe, czarne stworzenie wyglądało na dobrze odżywione i zdrowe, najwyraźniej będąc mile widzianym członkiem załogi. — Witaj, kiciusiu. — Pochylając się, wyciągnęła rękę w stronę kota, który przez chwilę obwąchał jej palce, ale nie raczył pozwolić się pogłaskać; cofnął się, odszedł i prześlizgnął przez małą szparę wyciętą w jednej z desek drzwi.

— Cóż, wygląda na to, że ma swobodny dostęp do całego statku — mruknęła z żalem Clarissa, po czym wróciła wzrokiem do okna, obserwując, jak brzeg Malty powoli znika w oddali.

Słońce stało wysoko, a Malta dawno zniknęła z pola widzenia, gdy pukanie do drzwi zwiastowało powrót kapitana. Rafael poczekał, aż Ana otworzy drzwi, by go wpuścić, obdarowując pokojówkę pełnym szacunku skinieniem głowy w odpowiedzi na jej głęboki dyg, po czym jego wzrok natychmiast powędrował do Clarissy siedzącej przy oknie.

— Pomyślałem, że może miałabyś ochotę wyjść na pokład i zaczerpnąć świeżego powietrza — zasugerował, a na jego ustach pojawił się uśmiech, gdy Clarissa natychmiast zerwała się na nogi. — Ach. Podoba ci się ten pomysł?

— Byłam zamknięta przez wiele dni. Trochę słońca na twarzy byłoby bardzo mile widziane! — oświadczyła.

Rafael skinął głową i gestem poprosił, by go wyprzedziła, ponieważ korytarz był zbyt wąski, by mogli iść pod ramię. Ana szła za nimi.

Gdy Clarissa wspinała się po wąskich schodach na pokład, czarny cień przemknął jej między nogami, niemal powodując, że się potknęła. Za sobą usłyszała, jak Rafael powiedział coś po portugalsku, co uznała za przekleństwo.

— Wszystko w porządku, panno Creighton? Fernando nie zważa na to, pod czyje nogi się plącze.

— Fernando, to imię tego kota? To piękna bestia. — Wchodząc na pokład, Clarissa wciągnęła pełną piersią świeże morskie powietrze, wzdychając z przyjemnością, gdy wiatr unosił jej włosy z rozgrzanej szyi.

— Tolerujemy go, ponieważ jest najlepszym łowcą szczurów na pełnym morzu. — Rafael dołączył do niej, kładąc dłoń pod jej łokciem i prowadząc ją do relingu, z dala od miejsca, gdzie uwijali się mężczyźni, napinając liny i poprawiając żagle. — Tylko niech ci nie przyjdzie do głowy dotykać jego brzucha, bez względu na to, jak bardzo będzie cię kusił, leżąc na plecach. To podstępna pułapka, a twoja dłoń nie wyjdzie z tego bez szwanku. Jego zęby są na tyle ostre, że potrafią przebić nawet skórzane rękawiczki.

Clarissa roześmiała się. — Dziękuję za ostrzeżenie, sir! Z pewnością wpadłabym w tę pułapkę, i to pewnie bez rękawiczek, bo żadnych nie mam.

— Przykro mi, że nie mieliśmy czasu, by zaopatrzyć cię w bardziej kompletną garderobę — powiedział Rafael przepraszającym tonem. — Zakup znacznej ilości eleganckich damskich ubrań prawdopodobnie przyciągnąłby więcej uwagi, niż byśmy sobie tego życzyli, jak sądzę.

— Och, proszę mi wierzyć, nie mam żadnych skarg! — Clarissa wygładziła dłonią spódnicę. — Wszystko w mojej obecnej sytuacji stanowi nieskończoną poprawę w stosunku do poprzedniej, od ubrań i krajobrazów po towarzystwo.

Skłonił głowę w lekkim ukłonie. Właśnie wtedy statek szarpnął, zmieniając kierunek, by płynąć z wiatrem; ogromny bom przeleciał nad głowami, gdy żagle się poruszyły, a Rafael instynktownie wyciągnął rękę, by podtrzymać Clarissę. Ona jednak już przeniosła ciężar ciała, czując się całkowicie swobodnie i pewnie, nawet gdy reling, przy którym stali, zanurkował w stronę fal.

— Jesteś doświadczoną żeglarką, jak sądzę — mruknął. — Najwyraźniej przypłynęłaś tu kiedyś z Anglii?

— Prawie dwa lata temu. — Spojrzała przed siebie, myśląc o celu podróży. — Moja ciotka Marianne wyszła za mąż, a jej mąż ma rodzinę we Włoszech. Zaplanowali podróż poślubną i zaprosili mnie i moją siostrę Dianę, byśmy do nich dołączyły. Diana wyszła za mąż w zeszłym roku i wróciła do Anglii, ale ja postanowiłam zostać. — Nie dodała, że w tym momencie postępowała wbrew woli rodziców; listy od matki, domagające się powrotu Clarissy do Anglii, stawały się w ostatnich miesiącach coraz częstsze i bardziej stanowcze. Clarissa zbyt dobrze wiedziała, co czeka ją w domu. W najlepszym razie londyński sezon, podczas którego oczekiwano by od niej zrobienia wielkiej partii. W najgorszym — już wybrany dla niej kandydat na męża.

— A twój wuj i ciotka wciąż są we Włoszech?

— We Florencji, tak. Moja ciotka kilka miesięcy temu urodziła bliźnięta i nie czuła się dobrze po porodzie, a dzieci były dość małe, jak to podobno bywa z bliźniętami. Postanowili zostać na jakiś czas we Florencji, a ja dostałam propozycję wyjazdu do Grecji, gdy dwie starsze krewne postanowiły wybrać się w podróż do Aten.

— To te damy, o których mówiłaś? — Rafael był dobrym słuchaczem, pomyślała Clarissa; cichy i uważny, jego oczy nie opuszczały jej twarzy, gdy mówiła.

— Lady Ginori i Lady Glenkellie. — Clarissa skinęła głową. Nie wyjawiła jeszcze stopnia pokrewieństwa ani faktu, że nie była jedynie „panną Creighton", ale wiedziała, że musi to teraz zrobić. Biorąc głęboki oddech, powiedziała: — Lady Glenkellie jest markizą wdową, jej syn to dżentelmen, za którego wyszła moja ciotka. Lady Ginori jest jej siostrą, hrabiną Ginori.

— Dobrze skoligacone krewne — zauważył Rafael, ale nie wyglądał na poruszonego.

Clarissa postanowiła nie tłumaczyć, że pokrewieństwo opierało się na tym, że Marianne była kiedyś żoną jej wuja. Nie miało to znaczenia dla ich wzajemnych relacji; Marianne uważała Clarissę za swoją siostrzenicę i żadna ciotka nie mogłaby być bardziej kochana. — Mój ojciec jest hrabią — przyznała.

Rafael tylko skinął głową, a Clarissa mrugnęła. Spodziewała się nieco większej reakcji na takie wyznanie.

— Te damy z pewnością przewróciły Ateny do góry nogami w poszukiwaniu ciebie — mruknął Rafael, a Clarissa skrzywiła się.

— Niestety. Tak.

Jego morskozielone oczy były zamyślone, gdy spoglądał na nią z góry, ale nie zadał więcej pytań. Zaproponował tylko ramię i zaprosił ją na spacer po pokładzie, by na chwilę rozprostować nogi. Clarissa z pewnością doceniła tę możliwość i z radością przyjęła zaproszenie.

Pozostali na pokładzie przez około pół godziny, zanim jeden z mężczyzn zawołał coś do Rafaela po portugalsku.

— Niestety, wzywają mnie obowiązki — powiedział po krótkiej odpowiedzi. — Odprowadzę cię z powrotem do kajuty. Chociaż cieszę się szacunkiem moich ludzi, najlepiej będzie, jeśli ty i Ana pozostaniecie w kajucie, chyba że będę wam towarzyszył. Dopilnuję, abyś mogła wychodzić na pokład co najmniej dwa razy dziennie, a w Livorno powinniśmy być nie później niż jutro wieczorem.

Clarissa podziękowała mu ze szczerą wdzięcznością za poświęcony jej czas, po czym ona i Ana wróciły do kapitańskiej kajuty. Kot Fernando towarzyszył im, rzucając się na podłogę i turlając, by pokazać cienki biały pasek na swoim lśniącym, futrzanym brzuchu.

— Nie dotykaj! — zawołała Clarissa, gdy Ana zagruchała i schyliła się, by pogłaskać kota. — Kapitan ostrzegł mnie, żebym nie dotykała jego brzucha, bo inaczej poleje się krew.

— Ach, ty zły demonie, tak nas kusić — zganiła kota Ana. — Idź sobie.

Fernando obrócił się, ziewnął i wskoczył na ławkę przy oknie obok Clarissy. Usiadł, owinął ogon starannie wokół przednich łap i spojrzał na nią. Clarissa wyciągnęła ostrożną rękę i tym razem kot raczył pozwolić na jej dotyk, wtulając się w pieszczotę, gdy delikatnie głaskała jego lśniącą głowę.

Zatopiona w myślach, Clarissa siedziała tak przez wiele godzin, głaszcząc kota i wpatrując się w falujące fale, aż pukanie do drzwi zwiastowało przybycie posiłku, dostarczonego przez nieśmiałego młodego chłopca, który nie potrafił spojrzeć bezpośrednio na żadną z kobiet.

Po okropnym jedzeniu, które podawano jej jako więźniowi na statku korsarskim, i prostym posiłku poprzedniej nocy, teraz dostarczone jedzenie wyglądało dla Clarissy jak uczta. Świeże podpłomyki, cienko pokrojone mięsa i sery, oliwki i malutkie pomidory, a do tego winogrona i brzoskwinie oraz dzbanek świeżego soku owocowego, którego smaku Clarissa nie potrafiła od razu zidentyfikować.

— *Rummien* — powiedziała Ana w swoim języku, gdy Clarissa zapytała, a potem spróbowała po włosku. — *Melograno?*

— Granat? — Clarissa sądziła, że o to chodzi.

— *Iva*, tak! — Ana entuzjastycznie skinęła głową. — Smakuje ci?

— Pyszny. — Clarissa umierała z głodu. Starała się nie rzucić na jedzenie jak wygłodniałe zwierzę; jadła w sposób godny damy i zmuszała się do zwolnienia, aby Ana mogła zjeść swoją porcję, ale gdy Ana otarła palce serwetką i powiedziała, że skończyła, Clarissa zjadła każdy okruch z tacy.

— Powinnaś odpocząć, panienko — zasugerowała Ana, gdy Clarissa dopijała ostatni łyk słodkiego soku z granatów, a Clarissa skinęła głową. Jej powieki już zaczynały opadać. Strach nie pozwalał jej na prawdziwy sen od czasu, gdy prawie tydzień temu porwano ją z łóżka w środku nocy w Atenach, nawet gdy poprzedniej nocy Rafael stał na warcie przed jej drzwiami. Teraz czuła się ciepło i bezpiecznie, a z pełnym brzuchem ułożyła się w zaskakująco wygodnym łóżku, zamknęła oczy i zapadła w mocny, głęboki sen.

ROZDZIAŁ PIĄTY

Złote słońce wyjrzało zza horyzontu, rzucając ciepły blask na jasną skórę Clarissy, gdy stała przy relingu statku Santa Dorotéia, niemal znieruchomiałego z braku wiatru na spokojnym Morzu Śródziemnym wczesnym rankiem. Delikatne kołysanie statku wprawiło ją w zadumę, kiedy wpatrywała się w połyskujące morze. Jej włosy, rozjaśnione przez słońce i rozwiane słoną bryzą, okalały jej zamyśloną twarz.

— Kapitanie de Silva — zawołała, odwracając się w stronę stojącego nieopodal Rafaela, który utkwił wzrok w horyzoncie. — Czy mogę zadać panu dość osobiste pytanie?

W morskich oczach Rafaela zamigotało wahanie, ale skinął głową. — Oczywiście, moja pani.

— Proszę opowiedzieć mi o swojej rodzinie. — Zainteresował ją ten enigmatyczny portugalski kapitan.

Zawahał się, szarpiąc za mankiet kurtki, nim odpowiedział. — Mój ojciec i starsi bracia zginęli na wojnie. Spadł na mnie obowiązek głowy rodziny i opieki nad matką i siostrą.

Spojrzenie Clarissy złagodniało ze współczucia. — Jakie to straszne — szepnęła. — Ile miał pan lat?

— Dwanaście — odparł Rafael, a jego spojrzenie stało się nieobecne, gdy mówił, a w jego głosie pobrzmiewał smutek. — Musieliśmy opuścić nasz dom.

— Czy dlatego zaciągnął się pan do angielskiej Marynarki Wojennej? — spytała Clarissa zaintrygowana.

— W istocie — rzekł z lekkim, smutnym uśmiechem igrającym w kącikach ust. — Moja matka znalazła schronienie w Anglii, a ja zaciągnąłem się do ich marynarki, aby poprawić swoje perspektywy i zapewnić byt rodzinie. W ten sposób nauczyłem się też tak dobrze mówić po angielsku.

— A teraz ma pan własny statek, pływający pod portugalską banderą? — podsunęła, mając nadzieję dowiedzieć się o nim czegoś więcej.

— Gdy wreszcie można było bezpiecznie wrócić do Portugalii — odparł z głosem ciężkim od emocji — zastaliśmy naszą posiadłość w stanie niemal całkowitej ruiny. Wojna odcisnęła na niej swoje piętno i niewiele zostało z domu, który kiedyś znałem. Uprawianie mego rzemiosła na morzu było jedynym sposobem na zdobycie funduszy, by choćby zacząć odbudowywać naszą fortunę.

Serce Clarissy ścisnęło się z żalu. — Mogę sobie tylko wyobrazić, jak trudne to musiało być dla pana i pańskiej rodziny — szepnęła.

Rafael uśmiechnął się słabo, choć smutek wciąż czaił się w jego oczach. — To było wielkie wyzwanie — przyznał — ale wiedziałem, że moim obowiązkiem jest odbudować nasz dom i zatroszczyć się o matkę i siostrę. Ich dobro zawsze było dla mnie najważniejsze.

— Pańskie oddanie rodzinie jest doprawdy godne podziwu, kapitanie — zauważyła Clarissa, a jej podziw był wyraźnie widoczny. — Wielu ugięłoby się pod takim brzemieniem, ale pan stawił mu czoła i pozostał niezłomny w swoim postanowieniu.

— Dziękuję, Lady Clariso — odparł, z pokorą skłaniając głowę. — Robię jedynie to, co na moim miejscu zrobiłby każdy honorowy człowiek.

— Być może — przyznała, nie spuszczając z niego wzroku. — Ale wierzę, że potrzeba rzadkiej i wyjątkowej jednostki, by zachować taką siłę charakteru i przekonanie w obliczu przytłaczających trudności.

Uśmiechnął się lekko i skłonił głowę, ale nic więcej nie powiedział, odwracając od niej wzrok i spoglądając w górę na żagle, wciąż wiszące niemal bezwładnie na masztach.

Była ciekawym stworzeniem, ta córka angielskiego hrabiego. Spotkał wiele takich podczas swoich lat w Anglii, ale żadna nie była tak szczera i bezpośrednia jak Lady Clarissa Creighton. Nie potrafił też sobie wyobrazić, by którakolwiek z nich zniosła tak dobrze gehennę, którą ona przeszła. Mówiła o trudach, które *on* zniósł, ale to nie jego porwali korsarze i grozili sprzedażą na targu niewolników i straszliwym losem!

— Kapitanie, mówił pan o swojej rodzinie i trudach, jakie znosili podczas wojny — zaczęła znowu Clarissa, a w jej niebieskich oczach błyszczała ciekawość. — A co z ziemiami, które teraz pan chroni? Czy może mi pan opisać piękno Portugalii i swojej rodowej posiadłości?

Rafael zawahał się na chwilę, a serce wezbrało mu miłością i dumą. Rzucił spojrzenie na zachód, w kierunku swojej ojczyzny, jakby próbował siłą woli wyczarować przed sobą obraz domu, a potem zaczął mówić.

— Portugalia to kraina kontrastów, Lady Clariso — powiedział, a jego głos wypełniło ciepło i przywiązanie. — Od bujnych, zielonych wzgórz północy po surowe, spalone słońcem klify południa, kryje w sobie piękno, które jest zarówno dzikie i nieokiełznane, jak i głęboko spokojne.

Zamilkł na moment, wspominając pofałdowane winnice otaczające posiadłość jego rodziny, żywo zielone liście kontrastujące z bogatą, ciemną glebą. — Nasze ziemie leżą w dolinie, skąpane w słońcu i obdarzone żyzną ziemią, która rodzi obfite plony i doskonałe winogrona do naszych winiarskich przedsięwzięć. Przepływa przez nie rzeka, która dostarcza pożywienia polom i śpiewa łagodną pieśń, akompaniując szepczącej bryzie, która szeleści wśród drzew.

Gdy mówił, tęskny uśmiech błąkał się po kącikach jego ust, a morskie oczy lśniły wspomnieniami szczęśliwszych czasów. — Przed wojną nasza posiadłość była miejscem śmiechu i radości, wypełnionym głosami rodziny i przyjaciół, gdy zbieraliśmy się, by celebrować liczne błogosławieństwa życia. Powietrze było przesycone zapachem jaśminu i kwiatów pomarańczy, który mieszał się z ziemistym aromatem winnic, tworząc woń zarówno odurzającą, jak i ożywczą.

— Pańskie słowa malują żywy obraz, kapitanie — szepnęła Clarissa, a jej oczy złagodniały z empatii. — To musiał być prawdziwie rozdzierający serce widok, oglądać tak piękne miejsce spustoszone przez okropieństwa wojny.

— Istotnie — przyznał cicho Rafael, a jego rysy pociemniały od smutku, gdy wspominał pierwszy widok swojego domu, spalone winnice, nielicznych ocalałych ludzi – załamanych i przerażonych. — Ale wierzę, że z czasem, miłością i wytrwałością możemy przywrócić nasz dom do dawnej chwały. Bo to nie tylko sama ziemia jest kluczem do mojego serca, ale duch ludzi, którzy w niej mieszkają – moja rodzina, moi przyjaciele i wszyscy ci, którzy stali przy nas nawet w najciemniejszych czasach. Moja matka zarządza naszą posiadłością bardziej niż sprawnie pod moją nieobecność, jako że wciąż potrzebujemy funduszy, które zarabiam, kapitanując na moim statku.

— Pańska rodzina wydaje się naprawdę niezwykła — powiedziała, a w jej oczach lśnił podziw. — I jeśli wolno mi tak rzec, kapitanie de Silva, okazał pan wielką pokorę mimo swego szlachetnego pochodzenia.

— Ach, ależ Lady Clariso — odparł Rafael z krzywym uśmiechem — to przeciwności losu często uczą nas najcenniejszych lekcji w życiu. Nie miałem wyboru, musiałem wyciągnąć wnioski z wyzwań, które los rzucił mi pod nogi.

— W istocie — zamyśliła się, rozważając niezliczonych aroganckich arystokratów, których spotkała w Anglii. — A jednak tak wielu ludzi szlachetnego urodzenia zdaje się nie pojmować tej prostej prawdy.

— Być może nie stanęli jeszcze w obliczu prób, które zmuszają ich do konfrontacji z własnym człowieczeństwem — zasugerował z nutą smutku w głosie.

— Proszę opowiedzieć mi o swojej siostrze, Isabelli — odważyła się Clarissa, jej głos był łagodny i zachęcający. — Wspomniał pan o niej wcześniej i nie mogę się powstrzymać od zastanawiania się, jaką jest osobą.

Twarz Rafaela złagodniała na myśl o jego psotnym młodszym rodzeństwie. — Ach, *minha irmã* — zaczął tonem, w którym w równych częściach mieszały się czułość i irytacja. — Isabella to siła, z którą trzeba się liczyć. Zawsze była pełna życia i energii, nawet gdy nasze okoliczności były najgorsze.

— Doprawdy? — Clarissa pochyliła się do przodu, a jej oczy zalśniły ciekawością. — Proszę mówić.

— Isabella kiedyś przekonała jednego z naszych sąsiadów, że odkryła magiczne źródło w lesie niedaleko naszej posiadłości — opowiadał, a w jego morskich oczach zapalił się psotny błysk. — Przysięgała, że potrafi cofać czas i przywracać młodość wszystkim, którzy napiją się jego wód.

— Mój Boże! — wykrzyknęła Clarissa, przykładając dłoń do ust, by stłumić chichot. — I czy ktokolwiek jej uwierzył?

— Niestety tak — przyznał Rafael ze zbolałym uśmiechem. — Kilku naszych bardziej łatwowiernych sąsiadów z zapałem wyruszyło na poszukiwanie tej bajecznej fontanny, by wrócić z pustymi rękami i na wskroś przemoczonymi po tym, jak Isabella zaprowadziła ich prosto do dość głębokiego stawu.

Clarissa potrząsnęła głową, a jej śmiech był już niepohamowany. — Jak cudownie musi być mieć tak pełne ducha i wyobraźni rodzeństwo.

— W istocie, jest ona nieustannym źródłem rozrywki i radości — zgodził się Rafael, a jego własny śmiech ucichł, gdy spojrzał na lśniącą przestrzeń wody przed sobą. Żartobliwe wspomnienia z przeszłości na chwilę ustąpiły miejsca bardziej ponurej refleksji, a jego czoło zmarszczyło się pod ciężarem obowiązków.

Jako kapitan statku Santa Dorotéia, Rafael niósł na swych barkach życie swojej załogi i bezpieczeństwo tych, których chronili. A jednak, nawet gdy nawigował po zdradliwych wodach Morza Śródziemnego, jego myśli nigdy nie były daleko od rodziny w Portugalii i obowiązku, który był im winien.

— Kapitanie? — zapytała cicho Clarissa, a troska zabarwiła jej głos, gdy zauważyła zmianę w jego postawie. — Wszystko w porządku?

— Proszę mi wybaczyć — mruknął, ofiarowując jej mały, uspokajający uśmiech. — Po prostu myślałem o moich obowiązkach – jako kapitana i jako brata.

— Ach — skinęła głową, a w jej oczach pojawiło się zrozumienie. — Musi być trudno zrównoważyć obowiązki obu ról, zwłaszcza gdy często wydają się one ze sobą sprzeczne.

— W istocie — przyznał, a jego spojrzenie stało się introspektywne. — Czasami zastanawiam się, czy naprawdę robię to, co najlepsze dla mojej rodziny, będąc tak daleko od nich, ale potem przypominam sobie, że moim obowiązkiem jest również chronić innych przed niebezpieczeństwami, które czają się na tych morzach.

— Czasami najtrudniejsze wybory, jakich dokonujemy, są tymi, które naprawdę nas definiują — powiedziała cicho Clarissa.

— Jest pani bystra jak na tak młodą osobę — rzekł z namysłem Rafael, spoglądając na nią. — I jeśli wolno mi tak rzec... zupełnie inna niż pozostałe dobrze urodzone angielskie damy, które spotkałem. — Delikatna bryza poruszyła rozjaśnionymi słońcem włosami Clarissy, a jej odmowa noszenia czepka nadawała jej buntowniczego uroku, który przykuł uwagę Rafaela.

Uśmiechnęła się lekko i odwróciła wzrok, ale on nie zadał pytania, a ona nie zaoferowała żadnych wyjaśnień. Stali razem, obserwując spokojne morze.

— Rodzina też jest ważna — powiedziała nagle Clarissa, przerywając komfortową ciszę, która zapadła między nimi.

— Właściwie moja siostra Diana jest jedynym powodem, dla którego chciałabym wrócić do Anglii.

Zaskoczony, spojrzał na nią. — Nie rodzice ani dom?

— Nie. — Jej twarz była spokojna i opanowana, kiedy mówiła. — Kochają mnie, a ja ich, ale ich oczekiwania wobec mnie są takie, których nie mogę spełnić. Diana, w przeciwieństwie do nich, akceptuje mnie taką, jaka jestem.

— Pańska siostra musi być kimś naprawdę wyjątkowym — odparł Rafael.

— W istocie, jest — zgodziła się Clarissa, a jej głos był przepełniony uczuciem. — Diana jest jedyną osobą, którą kocham bezwarunkowo. Zawsze była źródłem dobroci i wsparcia, i nie zdziwiło mnie, że pewien książę dostrzegł jej wartość i porwał ją na swoją żonę. — Clarissa uśmiechnęła się, a ten olśniewający pokaz sprawił, że serce Rafaela zabiło szybciej.

— Wiatr się wzmaga — zauważył, widząc, jak jej loki zaczynają powiewać. — Najlepiej będzie, jeśli odprowadzę panią na dół i zajmę się swoimi obowiązkami.

— Dziękuję za poświęcony mi czas, kapitanie. — Zrobiła mu elegancki, mały dyg. — Podobała mi się nasza rozmowa.

— Mnie również — powiedział, ze zdziwieniem stwierdzając, że mówi to szczerze. Rozmowa z dobrze urodzonymi młodymi damami była zwykle skomplikowaną sprawą, pełną pułapek i ukrytych kodów, których odszyfrowywania Rafael nie miał ani cierpliwości, ani ochoty. Rozmowa z Clarissą wydawała się odświeżająco prosta; mówiła to, co myślała, nie ubierając tego w ładne słówka ani zagadki.

— Powinniśmy dotrzeć do Livorno rano — zauważył Rafael, odprowadzając Clarissę z powrotem do swojej kajuty. — Cisza nieco nas opóźniła, ale mam nadzieję, że teraz nadrobimy zaległości.

— Jeszcze raz dziękuję za eskortę. — Zerknęła na niego przez ramię, idąc wąskim korytarzem. — Nie wiem, co bym bez pańskiej pomocy zrobiła.

— Postaram się odprowadzić panią na pokład ponownie później — powiedział nieco niezręcznie, a ona znów obdarzyła go tym olśniewającym uśmiechem.

— Będę wdzięczna, ale proszę nie czuć się zobowiązanym. To już było więcej niż wystarczająco.

Za taki uśmiech można by namówić człowieka do wielu rzeczy, pomyślał Rafael, wracając na pokład i podchodząc do miejsca, gdzie jego pierwszy oficer trzymał ster.

Ostatnie promienie słońca rzucały złoty blask na falujące fale, malując horyzont w odcieniach różu i pomarańczy. Łagodna bryza poruszała żaglami statku Santa Dorotéia, gdy Rafael i Clarissa znów stali ramię w ramię przy relingu, ich oczy przyciągała zapierająca dech w piersiach panorama przed nimi.

— Cóż za piękno — szepnęła Clarissa, jej głos był cichy i pełen czci. — Przypomina mi to fragment jednego z moich ulubionych poetów, Lorda Byrona: „Chodzi w piękności, jak ta noc bez chmur / W gwiaździstych światach, w bezkresnej przestrzeni".

— Ach, ma pani upodobanie do poezji, Lady Clariso? — zapytał Rafael, patrząc na nią z nowo odkrytym uznaniem.

— W istocie, kapitanie — odparła, a na jej ustach pojawił się figlarny uśmiech. — Uważam, że słowa mają swoją własną moc, potrafią uchwycić esencję chwili lub uczucia.

— W takim razie może podzielę się wierszem jednego z moich ulubionych poetów, Luísa de Camõesa — zaproponował Rafael, a jego wzrok powrócił na morze. — „Ucichło niebo, ziemia i wiatry / Fale rozlały się po piaszczystej równinie / Gdy sen w morzu ryby unieruchamia / Nocna cisza zapada jak sen".

— Piękne — tchnęła Clarissa, wyraźnie poruszona jego recytacją. — W tych słowach jest głębia tęsknoty, która rezonuje w mojej duszy.

— Poezja potrafi ujawnić nasze najgłębsze pragnienia, nawet gdy sami nie jesteśmy ich świadomi — zamyślił się Rafael.

— Prawda — zgodziła się Clarissa, pogrążona w myślach. — Czasami potrzeba odpowiedniej kombinacji słów, aby pomóc nam zrozumieć to, co kryje się w naszych sercach.

Gdy niebo pociemniało, gwiazdy zaczęły kropkować rozległą przestrzeń nad nimi, dodając scenie uroku. Rafael nie mógł nie zauważyć, jak srebrzyste światło księżyca tańczyło we włosach Clarissy, i poczuł w sobie nieznaną tęsknotę.

— Kapitanie — odważyła się nieśmiało Clarissa, jej głos był ledwie szeptem. — Czy kiedykolwiek zastanawiał się pan, że być może nasze życie, podobnie jak wersy wiersza, ma podążać za pewnym rytmem lub strukturą?

— Intrygująca myśl, Lady Clariso — odparł Rafael, odwracając się do niej. — Ale wierzę, że zawsze jest miejsce na nieoczekiwane zwroty akcji, podobnie jak na nieprzewidywalne prądy morskie.

— Być może — przyznała. — A jednak to w tych nieprzewidzianych momentach często znajdujemy najwięcej sensu i piękna.

— W istocie — zgodził się cicho, a jego serce waliło, gdy przestrzeń między nimi zdawała się kurczyć, przyciągani do siebie przez przemożną siłę, której żadne z nich nie potrafiło w pełni pojąć.

Krzyk jednego z jego marynarzy przywołał Rafaela do rzeczywistości, a on cofnął się, w duchu przeklinając się za głupotę. To – cokolwiek to było – było szaleństwem, obłędem wywołanym przez światło księżyca i bliskość pięknej kobiety. Lady Clarissa Creighton, córka angielskiego hrabiego, nie była dla kogoś takiego jak on, i im szybciej się o tym przekona, tym lepiej.

— Najlepiej będzie, jeśli odprowadzę panią na dół — powiedział sztywnym tonem. — Rano będziemy w Livorno, a ja wynajmę powóz, aby eskortował panią do Florencji.

Clarissa lekko skłoniła głowę. — Dziękuję — to wszystko, co powiedziała, ale czuł na sobie jej wzrok, a zakłopotanie na jej twarzy z powodu jego nagłego, sztywnego wycofania się było oczywiste.

Nie dla ciebie, przypomniał sobie w duchu Rafael, odprowadzając ją z powrotem do swojej kabiny i zostawiając pod opieką Anny. *Ona nie jest dla ciebie.*

ROZDZIAŁ SZÓSTY

Kakofonia głosów i skrzypienie olinowania wypełniały powietrze, a zapach słonego morza mieszał się z aromatem świeżych ryb z pobliskiego targu, gdy „Santa Dorotéa" gładko wpłynęła na swoje stanowisko w porcie w Livorno. Kapitan Rafael de Silva stał na drewnianym pokładzie, swoimi morskimi oczami ogarniając tętniącą życiem scenę. Odwrócił się do Clarissy, która opierała się o reling, obserwując ruch w zatłoczonym porcie.

— Pozwól, że ci pomogę, moja pani. — Rafael wyciągnął stwardniałą od pracy dłoń, oferując wsparcie, gdy wchodziła na trap. Clarissa, jak zawsze nieustraszona, spojrzała na jego wyciągniętą rękę, potem w oczy i rzuciła mu zawadiacki uśmiech.

— Dziękuję, kapitanie, ale myślę, że dam sobie radę — powiedziała, zręcznie wchodząc na deskę bez pomocy. Rafael podziwiał jej niezależność, choć nie mógł powstrzymać zmartwionego zmarszczenia brwi, gdy pokonywała niepewne przejście.

— Enrique! — zawołał Rafael do jednego z członków załogi. — Załatw nam powóz, jeśli łaska.

— Sim, capitão! — odparł marynarz, spiesząc, by wypełnić prośbę.

Gdy czekali, Clarissa od niechcenia zerknęła na statek na sąsiednim stanowisku, przygotowujący się do odbicia od brzegu, gdy ostatni pasażerowie wchodzili na pokład. Jej uwagę przykuła wysoka postać. Zmrużyła oczy; znała tę sylwetkę!

— Wujku Alex! — zawołała. Zaskoczony Alex odwrócił się gwałtownie, a jego twarz wyrażała niedowierzanie i ulgę, gdy dostrzegł swoją siostrzenicę stojącą na nabrzeżu.

— Clarissa! — Ruszył w jej stronę z szeroko otwartymi ramionami.

Serce Clarissy wezbrało szczęściem, gdy patrzyła na znajomy widok ukochanego wuja, którego twarz naznaczona była szokiem i radością na widok jej całej i zdrowej.

— Clarissa, moja droga! — zawołał Alex, a jego głos był ciężki od emocji. Porwał ją w ramiona, trzymając mocno, jakby chciał się upewnić, że naprawdę tam jest, a nie jest zjawą zrodzoną z jego najgłębszych nadziei.

— Wujku Alex — mruknęła Clarissa, a łzy napłynęły jej do oczu, gdy się do niego przytuliła. — Tak się cieszę, że cię widzę.

— Gdzieś ty się podziewała? — Odsunął się, chwytając ją za ramiona i mierząc wzrokiem od stóp do głów. — Nie potrafię ci opisać, jak bardzo Marianne wpadła w panikę, kiedy otrzymaliśmy list od mojej matki, że zniknęłaś z Aten!

Clarissa skrzywiła się, zbyt dobrze wyobrażając sobie, jak strapiona musiała być jej ciotka.

— Właśnie miałem wchodzić na pokład statku do Grecji — Alex wskazał na statek i westchnął, gdy kapitan podszedł do niego. — Chwileczkę, Clarry. Muszę zabrać swój bagaż. — Szybko przemówił do kapitana płynnym, potoczystym włoskim, po czym znów zwrócił się do niej. Po raz pierwszy spojrzał za nią na Rafaela, który stał cierpliwie i czekał, a jego brwi uniosły się w zdziwieniu.

— Clarissa Creighton. *Powiedz* mi, że nie uciekłaś z Grecji z jakimś mężczyzną! — Furia pociemniła mu twarz, gdy wpatrywał się w Rafaela.

— Nie! — Clarissa chwyciła go za ramię, gdy Alex zrobił krok do przodu z groźną miną. — Wujku Alex, wcale tak nie było. — Rozejrzała się; kilka osób przyglądało im się z wyraźnym zainteresowaniem. — Musimy porozmawiać na osobności.

— Wróćmy na pokład „Santa Dorotéi" — zaprosił cicho Rafael. — Kapitan Rafael de Silva, do usług — skłonił się grzecznie Alexowi.

— Och, tak mi przykro... to mój wujek Alex... markiz Glenkellie. — Zobaczyła zdziwienie na twarzy Rafaela i zdała sobie sprawę, że nie powiedziała mu, jak wysoką rangę ma Alex. — Wujku, możesz zaufać kapitanowi de Silvie. Obiecuję. On jest bohaterem tej historii.

— Doprawdy? — odparł sucho Alex, ale pozwolił Rafaelowi poprowadzić siebie i Clarissę z powrotem na pokład „Santa Dorotéi" i do kapitańskiej kajuty.

— No dobrze. — Alex skrzyżował ramiona, patrząc to na Rafaela, to na Clarissę. — Opowiedzcie mi, jak było naprawdę.

Clarissa zawahała się, zdając sobie sprawę, że Alex prawdopodobnie wpadnie w szał w jej imieniu, gdy mu wszystko wyjaśni. Rafael przerwał ciszę.

— Milordzie, ten statek jest częścią patrolu antykorsarskiego na południowym Morzu Śródziemnym. Trzy dni temu przechwyciliśmy znanego korsarza płynącego wzdłuż wybrzeża Afryki Północnej pod algierską banderą. Po abordażu znalazłem lady Clarissę uwięzioną.

— Na statku *korsarskim*? — Alex rozłożył ramiona, a jego oczy zapłonęły. — Jak...?

— Złapali mnie w środku nocy — wtrąciła szybko Clarissa. — Obudziłam się, a oni byli w moim pokoju hotelowym. Włożyli mi worek na głowę i wynieśli, zanim zdążyłam krzyknąć.

Alex zakrył usta dłonią z przerażenia i opadł na jedyne krzesło przy stole, wyglądając, jakby nogi miały się pod nim ugiąć. — Czy oni... czy ty... — nie był w stanie zadać tego pytania.

— Chcieli mnie w dobrym stanie, więc nie, nikt mnie nie tknął — powiedziała cicho Clarissa. — Kapitan korsarzy powiedział, że mam zostać sprzedana w Algierze.

Rafael powiedział coś bardzo szybko po włosku. Clarissa nie zrozumiała każdego słowa, ale była prawie pewna sedna. *Dziewice osiągają wyższą cenę.*

Alex wyglądał, jakby miał zwymiotować, ale zamiast tego wstał i wyciągnął rękę do Rafaela. — Kapitanie de Silva, słowa nie są w stanie wyrazić mojej wdzięczności za pański heroizm w uratowaniu i ochronie Clarissy.

— Pańskie podziękowania są mile widziane, sir, ale nie ma potrzeby prawienia tak wylewnych pochwał — odparł Rafael skromnym tonem. — To był jedynie mój obowiązek.

— Być może — przyznał Alex, a jego mina spoważniała, gdy rozważał niebezpieczeństwa, z jakimi Clarissa musiała się zmierzyć. — Ale to pan stawił czoła tym zagrożeniom i za to będę wiecznie wdzięczny.

Rafael poruszył się niespokojnie, nieprzyzwyczajony do takich pochwał. — Moim obowiązkiem jest chronić potrzebujących na pełnym morzu. Bezpieczeństwo lady Clarissy było najważniejsze i jestem wdzięczny za możliwość oddania przysługi.

— Pańskie poczucie obowiązku przynosi panu zaszczyt, kapitanie. — Alex przez chwilę z namysłem przyglądał się Rafaelowi, zanim kontynuował. — W świetle wszystkiego, co pan dla nas zrobił, zapraszam pana, by zatrzymał się u nas jako honorowy gość we Florencji. Moja żona z pewnością będzie chciała pana poznać i nalegam, aby pozwolił nam pan na przyjemność właściwego wyrażenia naszej wdzięczności.

Rafael zawahał się, zerkając na Clarissę, której twarz rozjaśniła się nadzieją i zachętą. Mimo pokusy spędzenia więcej czasu w jej towarzystwie, pamiętał o swojej pozycji i niestosowności przyjęcia tak hojnej oferty.

— Milordzie, pańska dobroć jest przytłaczająca — powiedział w końcu niskim, szczerym głosem. — Ale obawiam się, że z mojej strony byłoby to nadużycie gościnności.

— Kapitanie de Silva — odparł Alex z nutą rozbawienia w głosie — zapewniam pana, że pańska obecność nie będzie żadnym nadużyciem. Wręcz przeciwnie, sprawi nam wielką radość i satysfakcję goszczenie kogoś, kto wykazał się tak wyjątkowym charakterem. Mamy wobec pana dług, którego nie jesteśmy w stanie spłacić.

Rafael znów spojrzał na Clarissę, której oczy lśniły z wyczekiwania. Pragnienie pozostania u jej boku walczyło z wrodzonym poczuciem przyzwoitości, ale ostatecznie nie mógł dłużej zaprzeczać więzi, która się między nimi zrodziła.

— Zatem dobrze, milordzie — zgodził się, a cień uśmiechu pojawił się w kącikach jego ust. — Skoro pan nalega, przyjmę pańskie łaskawe zaproszenie. Obiecałem odstawić lady Clarissę bezpiecznie do Florencji, a jeszcze nie ukończyłem tego zadania.

— Doskonale! — Alex z zachwytem klasnął w dłonie. — Z niecierpliwością czekam na bliższe poznanie człowieka, który ocalił moją ukochaną siostrzenicę.

Człowiek Rafaela powrócił wkrótce na nabrzeże z wynajętym powozem, gotowym zawieźć ich do Florencji. Rafael pomógł Clarissie wsiąść do pluszowego wnętrza, a jej policzki zarumieniły się z podniecenia na myśl o ich podróży.

— Dziękuję, kapitanie — szepnęła, a jej palce zatrzymały się w jego dłoni na chwilę dłużej, niż było to konieczne. Skłonił głowę, odwracając wzrok, i podał Anę, by usiadła obok niej na siedzeniu przodem do kierunku jazdy, podczas gdy Rafael i Alex usiedli plecami do woźnicy.

Gdy powóz ruszył, Alex pochylił się do przodu z ciekawością malującą się na twarzy. — Clarissa, moja droga, wciąż mam kilka pytań dotyczących twojej... przygody, jeśli czujesz się na siłach, by o tym rozmawiać.

Wyczuwając dyskomfort Clarissy, Rafael szybko wtrącił: — Być może najlepiej byłoby pozwolić lady Clarissie odzyskać siły po tej gehennie, zanim zagłębimy się w takie sprawy.

— Oczywiście — przyznał Alex, a jego troska była ewidentna. — Masz całkowitą rację, Rafaelu. Nie będziemy o tym więcej mówić, dopóki nie będziesz gotowa, moja droga siostrzenico.

— Dziękuję, wujku — mruknęła Clarissa z wyczuwalną wdzięcznością.

Jednak w miarę upływu dnia i gdy pagórkowaty krajobraz Toskanii rozwijał się wokół nich jak szmaragdowy gobelin, determinacja Alexa osłabła. Pytania zdawały się wysypywać z jego ust mimowolnie, jak strumień, którego nie dało się zatamować.

— Kim byli ci piraci? Jak doszło do tego, że cię porwali?

— Naprawdę, wujku, ja... — zawahała się Clarissa, rzucając spojrzenie Rafaelowi w poszukiwaniu wsparcia.

— Może moglibyśmy porozmawiać o czymś innym, lordzie Glenkellie — zasugerował gładko Rafael, nie odrywając wzroku od Clarissy. — Na przykład o pięknie Toskanii. Minęły lata, odkąd ostatnio odwiedziłem ten region, i muszę przyznać, że stał się jeszcze bardziej czarujący.

— Ach, tak — zgodził się Alex, a jego uwaga została na chwilę odwrócona. — Winnice, starożytne miasteczka, sztuka... ta ziemia to prawdziwy skarb.

Gdy rozmowa zeszła na bardziej neutralne tematy, napięcie Clarissy opadło, a ona na nowo zaczęła cieszyć się podróżą. Z Rafaelem u boku czuła, że może stawić czoła wszystkiemu — nawet wścibskim pytaniom życzliwego, choć nadmiernie ciekawskiego wuja.

— Dziękuję — szepnęła do Rafaela, gdy mijali malowniczą willę wciśniętą między cyprysy, której terakotowy dach lśnił w popołudniowym słońcu.

— Zawsze, moja pani — odparł, a jego dłoń musnęła jej dłoń najdelikatniejszym dotykiem, posyłając dreszcz po jej kręgosłupie.

Słońce zaszło za horyzontem, rzucając ciepły blask na starożytne ulice Florencji, gdy powóz zatrzymał się przed bramami willi Ginorich, która była tak okazała, że Clarissa zawsze uważała, iż powinna być nazywana pałacem. Clarissa patrzyła przez okno, jak zdobione, kute bramy skrzypiąc, otworzyły się, odsłaniając bujny dziedziniec pełen pachnących róż i drzew pomarańczowych.

— Dość tych uników, Clarissa — zaczął Alex, a jego głos nabrał zatroskanego tonu, gdy wjeżdżali na teren willi. — Muszę wiedzieć, co wydarzyło się podczas tej gehenny.

— Wujku, proszę — szepnęła Clarissa błagalnym wzrokiem. Ale słowa uwięzły jej w gardle, jakby schwytane przez te same wspomnienia, od których próbowała uciec.

Widząc jej zmagania, wkroczył Rafael. — Za pańskim pozwoleniem, hrabio, opowiem o wydarzeniach, które doprowadziły do ocalenia lady Clarissy. — Jego głos był pewny i uspokajający. Gdy spojrzał Clarissie w oczy, skinęła głową, wdzięczna za jego interwencję.

— Bardzo dobrze — przyznał Alex, wpatrując się w Rafaela z intensywnością zrodzoną z miłości i troski o siostrzenicę.

— Po odkryciu statku korsarskiego, wdaliśmy się z nimi w bitwę — zaczął Rafael, taktownie pomijając najbardziej wstrząsające szczegóły. — Zwyciężyliśmy i to właśnie po wszystkim natknąłem się na lady Clarissę, związaną i ukrytą. Ich zamiary były jasne... — przerwał, szukając odpowiednich słów — ...planowali sprzedać ją temu, kto da najwięcej.

— Mój Boże! — mruknął Alex, a jego twarz zbladła na tę myśl. — Rafaelu, nie potrafię panu wystarczająco podziękować za uratowanie mojej siostrzenicy od takiego losu.

— Proszę, sir, ochrona lady Clarissy była moim obowiązkiem i zaszczytem — odparł Rafael, pokornie odrzucając pochwały.

Gdy wysiedli z powozu, Alex zwrócił się do Rafaela. — Musi pan z nami zostać, kapitanie de Silva. Mamy u pana wielki dług i bylibyśmy zaszczyceni, mogąc gościć pana u siebie. Wiem, że hrabia nie pozwoli panu odmówić po tym, co pan zrobił dla Clarissy.

— Milordzie, ja... — zawahał się Rafael, nie chcąc bardziej narzucać się łaskawym gospodarzom.

— Proszę, kapitanie — zachęciła go Clarissa, a jej oczy lśniły wdzięcznością. — Nalegamy.

— Zatem dobrze — ustąpił. — Dziękuję za pańską dobroć, lordzie Glenkellie.

Wielkie drzwi willi otworzyły się i w progu stanęła piękna, rudowłosa kobieta w eleganckiej jedwabnej sukni, z wyrazem szoku na twarzy.

— Alex? Co się stało, dlaczego nie jesteś... Clarissa! — Z radosnym krzykiem rudowłosa kobieta zbiegła po schodach z wyciągniętymi ramionami.

— Ciotko Marianne! — zawołała w odpowiedzi Clarissa, rzucając się naprzód, by uścisnąć ciotkę.

— Moja droga dziewczynko — wykrzyknęła Marianne, otulając Clarissę delikatnym dotykiem. — Jestem tak wdzięczna, że wróciłaś, cała i zdrowa.

— Dziękuję, droga ciotko — odpowiedziała Clarissa, a jej głos drżał z prawdziwego wzruszenia. — Cieszę się, że znów jestem z tobą, naprawdę.

— Do środka, do środka, muszę wiedzieć, co się stało. — Marianne — markiza Glenkellie, jak przypuszczał Rafael, przypominając sobie, by zwracać się do niej per lady Glenkellie — rzuciła mu ciekawskie spojrzenie, prowadząc Clarissę po schodach. — A kim jest ten niezwykle przystojny mężczyzna, którego ze sobą przyprowadziłaś?

Jej ton nie był wystarczająco cichy i Rafael usłyszał każde słowo. Poczuł, jak oblewają go rumieńce i musiał walczyć z chęcią, by odwrócić się na pięcie i uciec z powrotem na swój statek i jego znajome wygody.

Zamiast tego, pozwolił Alexowi poprowadzić się po schodach i do wnętrza pałacu.

Clarissa opowiadała Marianne krótką, mocno zredagowaną wersję swojej przygody. Marianne przycisnęła dłoń do gardła, a jej twarz stała się upiornie blada, po czym ponownie przyciągnęła Clarissę do siebie, trzymając ją mocno.

Gdy obie kobiety dzieliły ten czuły moment, Rafael nie mógł oprzeć się wrażeniu, że jest obcy w tym nieznanym świecie. Okazałe otoczenie pałacu stanowiło ostry kontrast z wysłużonymi wnętrzami jego statku, sprawiając, że czuł się nie na miejscu pośród bogatych gobelinów i marmurowych posadzek.

— Kapitanie de Silva — powiedziała Marianne, zwracając na niego uwagę. — Nie potrafimy panu wystarczająco podziękować za zwrócenie nam naszej drogiej Clarissy.

— Proszę, markizo — odparł Rafael, jego ton był szczery, ale skromny — ochrona lady Clarissy była moim obowiązkiem i zaszczytem. Zrobiłbym to ponownie bez wahania.

— Pańska skromność tylko sprawia, że jesteśmy bardziej wdzięczni, kapitanie — odpowiedziała, a jej oczy lśniły szczerością. — Jest pan prawdziwym dżentelmenem.

— Co ja słyszę? — zawołał nowy głos i do pokoju wkroczył starszy dżentelmen. — Czyżby oczy mnie myliły, to mała Clarissa, cała i zdrowa!

Clarissa przyjęła uścisk od starszego mężczyzny, który kilka chwil później został przedstawiony Rafaelowi jako hrabia Ginori, spokrewniony z Glenkelliemi przez małżeństwo z ciotką Alexa. Hrabia natychmiast powtórzył nalegania Alexa, że Rafael powinien być ich honorowym gościem i wezwał lokaja, by zaprowadził go do gościnnej komnaty.

W miarę upływu wieczoru Rafael czuł się nieswojo w obliczu wspaniałości pałacu. Posiłek podany na kolację był bardziej ekstrawagancki niż cokolwiek, co kiedykolwiek przed nim postawiono, a jednak było również oczywiste, że ogromna różnorodność egzotycznych potraw nie była niczym niezwykłym dla domostwa Ginorich. Podziwiał wykwintną sztukę zdobiącą ściany, ale jego serce tęskniło za prostotą statku i oceanu, które były jego domem przez tak wiele lat. Nie mógł jednak zaprzeczyć, że towarzystwo

Clarissy dawało mu poczucie przynależności pośród tego obcego krajobrazu.

Siedziała naprzeciwko niego przy kolacji, a jej śliczna twarz była ożywiona, gdy opowiadała o widokach, które zobaczyła w Atenach, przez cały czas zręcznie unikając wszelkich pytań zmierzających do tematu jej wyjazdu z tego miasta.

Po kolacji Rafael poczuł się przytłoczony i przeprosił, by wyjść na zewnątrz. Stojąc na tarasie i wdychając powietrze pachnące kwiatem pomarańczy, jakoś nie był zaskoczony, słysząc za sobą ciche kroki.

— Kapitanie — powiedziała cicho Clarissa, dołączając do niego tam, gdzie stał na tarasie z widokiem na oświetlone księżycem ogrody. — Mam nadzieję, że to wszystko cię nie przytłacza. Może i żyjemy inaczej, ale dzielimy te same wartości i miłość do przygód.

— Dziękuję, moja pani — odparł, wzruszony jej wnikliwymi słowami. — Choć mogę czuć się nie na miejscu w tym wspaniałym otoczeniu, twoja obecność sprawia, że czuję się mile widziany i swobodny. Jestem zadowolony, wiedząc, że znalazłem w tobie przyjaciółkę, lady Clarissa.

— Owszem — odpowiedziała ciepłym i szczerym głosem. — Cieszę się, że i ja znalazłam w tobie prawdziwego przyjaciela.

Zawahał się, a potem zapytał: — Minęło wiele lat, odkąd ostatnio byłem we Florencji, a miałem wtedy mało czasu na zwiedzanie. Czy uczyniłabyś mi ten zaszczyt i towarzyszyła mi jutro w odkrywaniu miasta? Rozumiem, że mieszkasz tu od kilku miesięcy.

— Zgadza się, i widziałam już wszystkie główne atrakcje turystyczne co najmniej dwa razy, jak sądzę. — Clarissa roześmiała się. — Ale z przyjemnością zobaczę je ponownie, z tobą. Poproszę hrabiego, by oddał nam do dyspozycji powóz na rano.

Skłonił się, a ona w odpowiedzi lekko dygnęła, zanim się odwróciła. Patrząc, jak wraca do środka, Rafael zachwycał się jej odpornością; zaledwie kilka dni temu ledwo uratowano ją przed straszliwym losem, a ona najwyraźniej nie odczuwała żadnych skutków tego doświadczenia. Każda inna dobrze urodzona młoda dama, jak podejrzewał, zapadłaby w permanentne omdlenie, ale nie lady Clarissa.

Poranne słońce rzucało złoty blask na Florencję, gdy Rafael i Clarissa wyszli na tętniące życiem ulice. Stali przez chwilę, chłonąc wibrującą energię, która zdawała się pulsować w samym powietrzu wokół nich.

— Gotowa na odkrywanie, moja pani? — zapytał Rafael, a jego morskie oczy lśniły z wyczekiwania.

— Oczywiście, kapitanie de Silva — odpowiedziała Clarissa, a jej śmiech zabrzmiał jak dzwoneczek. — Prowadź.

Przechadzali się wąskimi, brukowanymi uliczkami, mijając gwarne targi i ciche dziedzińce pełne pachnących kwiatów. Każdy nowy widok zdawał się zachwycać Rafaela, od imponującego Palazzo Vecchio po pełne wdzięku łuki Ponte Vecchio przerzucone nad rzeką Arno.

Gdy Clarissa i Rafael skręcili za róg, poranne słońce oświetliło wspaniałą fasadę Santa Maria del Fiore, rzucając eteryczny blask na jej misterne marmurowe rzeźby. Widok zaparł im dech w piersiach i przez chwilę wszelka rozmowa ucichła, gdy stali w zachwycie nad wspaniałą katedrą.

— Naprawdę, nie ma drugiego takiego miejsca jak Florencja — mruknął Rafael, przerywając ciszę, która zapadła między nimi.

— Zgadza się — zgodziła się Clarissa, jej wzrok wciąż utkwiony był w majestatycznej budowli przed nimi. — I jestem wdzięczna, że mogę dzielić się z tobą jej pięknem.

Ich zadumę przerwało zbliżenie się grupy wytwornie ubranych młodych szlachciców, którzy podeszli do nich z miną pełną poczucia własnej ważności. Ich szydercze uśmiechy były ewidentne, gdy oceniali mundur Rafaela, który, choć nienagannie schludny, pozbawiony był ostentacyjnych ozdób, które zdobiły ich własne stroje.

— Ach, lady Clarissa, wróciła pani ze swojej podróży! — przeciągnął jeden z mężczyzn, a jego głos ociekał protekcjonalnością. — Pomyśleć, że spotykamy panią tutaj w towarzystwie... marynarza.

— Kapitan de Silva to coś więcej niż tylko marynarz — odparowała Clarissa lodowatym tonem. — To człowiek honoru i odwagi. — Jej ton sugerował, że cech tych nie można przypisać żadnemu z elegantów przed nią.

— Rani nas pani swoimi słowami, moja pani — zakpił inny szlachcic, uśmiechając się do swoich towarzyszy. — Z pewnością nie może pani oczekiwać, że uwierzymy, iż ten zwykły marynarz może zaoferować pani cokolwiek poza opowieściami o rybach i słonej wodzie?

Szczęka Rafaela zacisnęła się, ale milczał, nie chcąc prowokować sceny. Jednak Clarissa nie pozwoliła, by takie obelgi pozostały bez odpowiedzi.

— Być może — powiedziała, a jej głos był podszyty pogardą — gdybyście spędzali mniej czasu na strojeniu się, a więcej na uczeniu się od tych, których tak arogancko lekceważycie, odkrylibyście, że wiele można zyskać z mądrości innych.

— Owszem — dodał cicho Rafael, jego wzrok spoczął niewzruszenie na grupie. — Świat jest rozległy i pełen cudów, i nie trzeba nosić jedwabnego krawata, by docenić jego piękno czy zrozumieć jego złożoność.

— Chodź, Rafaelu — powiedziała Clarissa, biorąc go pod ramię. — Nie mam ochoty marnować więcej naszego czasu na tych, którzy nie widzą nic poza własną próżnością.

Gdy odchodzili, Rafael poczuł falę podziwu dla Clarissy i jej niezłomnej prawości. Mimo swojego wysokiego urodzenia, nie tolerowała takiego prostackiego zachowania, nawet ze strony osób z jej własnego kręgu towarzyskiego.

— Proszę wybaczyć, jeśli odezwałem się nie w porę, moja pani — powiedział Rafael. — Nie chciałem przekroczyć granic.

— Ależ skąd — odparła Clarissa, uspokajająco ściskając jego ramię. — Jestem wdzięczna, że stanąłeś przy mnie w obliczu ich bezmyślnych słów. Prawdziwy przyjaciel nie opuszcza drugiego, by samotnie stawiał czoła pogardzie.

Jej proste stwierdzenie głęboko poruszyło Rafaela. W niej znalazł nie tylko urzekającą kobietę, ale i bratnią duszę, która patrzyła poza pozory, w głąb serca.

Clarissa poprowadziła ich cichą boczną uliczką, zostawiając za sobą nieprzyjemne spotkanie. Wkrótce znów zanurzyli się w widokach i dźwiękach lokalnego życia. Gdy Rafael podziwiał wiszące kosze z kwiatami i urokliwe kawiarenki wokół nich, zdał sobie sprawę, że Clarissa celowo sprowadziła ich w spokojne miejsce. Jej wrażliwość na jego uczucia po konfrontacji ze szlachcicami poruszyła go.

Kiedy natknęli się na małą księgarnię ukrytą na dziedzińcu, Clarissa skierowała ich do środka. — Myślę, że spodoba ci się to miejsce — powiedziała z figlarnym uśmiechem.

Sklepik był przytulny i zachęcający, z półkami uginającymi się od książek i ciekawych drobiazgów. Oczy Rafaela rozbłysły, gdy przeglądał eklektyczny wybór, i wkrótce oboje pogrążyli się w ożywionej dyskusji o ulubionych autorach i nieznanych tytułach, które odnaleźli.

W tej chwili, zaszyty pośród książek z Clarissą, Rafael poczuł poczucie przynależności, jakiego rzadko zaznawał. Chociaż pochodzili z różnych światów, ich wspólne pasje przerzucały most nad przepaścią. Płynęło między nimi głębokie zrozumienie, a wraz z nim coś więcej — emocja, której jeszcze nie potrafił nazwać, ale która wydawała się tak naturalna jak zmiana pływów.

ROZDZIAŁ SIÓDMY

GDY ZDOBIONY POWÓZ TURKOTAŁ po bruku, Helena, owdowiała markiza Glenkellie, z trwogą ściskała złocony podłokietnik, aż zbielały jej knykcie. Obok niej siedziała jej równie zaniepokojona siostra, kontessa Ginori, której usta poruszały się w bezgłośnej modlitwie. Wspaniała willa Ginorich majaczyła przed nimi, a jej fasada była świadectwem florenckiej świetności, nie przynosiła jednak pocieszenia kobietom dręczonym przez nieszczęście, które spotkało młodą damę oddaną pod ich opiekę.

— Na Boga, jeśli coś stało się Clarissie — mruknęła Helena, a słowa ledwo przecisnęły się przez jej zaciśnięte szczęki — nigdy sobie tego nie wybaczę.

— Ani ja — zgodziła się kontessa. — Pomyśleć, że takie nieszczęście mogło się wydarzyć pod naszym nosem!

Powóz szarpnął i stanął, a Helena, nie czekając na lokaja, poderwała się z siedzenia z pośpiechem, który przeczył konwenansom oczekiwanym od kobiety jej stanu. Pędem pokonała marmurowe schody, a stukot jej obcasów był niczym niecierpliwe werble na kamieniu. Kontessa podążyła za nią w pośpiechu, jej jedwabne spódnice szeleściły, falując za nią.

Gdy wielkie drzwi otworzyły się, ukazując marmurową przestrzeń holu wejściowego, zjawa w bladym muślinie zatrzymała ich szaleńczo bijące serca. Stała tam Clarissa, bez szwanku, z włosami muśniętymi czułymi promieniami słońca — buntownicza aureola, która nie chciała poddać się ograniczeniom czepka.

— Clarissa! — zawołała Helena, podbiegając. Jej ramiona objęły dziewczynę uściskiem, który był po części matczyną żarliwością, a po części niedowierzającą ulgą. Kontessa, na chwilę wytrącona z równowagi, wkrótce poddała się własnemu niepokojowi, dołączając do uścisku z zapałem, który przeczył jej zwykłej postawie.

— Mój Boże! O co tyle zamieszania? — zapytała Clarissa, a jej głos był figlarną naganą balansującą na granicy przyzwoitości.

— Dziecko, bałyśmy się, że zginęłaś, porwana przez bandytów lub coś gorszego — odparła Helena tonem strofującym, lecz wciąż podszytym strachem.

— Doprawdy, znikasz bez śladu i słowa i oczekujesz, że nie będziemy się martwić? — dodała kontessa, a jej oczy lśniły od niewylanych łez ulgi.

— Wybaczcie mi — powiedziała Clarissa z łagodnym, czułym uśmiechem. — Ale jak widzicie, jestem cała i zdrowa.

Helena przyjrzała się twarzy Clarissy, szukając jakiejkolwiek oznaki cierpienia, która mogłaby zdradzić jej odważną postawę. Nie znajdując żadnej, pozwoliła sobie na powściągliwe westchnienie, czując, jak ciężar grozy ustępuje.

— Znakomicie — oświadczyła Helena, a jej niezłomny duch znów dał o sobie znać. — Musisz uraczyć nas każdym szczegółem swojego niespodziewanego powrotu, ale najpierw, proszę, pozwól nam na chwilę, byśmy doszły do siebie. Śmiem twierdzić, że moje nerwy są w strzępach.

— Moje również — zgodziła się kontessa, a kąciki jej ust uniosły się w górę mimo całej gehenny. — Zadzwonię po herbatę. Myślę, że przyda się mocny napar. — Spojrzawszy za Clarissę, uniosła brwi na widok nieznajomego, wysokiego dżentelmena schodzącego właśnie po schodach. — I, jak sądzę, jakieś przedstawienie postaci?

— Och! — Clarissa odwróciła się z promiennym uśmiechem. — Lady Heleno, kontesso Ginori, pozwólcie, że przedstawię kapitana Rafaela de Silvę.

Rafael wystąpił naprzód z postawą pewną siebie, lecz pozbawioną arogancji. Skłonił się głęboko, a jego ciemne włosy opadły mu lekko na czoło.

— To zaszczyt panie poznać — powiedział, a jego głos niósł ciepłą barwę jego rodzinnej Portugalii.

— To dzięki kapitanowi tu jestem — powiedziała Clarissa, gdy grupa przeszła do salonu, a służąca pobiegła po herbatę. — Przeżyłam coś w rodzaju przygody, a on bohatersko przybył mi na ratunek.

Helena była całkiem pewna, że Clarissa dramatycznie zaniża rangę tego, co się wydarzyło, by oszczędzić im przykrości, ale nie można było zaprzeczyć faktom, że rzeczywiście była tutaj, najwyraźniej cała i zdrowa, i w towarzystwie niezwykle intrygującego kompana.

Rafael znów się odezwał. — Żałuję, że nasze przedstawienie ma miejsce w tak niezwykłych okolicznościach.

— Rzeczywiście — odparła lady Helena, płonąc z ciekawości na jego temat. — Nieczęsto spotyka się bohatera we własnym salonie.

Tytuł „bohatera" wydawał się ciążyć na szerokich ramionach Rafaela. Poruszył się niespokojnie, ofiarowując skromny uśmiech. — Byłem po prostu we właściwym miejscu, gdy mnie potrzebowano, milady. Okoliczności nie należy mylić z męstwem.

— Niemniej jednak — wtrąciła kontessa — wszyscy pragniemy usłyszeć o tych okolicznościach. — Wskazała z gracją na kanapę. — Proszę, kapitanie, niech pan nas uraczy swoją opowieścią.

Gdy ich uwaga skupiła się na nim, Rafael opowiedział o wydarzeniach, które doprowadziły do bezpiecznego powrotu Clarissy. Jego relacja była oszczędna w szczegóły dotyczące jego własnych działań; skupił się raczej na precyzji manewrów, współpracy załogi na pokładzie Santa Dorotéi i szczęśliwym zbiegu okoliczności, który pozwolił im przechwycić statek korsarzy.

— Na szczęście udało nam się zapewnić uwolnienie lady Clarissy, zanim mogła jej się stać krzywda — zakończył.

— Kapitanie de Silva, pańska skromność nie może ukryć odwagi, jaka jest potrzebna, by stawić czoła takim łotrom — powiedziała kontessa, grożąc mu palcem.

— Doprawdy — dodała lady Helena, a jej spojrzenie zatrzymało się na opanowanych rysach Rafaela. — Nie wpada się tak po prostu na korsarzy i nie wychodzi z tego zwycięsko przez zwykły przypadek. Pańskie umiejętności są oczywiste, sir, i jesteśmy za nie niezmiernie wdzięczne.

— Pań wdzięczność jest nagrodą aż nadto wystarczającą — odparł Rafael, kierując pełen szacunku ukłon w stronę obu kobiet, zanim pozwolił, by jego wzrok spoczął na Clarissie.

— Zatem dopilnujemy, by nasze podziękowania zostały sowicie przekazane — powiedziała lady Helena, a sentyment ten poparło aprobujące skinienie kontessy. Gdy pogrążyły się w rozmowie, rozgrzane herbatą parującą teraz w delikatnych porcelanowych filiżankach, damy były pod coraz większym wrażeniem — nie tylko czynów Rafaela, ale także powściągliwej gracji, z jaką nosił swoje bohaterstwo.

Gdy rozmowa ucichła, a wieczorne cienie wydłużyły się w okazałych murach palazzo, Helena z szelmowskim błyskiem w oku skinęła na Clarissę, by podążyła za nią do prywatnej wnęki, z dala od pozostałych. Ciężki brokat jej sukni zaszeleścił na marmurowej posadzce, gdy z determinacją prowadziła młodszą kobietę.

— Chodź, moja droga — zaczęła Helena, zniżając konspiracyjnie głos, gdy dotarły do zacisza okien przysłoniętych aksamitem. — Musisz zaspokoić ciekawość starej kobiety. Domyślam się, że w historii twojego ocalenia jest coś więcej, niż zdradziłaś. Powiedz mi szczerze — co myślisz o naszym dziarskim kapitanie de Silvie?

Clarissa poczuła, że policzki jej płoną pod bystrym spojrzeniem Heleny. Nie była przyzwyczajona do ukrywania czegokolwiek, a już na pewno nie przed tą kobietą, która łamała konwenanse tak jak modę — zuchwale i nie zważając na następujące po tym szepty.

— Kapitan de Silva jest istotnie... niezwykły — przyznała Clarissa, dobierając ostrożnie słowa, nie mogąc jednak ukryć podziwu w swoim głosie. — Posiada zarówno odwagę, jak i dobroć. A jego konwersacja jest równie zajmująca, co jego czyny godne pochwały.

— Ach, „zajmująca" — powtórzyła Helena z coraz szerszym uśmiechem. — Słowo ledwie wystarczające, by opisać iskierki, które widziałam w twoich oczach, dziecko. Ale już dobrze — powiedziała, łagodząc swoje przekomarzanie delikatnym poklepaniem dłoni Clarissy — nie musisz przy mnie zakładać zbroi. Mów prosto z mostu — jak to my obie mamy w zwyczaju.

— Zatem dobrze — ustąpiła Clarissa, a jej zwykła szczerość wypłynęła na powierzchnię. — Nie mogę zaprzeczyć, że istnieje pewna... więź. Rzadko spotyka się dżentelmena tak autentycznego, tak szczerego. Rozmawia ze mną nie jak z delikatnym kwiatem, który trzeba chronić, ale jak z równą sobie, zdolną zrozumieć niebezpieczeństwa, z którymi się mierzy.

Wyraz twarzy Heleny zmienił się w wyraz zadowolenia, a jej oczy rozbłysły psotą i ciepłem. — Właśnie to miałam nadzieję usłyszeć. A teraz przejdźmy do pilniejszych spraw — powiedziała z wymownym przechyleniem głowy, gdy właśnie zbliżył się do nich Rafael.

— Wybaczcie, panie, że przerywam — zaczął Rafael, a jego morskozielone oczy z łatwością odnalazły spojrzenie Clarissy, co świadczyło o ich wspólnej przygodzie. — Lady Clarissimo, czy mógłbym narzucić się pani z prośbą o towarzystwo jutro rano? Pomyślałem, że przejażdżka po okolicy zapewni nam świeże powietrze i wytchnienie od niedawnych wydarzeń.

— Zaproszenie nader łaskawie wystosowane, kapitanie — wtrąciła Helena, zanim Clarissa zdążyła odpowiedzieć, a jej aprobata była niemal namacalna. — I wierzę, że zostanie nader łaskawie przyjęte, czyż nie, Clarissa? Hrabia ma w swoich stajniach wiele wspaniałych koni, które z radością odda do państwa dyspozycji.

— Oczywiście — odparła Clarissa, spotykając spojrzenie Rafaela z radosnym uśmiechem. — Z wielką chęcią do pana dołączę, kapitanie de Silva.

— Doskonale — powiedział Rafael. — Będę na to czekał z niecierpliwością.

— Zatem postanowione — podsumowała Helena, cofając się, by dać im chwilę prywatności na pożegnanie. — Miłego wieczoru, gołąbeczki. Ale nie za długo, pamiętajcie — dodała z mrugnięciem, nie pozostawiając wątpliwości, że oczekuje sprawozdania z każdego szczegółu ich wycieczki po powrocie.

Poranne słońce wschodziło łagodnie, rzucając delikatny rumieniec na pofalowane wzgórza, gdy Rafael i Clarissa jechali obok siebie. Rytm końskich kopyt na ziemi był stałą interpunkcją w symfonii ptasich śpiewów zwiastujących świt. Śmiech Clarissy — swobodny i beztroski — unosił się w powietrzu, gdy poruszali się po bujnej toskańskiej wsi.

— Spójrz tam — wskazała na gaj oliwny, którego srebrzystozielone liście migotały w świetle. — Czyż nie wydaje się, jakby sam krajobraz nas witał?

Więź między nimi przypływała i odpływała niczym morska fala, a swobodne przekomarzanie świadczyło o rosnącej zażyłości. Przemierzając ścieżkę, wzdłuż której cyprysy stały na straży niczym wartownicy, dotarli do starożytnego kamiennego mostu, wdzięcznie wygiętego nad szemrzącym strumieniem.

— Odpoczniemy chwilę? — zaproponował Rafael, zsiadając z konia ze zwinnością i gracją. Wyciągnął rękę, by pomóc Clarissie zejść z wierzchowca, ale ona zeskoczyła na ziemię z porywczą niezależnością, która cechowała jej charakter.

— Dziękuję, kapitanie, ale wygląda na to, że moje nogi jeszcze nie zapomniały swojej funkcji — zażartowała, otrzepując energicznymi ruchami swój strój do jazdy konnej.

Usiedli w cieniu starego dębu, którego konary rozpościerały się szeroko, jakby chciały objąć wędrowców szukających wytchnienia pod jego gałęziami. Clarissa zebrała garść polnych kwiatów, których płatki były miękkie i delikatne w jej dłoni.

— Powiedz mi, Rafaelu — zaczęła, po raz pierwszy używając jego imienia, a jej głos przybrał bardziej intymny ton — jakie marzenia kryjesz w sercu?

Zerwał źdźbło trawy, obracając je z namysłem między palcami. — Przywrócić dziedzictwo mojej rodziny — zobaczyć, jak nasze winnice znów kwitną. — Jego spojrzenie powędrowało ponad polami, ku jakiejś odległej wizji, którą tylko on mógł dostrzec. — I może, znaleźć kogoś, kto podziela moją miłość do nieprzewidywalności pieśni oceanu.

— A pani, lady Clarissimo? — Rafael ponownie skupił na niej uwagę, a intensywność jego spojrzenia była łagodnym wyzwaniem.

Z tęsknym uśmiechem odgarnęła niesforny blond lok za ucho. — Marzę o przygodzie, o życiu zdefiniowanym nie przez konwenanse, ale przez pasję i cel. By być postrzeganą taką, jaka jestem, a nie taką, jakiej oczekuje ode mnie społeczeństwo.

Powietrze między nimi zdawało się drżeć od niewypowiedzianych możliwości, a naładowana emocjami chwila rozciągała się niczym horyzont przed nimi. Ich spojrzenia się spotkały i w tej cichej wymianie zdań zakorzeniły się nasiona czegoś głębszego, a każde z nich wyczuwało w drugim pokrewną duszę.

— Być może — powiedział cicho Rafael, a słowo to zawisło między nimi niczym obietnica — nasze pragnienia nie różnią się tak bardzo.

— Być może nie — zgodziła się Clarissa, a jej serce wtórowało jego uczuciom, choć wyczuwała komplikacje, jakie takie przyznanie przyniesie. Na razie jednak pozwoliła sobie po prostu cieszyć się towarzystwem mężczyzny u jej boku, którego obecność wydawała się tak naturalna i niezbędna jak światło słoneczne przenikające przez liście nad nimi.

Później tego wieczoru wielki salon pałacu tętnił gwarem rozmów elity Florencji, zebranej na przyjęciu wydanym przez kontessę. Damy w jedwabnych sukniach i panowie w szytych na miarę surdutach przechadzali się pod kryształowymi żyrandolami, które rzucały na salę ciepłe światło.

— Kapitanie de Silva — powiedziała kontessa głosem pełnym obietnicy intrygi, prowadząc go przez tłum. — Pozwolę sobie przedstawić pana niektórym z najbardziej pożądanych dam Florencji. — Przy każdej prezentacji Rafael ofiarowywał uprzejmy uśmiech i kurtuazyjny ukłon, a jego słowa były wyważone i miłe. Jednak dla każdego wnikliwego obserwatora było jasne, że jego uwaga błądzi, nieuchronnie przyciągana z powrotem do Clarissy.

Jej śmiech unosił się ponad łagodnym szumem rozmów, a Rafael był urzeczony żywiołowością, która zdawała się rozświetlać pomieszczenie. Była latarnią szczerości w morzu sztuczności, rzucając wyzwanie normom swoim dowcipem i szczerością.

— Dziękuję, kontesso — odezwał się Rafael z wyćwiczoną dyplomacją, wymawiając się z kolejnego kręgu wielbicielek. — Pańskie znajome są nader czarujące. — Jednakże, gdy się wycofywał, jego wzrok ponownie szukał Clarissy. W jej obecności ciężar jego skromnych środków i surowa rzeczywistość ograniczonych perspektyw bladły w porównaniu z niezaprzeczalną więzią, która iskrzyła za każdym razem, gdy ich ścieżki się krzyżowały.

Wieczór toczył się dalej, a brzęk kieliszków i cichy szelest jedwabi służyły za tło dla tego subtelnego tańca spojrzeń i niedopowiedzianych prawd.

Nadszedł moment, gdy pierwsze akordy walca zaczęły rozbrzmiewać w wielkim salonie, a Rafael poczuł, że ciągnie go do Clarissy siła przekraczająca zwykły obowiązek czy uprzejmość. Przedarł się przez morze gości, aż stanął przed nią, ofiarowując dłoń z pełnym szacunku ukłonem.

— Lady Clarissimo, czy mogę prosić panią do tańca? — zapytał, a jego głos nie zdradzał wewnętrznego zamętu.

Z uśmiechem, który przyćmiewał świeczniki nad głową, włożyła dłoń w jego dłoń. — To będzie dla mnie wielka przyjemność, kapitanie de Silva.

Gdy zajęli miejsce wśród wirujących tancerzy, świat zdawał się skurczyć tylko do nich dwojga. Ciepło dłoni Clarissy spoczywającej lekko na jego ramieniu, subtelny zapach lawendy unoszący się z jej loków — te drobne intymności przeszyły Rafaela dreszczem, który był zarówno ekscytujący, jak i przerażający.

Poruszali się razem, jakby byli częścią tej samej melodii, a każdy krok i obrót był bezsłowną rozmową między pokrewnymi duszami. Wokół nich tłum rozpłynął się w zamazanej plamie kolorów i światła, a ich śmiech mieszał się z nutami walca.

— Pańskie umiejętności nawigacyjne nie ograniczają się, jak widzę, do pełnego morza — droczyła się Clarissa, a jej oczy lśniły wesoło.

— W istocie, nawigowanie po sali balowej wymaga własnego zestawu map — odparł Rafael, a kąciki jego ust uniosły się w mimowolnym uśmiechu. — Chociaż muszę wyznać, że towarzystwo robi całą różnicę.

Ich chemia była niezaprzeczalna i nie uszła uwadze. Z otoczenia podążały za każdym ich ruchem pełne podziwu spojrzenia i szepty domysłów. Byli zagadką, parą, która przekraczała granice oczekiwań, a jednak pasowała do siebie z naturalną łatwością, która mówiła o głębszym zrozumieniu.

Gdy muzyka osiągnęła crescendo, Rafael i Clarissa zwolnili, dzieląc spojrzenie, które trwało o oddech za długo, naładowane niewypowiedzianymi emocjami. Wokół nich rozległy się oklaski, przerywając czar, a oni rozstali się z wzajemną niechęcią.

— Dziękuję za taniec, kapitanie — powiedziała Clarissa, teraz cichszym głosem, jakby niechętnie chciała przerwać harmonię, która ich otaczała.

— Cała przyjemność po mojej stronie — odparł Rafael, a jego serce biło z zapałem, którego nie śmiał nazwać.

Przyjęcie toczyło się dalej, ale Rafael czuł się zagubiony, porwany prądem własnych sprzecznych pragnień. To właśnie wtedy Alex, z powagą na twarzy, podszedł i delikatnie pociągnął go za rękaw, odciągając od zabawy.

— Kapitanie de Silva, czy mógłbym prosić na słówko na osobności? — Ton Aleksa nie pozostawiał miejsca na odmowę, a Rafael skinął głową, wymawiając się z cichą gracją.

Znaleźli ukojenie w względnym spokoju odosobnionego przedpokoju, gdzie gwar przyjęcia był odległym pomrukiem za zamkniętymi drzwiami.

— Coś panu ciąży na sercu, lordzie Glenkellie — zauważył Rafael, dostrzegając powagę, która osiadła na obliczu drugiego mężczyzny.

— Rzeczywiście — przyznał Alex, patrząc Rafaelowi prosto w oczy. — Dotyczy to Clarissy... i delikatnej natury jej sytuacji. — Jego słowa zawisły w powietrzu, ciężkie od implikacji, a Rafael poczuł ucisk w piersi, szykując się na to, co miało nadejść.

— Kapitanie, jest pan światowcem i ufam pańskiej dyskrecji — zaczął Alex, jego spojrzenie było niezachwiane. — To, co wydarzyło się w Atenach z Clarissą... nie jest jeszcze powszechnie wiadome tutaj, we Florencji. Ale plotki to podstępne stworzenia; rodzą się w ciszy i rozprzestrzeniają z szybkością pożaru.

Oczy Rafaela zwęziły się z troski. Zbyt dobrze rozumiał potęgę reputacji, zwłaszcza dla damy o pozycji Clarissy.

— Jej zniknięcie, okoliczności jej powrotu — kontynuował Alex — nie mogą być długo ukrywane, biorąc pod uwagę wrzawę, jaką moja matka i ciotka, co zrozumiałe, podniosły, gdy odkryły jej zniknięcie w Atenach. Clarissa potrzebuje ochrony w postaci szanowanego małżeństwa, i to szybko, zanim jej reputacja zostanie nieodwracalnie zszargana.

Ciężar słów Aleksa opadł na Rafaela niczym płaszcz, ciężki i duszący. Wyczuwał niewypowiedzianą prośbę za nimi, a jego honor walczył z potężną mieszanką emocji. Jego umysł pędził, pełen obrazów Clarissy — jej żywiołowego śmiechu, ognia w oczach, gdy mówiła, co myśli. Myśl o tym, że jej reputacja mogłaby zostać splamiona, była nie do zniesienia.

— Lordzie Glenkellie, jestem tylko skromnym kapitanem — powiedział po chwili Rafael, a jego głos zdradzał wewnętrzny zamęt. — Mam swoje stanowisko, swoje obowiązki, ale niewiele więcej do zaoferowania. Fortuna mojej rodziny nie jest już taka jak kiedyś.

— Myślę, że wie pan równie dobrze jak ja, że wartość człowieka mierzy się czymś znacznie więcej niż wagą jego sakiewki — odparł Alex, jego ton był stanowczy, lecz nie pozbawiony współczucia.

— Owszem, ale znać swoją wartość a udowodnić ją w oczach społeczeństwa to dwie zupełnie różne rzeczy — odparł Rafael. Wspomnienie na wpół zrujnowanego zamku jego rodziny i zaniedbanej winnicy, która niegdyś kwitła pod ich opieką, ciążyło mu mocno. — Clarissa nie jest zwykłą damą i zasługuje na życie w komforcie i bezpieczeństwie.

— Niech pan to przemyśli, mój przyjacielu. Proszę tylko o to — nalegał Alex, zanim zostawił Rafaela samego z echem jego myśli.

Cisza otoczyła Rafaela, gdy tam stał, a gwar przyjęcia za ścianami był odległym przypomnieniem świata, po którym się poruszał — świata, w którym miłość i obowiązek żeglowały po wzburzonych morzach. Jego serce szeptało imię Clarissy, ale w umyśle odbijała się echem wątpliwość, uwięziony między żarliwym pragnieniem, by zabiegać o nią jak należy, a dręczącym strachem, że nigdy nie będzie mógł dać jej życia, na które tak bardzo zasługiwała.

— Charakter i uczucia — mruknął do siebie, powtarzając słowa Aleksa, jakby były liną ratunkową rzuconą w spienione wody jego wątpliwości. Obecność Clarissy wniosła do jego życia energię, której brakowało mu, choć nie zdawał sobie z tego sprawy. Jej nieustraszona szczerość i żywy intelekt pasowały do jego własnego niezłomnego ducha. Czy to wystarczy?

— Czy miłość naprawdę może być ślepa na surową rzeczywistość bogactwa i pozycji? — zastanawiał się na głos Rafael, jego głos był ledwie szeptem. Śmiech i muzyka z przyjęcia zdawały się kpić z jego wewnętrznego konfliktu, służąc jako przypomnienie o radości, która wydawała się tuż poza jego zasięgiem. W samotności słabo oświetlonego korytarza Rafael rozważał możliwość, że być może mógłby zaoferować coś znacznie większego niż bogactwa — partnerstwo oparte na wzajemnym szacunku i zrozumieniu, takie, które przetrwa każdą burzę.

— Być może najprawdziwszą formą odwagi jest stawienie czoła własnym lękom w imię miłości — podsumował, a myśl ta zakorzeniła się jak pierwsze światło świtu przebijające ciemność. Z determinacją wypuścił powietrze i odepchnął się od ściany, a jego postanowienie twardniało z każdym krokiem, gdy wracał do sali balowej, do Clarissy i do jakiejkolwiek przyszłości, która mogła się rozwinąć z nią u jego boku.

ROZDZIAŁ ÓSMY

Błękitne niebo nad Florencją zapowiadało piękny dzień. Jednakże wspaniała pogoda w niewielkim stopniu łagodziła strapione myśli Rafaela, który w zamyśleniu spoglądał przez okno swojego luksusowego apartamentu w Villi Ginori. Jego umysł zaprzątała niepewność, czy powinien wyznać Clarissie swoje rosnące uczucia. Głoszone ze znaczeniem słowa Alexa o potrzebie szybkiego i szacownego małżeństwa dla niej bardzo mu ciążyły.

Rafael westchnął ciężko, a jego emocje były burzliwe. Bardzo zależało mu na Clarissie, bardziej, niż mógłby sobie wyobrazić. Mimo to wciąż zadawał sobie pytanie, czy zdoła zapewnić jej życie, na jakie zasługiwała jako córka hrabiego.

Jego pełne konfliktu rozważania przerwało natarczywe łomotanie do drzwi komnaty. Zanim Rafael zdążył odpowiedzieć, drzwi otworzyły się z impetem, ukazując zdyszanego posłańca w mundurze załogi statku Rafaela.

— Kapitanie de Silva! — zawołał posłaniec. — Przybywam z wieściami najwyższej wagi.

Serce Rafaela ścisnęło złe przeczucie. — Mów, człowieku. Czy były jakieś problemy z „Santa Dorotéią"?

— Nie, kapitanie. Niosę wieści dotyczące pańskiej siostry.
— Posłaniec zawahał się tylko na chwilę. — Inny portugalski statek, „Santa Luisa", zawinął do Livorno kilka godzin temu, a jego kapitan przekazał wieści od pańskiej rodziny. Pańska siostra, senhorita Isabella, ciężko zachorowała.

Rafaelem wstrząsnęła ta wiadomość. Oparł się o parapet, by nie upaść, gdy fala udręki wezbrała w jego sercu. Isabella była dla niego kimś więcej niż siostrą — była łagodnym sercem jego rodziny, światłem prowadzącym go do domu nawet przez najciemniejsze sztormy. Myśl, że jej życie wisi teraz na włosku, była ciosem, który Rafael ledwo był w stanie pojąć.

— Powiedz mi... powiedz mi wszystko — zdołał wychrypieć, a własny głos brzmiał obco w jego uszach.

Posłaniec przekazał każdy znany mu szczegół o nagłej gorączce Isabelli i dręczącym ją kaszlu. Z każdym słowem strach i desperacja Rafaela rosły. Jego ukochana siostra go potrzebowała, ale kobieta, która podbiła jego serce, była tutaj, we Florencji. Był rozdarty między dwoma niemożliwymi wyborami, a podjęcie żadnego z nich nie wydawało się do zniesienia.

Jednak w głębi duszy Rafael wiedział, że jego kurs został wytyczony w chwili, gdy usłyszał imię Isabelli. Była jego rodziną, jego domem — nie mógł jej zawieść teraz, gdy najbardziej go potrzebowała. Biorąc się w garść, zwrócił się do czekającego posłańca z nową stanowczością.

— Wróć na „Santa Dorotéię" i przygotuj się do natychmiastowego wypłynięcia — rozkazał. — Dołączę do ciebie, gdy tylko uda mi się tu pożegnać, a my wrócimy do Portugalii z całą możliwą prędkością. — W jego umyśle pojawił się przelotny obraz Clarissy — jej rozpuszczone włosy muśnięte słońcem, jej nieustraszona szczerość, która w równej mierze go oczarowała i stanowiła dla niego wyzwanie. Wszystko w nim protestowało przeciwko zwykłemu porzuceniu jej teraz, jednak obowiązek wzywał go do domu. Zaciskając pięści, wydał z siebie okrzyk frustracji.

— Rafael? — Głos przy drzwiach sprawił, że się odwrócił. Zobaczył stojącego tam Alexa, który patrzył na niego z troską. — Czy coś jest nie tak?

— W istocie.

— Czy chodzi o to, o czym rozmawialiśmy wczoraj wieczorem? — Alex uniósł brew i wyglądał na zdziwionego, gdy Rafael potrząsnął głową.

— Nie, otrzymałem złe wieści z domu. Moja siostra jest ciężko chora, może nawet... — Nie mógł nawet wypowiedzieć tych myśli. — Muszę do niej jechać. A jednak... — Wykonał bezradny gest. — Mój obowiązek jest również tutaj.

— Clarissa nie jest obowiązkiem, Rafaelu — sprzeciwił się natychmiast Alex — i wiem, że byłaby pierwszą osobą, która kazałaby ci bezzwłocznie jechać do siostry.

Mimo to Rafael widział konflikt na twarzy Alexa. Alex był opiekunem Clarissy we Włoszech, a ochrona jej reputacji była obowiązkiem, który traktował bardzo poważnie. Nie minie wiele czasu, zanim wieść o jej zniknięciu z Aten się rozejdzie, a skandal nie ucichnie, dopóki nie zostanie szacownie zamężna.

Rafael zawahał się, myśląc, po czym delikatnie zadał pytanie. — Zdaję sobie sprawę, że pan i lady Glenkellie pozostawaliście we Florencji tak długo z powodu trudów podróży powrotnej do Anglii z tak małymi dziećmi. Ale przyszło mi do głowy, że mógłbym zaproponować rozwiązanie kilku problemów naraz, gdybyście zechcieli towarzyszyć mi w drodze do Portugalii i przyjąć moją gościnę na jakiś czas, dzieląc w ten sposób swoją podróż do domu na łagodniejsze etapy.

I dać mi czas, by zobaczyć, czy Clarissa mogłaby być szczęśliwa w mojej posiadłości, jako moja żona, nie dodał, ale gdy Alex mu się przyglądał, był całkiem pewien, że drugi mężczyzna bystrze wszystko pojął.

— Będziemy musieli przygotować się do natychmiastowego wyjazdu — powiedział w zamyśleniu Alex.

— Pospieszne pożegnanie, przykro mi... chyba że wolelibyście poczekać na inny statek, który zabrałby was do Portugalii? — zasugerował Rafael.

Alex stanowczo potrząsnął głową. — Nie. Szczerze mówiąc, wolałbym opuścić Florencję, zanim wieści o eskapadzie Clarissy w Atenach dotrą do miasta. Moja matka może zostać ze swoją siostrą, ale ja z wielką chęcią rozpocznę naszą podróż do domu. Jeśli pozwolisz, Rafaelu, odnajdę żonę i dopilnuję, byśmy się spakowali; będziemy gotowi do wyjazdu najpóźniej za kilka godzin. Czy mógłbyś odnaleźć Clarissę i poinformować ją o naszych planach?

Rafael otworzył usta, by powiedzieć, że z pewnością nie do niego to należy, ale Alex już opuścił pokój, oddalając się pewnym krokiem, jak przystało na byłego oficera wojskowego, przyzwyczajonego do wydawania rozkazów i oczekiwania, że będą wykonane.

Z cierpkim uśmiechem Rafael zabrał się do zadania, które mu pozostawił Alex. Miał niewiele do spakowania, tylko jedną torbę z rzeczami, które przywiózł ze statku, więc zostawił to słudze, a sam ruszył na poszukiwanie Clarissy.

Znalazł ją w ogrodzie, siedzącą na ławce przed pięknym posągiem bogini Diany i piszącą w dzienniku, który, jak się dowiedział, rzadko opuszczał jej dłonie. Na jego widok odłożyła ołówek, a na jej twarzy szybko pojawił się powitalny uśmiech.

— Kapitanie de Silva. Proszę, dołącz do mnie! — Uśmiech zniknął z jej twarzy, gdy zauważyła jego poważny wyraz. — Wyglądasz, jakby coś cię trapiło.

— Obawiam się, że otrzymałem niepokojące wieści. — Siadając obok niej na ławce, Rafael przekazał jej złe wieści o chorobie siostry.

Clarissa zareagowała dokładnie tak, jak przewidział jej wuj. — Dlaczego wciąż tu jesteś, Rafaelu? Musisz natychmiast jechać!

Nie mógł powstrzymać uśmiechu, który pojawił się na jego twarzy. — Wyruszę przed zmrokiem... a ty popłyniesz ze mną.

Jej oczy rozszerzyły się z szoku, a Rafael pośpieszył z wyjaśnieniem. — Rozmawiałem już z twoim wujem, który natknął się na mnie tuż po tym, jak otrzymałem wieści. Zaproponowałem lordowi i lady Glenkellie możliwość podzielenia ich podróży do Anglii na etapy, przyjmując transport na pokładzie „Santa Dorotéi" do Portugalii, a następnie gościnę w mojej posiadłości przez jakiś czas. Z przyjemnością przyjął propozycję.

Clarissa wpatrywała się w niego przez chwilę, zanim jej uśmiech powrócił, rozkwitając na jej twarzy szerzej niż kiedykolwiek. — Do Portugalii? — wyszeptała.

— W istocie. Będę mógł pokazać ci mój dom. — W tamtej chwili mógł pomyśleć tylko o jednej rzeczy, której pragnął bardziej – aby przybyć tam z nią i zastać Isabellę całą i zdrową.

Clarissa zerwała się na nogi i zarzuciła mu ramiona na szyję, ponownie go zaskakując, gdy pocałowała go w policzek. — Muszę iść się spakować. Nie opóźnimy twojego wyjazdu na długo, obiecuję! — zawołała przez ramię, pędząc w stronę willi.

Ostatecznie Rafael pojechał przodem konno, aby dopilnować, by „Santa Dorotéia" była gotowa do jak najszybszego wypłynięcia. Jednak nie minęło wiele godzin, gdy do przystani podjechał powóz, z którego wysiadł Alex, odwracając się, by pomóc wysiąść żonie i Clarissie, a za nimi wiernej pokojówce Marianne, Jean. Marianne i Jean ostrożnie tuliły niemowlęta, zmierzając w stronę statku.

— Pozwólcie. — Rafael zręcznie zeskoczył na ląd. — Witaj, maluszku — przywitał dziecko w ramionach Marianne, które mrugnęło do niego szeroko otwartymi, niebieskimi oczami. — Czy pozwolisz mi bezpiecznie przenieść cię na pokład statku? — Wiedział, że dzieci nie miały jeszcze roku, a Glenkellie'owie pozostawali we Włoszech tak długo z obawy o ich zdrowie, ale wydawały mu się dobrze wyrośnięte i silne.

— Mój syn, Edward — mruknął Alex z dumą w głosie. — A Jean ma naszą córkę, Eleanor.

Oboje dzieci miały rude włosy matki. Mała Eleanor była najwyraźniej odważniejsza z tej dwójki, gdyż wyciągnęła do Rafaela ramiona w oczekiwaniu.

— Chodź więc, moja panno. — Rafael zaśmiał się, biorąc dziecko w ramiona i z łatwością wnosząc je po trapie. Alex podążył za nim z synem, a wszystkie trzy kobiety pewnie ruszyły za nimi, nie czekając na pomoc.

Rafael zrobił, co mógł, w ograniczonym czasie, jaki miał, aby przygotować na swoim statku wygodne kwatery dla towarzystwa. Alex i Marianne mieli oczywiście dostać kabinę kapitańską, a dwie sąsiednie zostały szybko opróżnione i odnowione najlepszymi przedmiotami, jakie udało się zdobyć w tak krótkim czasie; jedną przygotowano dla Clarissy, a drugą dla Jean i bliźniąt. Stolarz okrętowy właśnie skończył montować zasuwę po wewnętrznej stronie drzwi Clarissy i pospiesznie wyszedł, kłaniając się z szacunkiem, gdy Rafael zaprowadził Clarissę do drzwi.

— Aby zapewnić pani bezpieczeństwo. — Rafael wskazał na zasuwę. — Mam nadzieję, że uzna ją pani za wygodną. — Rozejrzał się, widząc łóżko z materacem z gęsiego puchu, jaskrawo wzorzysty dywan na podłodze. Skrzywił się. — Żałuję, że nie mieliśmy czasu, aby zdobyć dla pań wygodniejsze umeblowanie.

— To wszystko jest zachwycające — oświadczyła stanowczo Clarissa. — Dziękuję, kapitanie. Bardzo doceniam wysiłki pana i pańskiej załogi.

— O wiele wygodniej niż na statku, którym przypłynęłyśmy z Anglii — zgodziła się Jean z kabiny naprzeciwko.

— Kapitanie — zawołał głos, a Rafael odwrócił się i zobaczył bosmana na końcu korytarza, z wyrazem pośpiechu na twarzy. — Pływ.

— Dobrze. — Rafael skinął głową, po czym odwrócił się do gości. — Przepraszam, ale odpływ na nikogo nie czeka, a musimy wyprowadzić „Santa Dorotéię" poza mury portu, zanim odwróci się pływ.

— Idź — powiedziała Clarissa z ciepłym uśmiechem — poradzimy sobie tu doskonale. Zajmij się swoim statkiem.

Ukłonił się jej szybko, ledwo słysząc słowa zachęty od pozostałych, i wrócił na pokład, tętniący życiem, gdzie ludzie biegali w tę i z powrotem, zabezpieczając beczki i skrzynie oraz przygotowując liny do odcumowania.

— Czas się skupić — mruknął do siebie Rafael, próbując odepchnąć żywy obraz ciepłego uśmiechu i szeroko otwartych, niebieskich oczu Clarissy. Musiał teraz pomyśleć o innej parze oczu, oczach swojej siostry Isabelli, o tej samej morskiej zieleni co jego własne, zawsze roześmianych i jaśniejących radością, gdy wracał do domu. Rozpaczliwie miał nadzieję, że tym razem będzie tak samo.

— Odrzucić cumy! — rozkazał, a jego głęboki głos przebił się przez chaos na pokładzie. — A wy tam... z drogi, chyba że płyniecie z nami do Portugalii! — Przeszedł na włoski, by warknąć na jednego z miejscowych dokerów, który wciąż próbował kłócić się z jego kwatermistrzem. Mężczyzna skrzywił się, ale pośpiesznie zbiegł po trapie, zanim ten został wciągnięty.

Przez kilka następnych minut powietrze wypełniały krzyki ludzi i skrzypienie belek, terkot obracających się kabestanów oraz szelest lin i żagli. Dla kogoś z zewnątrz ta aktywność mogła wyglądać na gorączkową, ale dla zadowolonego oka Rafaela załoga „Santa Dorotéi" poruszała się jak dobrze naoliwiona maszyna, każdy człowiek na swoim miejscu, wykonujący przypisane mu zadanie z wyćwiczoną precyzją.

Ominięcie falochronu nie zajęło wcale wiele czasu. Rafael zakręcił kołem sterowym, kierując dziób na otwarte morze, podczas gdy bosman ryczał rozkazy, by podnieść grotżagiel. Żagle złapały wiatr i „Santa Dorotéia" ruszyła naprzód, tnąc fale, gdy nabierała prędkości.

— Trzymaj się, Isabello — szepnął do wiatru Rafael. — Już płynę.

ROZDZIAŁ DZIEWIĄTY

PALCE CLARISSY PRZESUNĘŁY SIĘ po polerowanym mahoniu biurka. Stojąca na nim srebrna misa mieściła wybór świeżych owoców. Nawet zasłony zawieszono, by obramowały mały bulaj, filtrując późne popołudniowe słońce i rzucając ciepły blask na przytulną kajutę. Każdy szczegół świadczył o gospodarzu zatroskanym o wygodę i przyjemność swojego gościa.

Usiadła na materacu wypchanym gęsim puchem, a na jej ustach bawił lekki uśmiech. Warunki na statku kapitana de Silvy w niczym nie przypominały wilgotnej celi, w której trzymali ją ci okropni korsarze. Tylko Rafael był w stanie zadbać o każdą jej potrzebę, nawet pośród chaosu ich pośpiesznego wyjazdu z Włoch. Jego rycerskość nie znała granic.

Lekkie pukanie do drzwi wyrwało ją z zamyślenia.

— Proszę — zawołała, wygładzając fałdy swojej niebieskiej muślinowej sukni.

Drzwi otworzyły się, ukazując samego przystojnego kapitana, wyglądającego równie olśniewająco jak zawsze w swej śnieżnobiałej koszuli i czarnych spodniach. Jego krawat był lekko przekrzywiony, bez wątpienia z powodu pracy przy wypłynięciu godzinę temu; „Santa Doroteia" płynęła już stałym, kołyszącym rytmem, prując fale w drodze do portugalskiego domu Rafaela.

— Lady Clarissa. — Skłonił się. — Ufam, że twoja kajuta ci odpowiada?

— Jestem bardziej niż zadowolona, kapitanie. — Uśmiechnęła się do niego. — Śmiem twierdzić, że okropnie mnie rozpuściłeś. Jakże zdołam na nowo przywyknąć do życia na lądzie po takim luksusie?

Rafael zaśmiał się, a w jego morskich oczach zalśniły iskierki.

— To dla mnie najszczersza przyjemność. Po twoich strasznych przeżyciach zasługujesz na wszystko, co najlepsze.

Wskazał na misę z owocami.

— Zostały zdobyte świeże dziś rano dla twojej przyjemności; najlepsze, co Livorno ma do zaoferowania.

— Jakże troskliwie. — Clarissa wybrała dojrzałą czerwoną jagodę i wgryzła się w nią, rozkoszując się eksplozją słodyczy na języku. Sok poplamił jej usta, więc otarła je lnianą serwetką. — Myślisz o wszystkim, kapitanie.

— Bynajmniej, nie o wszystkim. — Cień przemknął na moment po jego przystojnych rysach, ale szybko przybrał obojętny wyraz twarzy. — Zostawię cię, abyś mogła odpocząć.

Z kolejnym lekkim ukłonem odwrócił się na pięcie i wyszedł, zamykając za sobą drzwi z cichym kliknięciem.

Clarissa wypuściła powoli oddech, nieco zirytowana na samą siebie. Każde spotkanie z olśniewającym kapitanem wprawiało ją w coraz większe zakłopotanie, chociaż starała się tego nie okazywać. Był idealnym dżentelmenem, troskliwym, a jednak powściągliwym.

Jednak w chwilach nieuwagi zdawał się go ogarniać niezgłębiony smutek – bez wątpienia zmartwienie o siostrę Isabellę, a może ciężar utrzymania jego rodowej posiadłości. Pragnęła rozwikłać tajemnice kryjące się za tymi zniewalającymi oczami.

Clarissa potrząsnęła głową. Nie godziło się oddawać takim niebezpiecznym myślom, nawet jeśli pokusa z każdym dniem spędzonym w jego odurzającej obecności stawała się coraz trudniejsza do odparcia. Była przecież damą, a on zwykłym kapitanem morskim, pomimo jego rycerskich manier. Jakiekolwiek małżeństwo między nimi byłoby wysoce niestosowne... prawda?

Wzdychając, wybrała oprawiony w skórę tom sonetów Szekspira z małego stosu książek, które umieszczono na biurku, i usiadła do lektury, pozwalając, by znajome słowa Barda ukoiły jej niespokojny umysł, podczas gdy statek płynął dalej w kierunku Portugalii.

Słona bryza smagała kosmyki włosów po twarzy Clarissy, gdy wyszła na zalany słońcem pokład „Santa Dorotéi". Mrużąc oczy przed blaskiem, dostrzegła kapitana Rafaela przy sterze, a jego wysoka postać rysowała się jako wyrazista sylwetka na tle lazurowego nieba.

Jakby wyczuwając jej obecność, odwrócił się z ciepłym uśmiechem na rzeźbionych rysach twarzy.

— Lady Clarissa, miło cię widzieć tego ranka. — Wykonał dworski półukłon. — Ufam, że twoja kajuta była na tyle wygodna, byś mogła dobrze się wyspać?

— Bardziej niż wystarczająca, dziękuję. — Dygnęła lekko. — Chociaż przyznaję, zatęskniłam za oddechem świeżego powietrza.

— Ależ oczywiście. — Rafael wskazał na krzątających się przy swoich obowiązkach członków załogi. — Możesz swobodnie odpoczywać na pokładzie, kiedy tylko zechcesz, z ciotką i jej pokojówką lub bez nich. Zapewniam cię, że wśród moich ludzi będziesz całkowicie bezpieczna; rozmawiałem z nimi.

Clarissa z wdzięcznością skinęła głową, choć cząstka niej zirytowała się na sugestię, że wymaga ochrony. Nie była delikatnym kwiatkiem, który więdnie przy pierwszej oznace przeciwności losu. Czyż nie zniosła niewoli z godną podziwu siłą ducha?

Jakby czytając w jej myślach, oczy Rafaela zalśniły rozbawieniem.

— Nie chciałem cię urazić, moja pani. Pragnę jedynie, abyś czuła się komfortowo podczas naszej podróży.

— Nie czuję się urażona, kapitanie. — Posłała mu przewrotny uśmiech. — Jestem w stanie sama o siebie zadbać. Niemniej jednak doceniam twoją troskę.

Rafael zaśmiał się, a był to bogaty, melodyjny dźwięk, który sprawił, że dziwny dreszcz przebiegł jej po kręgosłupie.

— Co do tego nie mam wątpliwości. — Odwrócił się z powrotem do steru, zręcznie korygując kurs długimi palcami. — Czy interesujesz się nawigacją, lady Clarisso?

— Muszę przyznać, że uważam to za dosyć fascynujące. — Podeszła bliżej, obserwując, jak konsultował się z kompasem i dokonywał drobnych korekt w ustawieniu żagli. — Koncepcja, że można wyznaczyć trasę przez rozległe, nieprzewidywalne morze, używając jedynie słońca, gwiazd i kilku instrumentów... to zdumiewające.

— W istocie. — Oczy Rafaela lśniły entuzjazmem, gdy zaczął wyjaśniać różne narzędzia i techniki, których używał. Clarissa słuchała z zapartym tchem, podziwiając głębię jego wiedzy.

Jakże różniło się to od nużących rozmów w salonach, do których była przyzwyczajona, pełnych jałowych plotek i powierzchownych uprzejmości. Z Rafaelem mogła prowadzić prawdziwie ożywczą dyskusję, a ich umysły iskrzyły, zderzając się jak krzesiwo o stal.

Gdy słońce rozpoczęło swe leniwe schodzenie ku horyzontowi, malując fale odcieniami złota i pomarańczy, Clarissa poczuła niechęć do powrotu do swojej kajuty. Towarzystwo było o wiele zbyt przyjemne.

Być może kilka chwil więcej w jego obecności nie byłoby aż tak niestosowne. W końcu, szukanie towarzystwa pokrewnej duszy podczas tak długiej podróży było czymś naturalnym. A jeśli jej serce biło nieco szybciej w jego obecności, cóż... z pewnością było to jedynie wynikiem ożywczego morskiego powietrza.

Tak, to musiało być to. Bo cóż innego mogłoby to być?

Rafael z podziękowaniem skinął głową i przekazał ster swojemu pierwszemu oficerowi, po czym odwrócił się do Clarissy z ciepłym uśmiechem.

— Czy zechciałabyś przespacerować się ze mną po pokładzie, lady Clarissa? Zbyt długo stałem nieruchomo przy sterze i chciałbym rozprostować nogi.

Serce Clarissy podskoczyło na myśl o spędzeniu więcej czasu w jego towarzystwie, chociaż starała się zachować spokojną postawę.

— Z przyjemnością, kapitanie. Prowadź.

Gdy przechadzali się po pokładzie, a słona bryza smagała ich włosy i ubrania, Rafael zapytał:

— Ufam, że warunki, które ci zapewniono, są odpowiednie? Przepraszam, że nie są tak luksusowe, do jakich bez wątpienia jesteś przyzwyczajona.

— Nonsens — odparła Clarissa z lekceważącym machnięciem ręki. — Po moich przejściach na tym okropnym korsarskim statku to miejsce wydaje się wręcz pałacowe. A towarzystwo jest nieskończenie przyjemniejsze. — Obdarzyła go zabawnym uśmiechem.

Rafael zaśmiał się, a kąciki jego oczu zmarszczyły się w sposób, który sprawił, że Clarissa poczuła łaskotanie w żołądku.

— Cieszę się, że to słyszę. Muszę wyznać, że nasze rozmowy są dla mnie niezwykle ożywcze. To rzadka przyjemność dyskutować o literaturze z kimś tak oczytanym i wnikliwym jak ty.

Clarissa spłonęła rumieńcem zadowolenia na ten komplement.

— A propos literatury, chciałam cię zapytać o poezję, którą dla mnie recytowałeś w Villa Ginori. Słowa były tak przejmująco piękne, ale obawiam się, że nie znam tego poety. Camões, tak?

— Ach, tak. — Twarz Rafaela rozjaśniła się z entuzjazmem. — Luís de Camões jest uważany za jednego z największych poetów języka portugalskiego. Jego epickie dzieło, „Luzjady", to arcydzieło literatury renesansowej. Opowiada historię podróży Vasco da Gamy do Indii, splecioną z historią i mitologią Portugalii.

— Jakże fascynujące — mruknęła zaintrygowana Clarissa. — Bardzo chciałabym kiedyś to przeczytać, ale obawiam się, że mój portugalski jest żałośnie niewystarczający – w zasadzie w ogóle go nie znam!

W oczach Rafaela zalśniły iskierki psoty.

— Cóż, będziemy musieli temu zaradzić, prawda? Chociaż nie mam na pokładzie egzemplarza, wiem, że w moim domu jest angielskie tłumaczenie „Luzjad". Z przyjemnością ci je pożyczę.

Serce Clarissy wezbrało wdzięcznością i czymś głębszym, czymś, czego nie śmiała nazwać.

— Bardzo bym tego chciała, kapitanie de Silva. Dziękuję.

— Moglibyśmy również zaradzić drugiemu problemowi, lady Clarissa?

Niepewna, co ma na myśli, zamrugała, patrząc na niego.

— Drugiemu problemowi?

— Twojemu brakowi znajomości portugalskiego.

Roześmiała się, a dźwięk poniósł łagodny morski wietrzyk.

— Jestem pojętną uczennicą, kapitanie de Silva. Naucz mnie.

Skinął głową, a jego mina spoważniała.

— Zacznijmy od czegoś prostego. „Bom dia" znaczy „dzień dobry".

— Bom dia — powtórzyła Clarissa, a obce słowa brzmiały dziwnie, a jednocześnie ekscytująco na jej języku.

— Doskonale — pochwalił Rafael, a jego oczy lśniły aprobatą. — Teraz spróbuj „obrigado". To znaczy „dziękuję".

— Obrigado — powtórzyła, a kąciki jej ust uniosły się w uśmiechu.

Kontynuowali w ten sposób, a Rafael cierpliwie prowadził ją przez podstawy swojego ojczystego języka, podczas gdy Clarissa chłonęła każde słowo jak gąbka. Rozkoszowała się sposobem, w jaki portugalskie zwroty spływały z jego ust, a melodyjna kadencja jego głosu przyprawiała ją o dreszcze.

Usiedli w cichym miejscu na dziobie, Clarissa na dużej zwojnicy liny, nie zważając zbytnio na stan swojej sukni, a Rafael oparł się o reling w pobliżu, i kontynuowali lekcję, a śmiech Clarissy od czasu do czasu wybuchał, gdy jej język plątał się na nieznanych słowach.

Słońce zaczęło zachodzić w feerii barw, malując niebo zapierającym dech w piersiach wachlarzem pomarańczy i różów. Clarissa zamilkła, wpatrując się z szeroko otwartymi z podziwu oczami.

— To wspaniałe, prawda? — wyszeptała ledwie słyszalnym głosem. — Widziałam kilka chwalebnych zachodów słońca we Włoszech, ale nie sądzę, bym kiedykolwiek widziała coś tak pięknego jak to.

Rafael mruknął w zgodzie.

— W istocie, to widok godny podziwu.

Clarissa odwróciła się do niego z szybkim uśmiechem i ze zdziwieniem odkryła, że nie patrzy na niebo, lecz na nią. Intensywność w jego oczach sprawiła, że serce jej zamarło. Na chwilę zapomniała, jak oddychać, zagubiona w głębi jego spojrzenia.

Ale potem, równie szybko, jak się pojawiła, chwila minęła, a Rafael odwrócił wzrok, odchrząknąwszy.

— Powinniśmy wejść do środka — powiedział szorstkim głosem. — Robi się późno, a twoi ciotka i wuj będą się zastanawiać, co się z tobą stało.

Alex i Marianne, kiedy zeszła na dół, nie wydawali się jednak ani trochę zaniepokojeni tym, gdzie była, a Clarissa zastanawiała się, o czym dokładnie Alex i Rafael zawsze tak poważnie rozmawiali. Czy chodziło o nią? Z pewnością Alex nie mógłby rozważać... przerwała myśl, zanim pozwoliła sobie ją dokończyć, śmiejąc się zamiast tego z poważnej miny małego Edwarda, który próbował złapać kota Fernando. Ten jednak był zbyt sprytny, by dać się schwytać maluchowi, ale wydawał się mimo wszystko rozbawiony tą grą.

Pukanie do drzwi chwilę później okazało się być chłopcem okrętowym, pytającym łamaną angielszczyzną, czy może nakryć do kolacji i czy pozwolą, by kapitan do nich dołączył.

— Będziemy zachwyceni — powiedział stanowczo Alex — skoro wyeksmitowaliśmy kapitana z jego kajuty, najmniej, co możemy zrobić, to zaprosić go na kolację z nami!

Rafael wszedł z szerokim uśmiechem; Clarissa schlebiała sobie, że stał się jeszcze cieplejszy, gdy jego wzrok spoczął na niej. Podeszła, by go przywitać, dziękując mu ponownie za wygody, jakie zapewniała im „Santa Dorotéa".

Rozmowa płynęła równie gładko jak wino, które nalewał Rafael, a ich słowa tańczyły między tematami z taką samą swobodną gracją, z jaką statek pruł fale. Śmiech i ciepło wokół stołu sprawiły, że Clarissa poczuła się jak w domu, w sposób, jakiego nie czuła naprawdę od czasu, gdy Diana wróciła do Anglii.

W miarę jak posiłek postępował, Rafael zaproponował nową grę, rzucając Clarissie wyzwanie stworzenia opowieści przy użyciu zaledwie kilku pozornie niepowiązanych słów. Podjęła wyzwanie, snując opowieść o przygodzie i intrydze, która sprawiła, że wszyscy w napięciu słuchali każdego jej słowa.

— Masz dar do opowiadania historii — pochwalił Rafael, a jego oczy lśniły podziwem, gdy Marianne klaskała swojej siostrzenicy.

Clarissa spuściła głowę, a zadowolony rumieniec oblał jej policzki.

— Zawsze kochałam moc słów — wyznała. — Sposób, w jaki mogą przenieść cię do innego świata, sprawić, że poczujesz rzeczy, o których nigdy nie myślałaś, że są możliwe.

— Powinnaś zostać pisarką, Clarissa — zasugerowała Marianne. — Naprawdę, zawsze tak uważałam. Sposób, w jaki potrafisz opowiedzieć prosty incydent i sprawić, że wszyscy są zafascynowani lub się śmieją, jest niezwykły.

Clarissa pomyślała o swoim dzienniku, o stronach notatek, które napisała podczas ich podróży, i o na wpół uformowanych pomysłach na opublikowanie dziennika podróży, gdy wrócą do domu. Jej mina nieco pociemniała, gdy zawisło nad nią widmo pewnej dezaprobaty ojca. Może Marianne i Alex zgodziliby się opublikować je w jej imieniu? Nie zależało jej na pieniądzach, które mogłaby zarobić – mogliby je przekazać na cele charytatywne dla sierot – ale zobaczenie swoich słów w druku byłoby wspaniałe, osiągnięciem, którego nikt nigdy nie mógłby jej odebrać.

Niezależnie od tego, kogo ojciec wybrał jej na męża.

Rafael obserwował ją z zamyśloną miną.

— A jednak są rzeczy, których same słowa nie potrafią uchwycić — powiedział cicho.

Clarissie dech zaparło w piersi na intensywność jego spojrzenia, na niewypowiedziane emocje wirujące między nimi.

Ale potem, równie szybko, jak się pojawiła, chwila minęła, a Rafael wstawał z miejsca, oferując jej ramię.

— Czy zechciałabyś przespacerować się ze mną po pokładzie, lady Clarissa? — zapytał, jego głos był starannie neutralny. — Morze jest dziś bardzo spokojne; nie sądzę, żebyśmy robili postępy, ale chciałbym sprawdzić, co i jak, i pomyślałem, że może miałabyś ochotę na oddech świeżego powietrza przed udaniem się na spoczynek.

Clarissa spojrzała na Alexa w poszukiwaniu pozwolenia, zadowolona, widząc jego skinienie. Jej serce wciąż biło jak szalone, gdy położyła dłoń na zgięciu łokcia Rafaela. Gdy wyszli na chłodne nocne powietrze, nie mogła pozbyć się uczucia, że coś się między nimi zmieniło, subtelna zmiana, która zarówno ją ekscytowała, jak i przerażała w równej mierze.

Gdy spacerowali wzdłuż pokładu, a słona bryza morska smagała spódnice Clarissy, nie mogła powstrzymać się od zdumienia nad swobodnym koleżeństwem, które rozkwitło między nimi. Dziwne wydawało się myśleć, że zaledwie kilka krótkich tygodni temu byli sobie zupełnie obcy, połączeni przez najbardziej nieprawdopodobne okoliczności.

— Muszę wyznać — powiedział Rafael cichym i intymnym w ciemności głosem — że jestem ci całkiem zazdrosny twoich przygód, lady Clarissa. Zobaczyć tak wiele świata, doświadczyć takiej wolności...

Clarissa spojrzała na niego, zaskoczona tęskną nutą w jego tonie.

— Ale z pewnością ty miałeś swój udział w przygodach, kapitanie? Marynarka musiała zabrać cię do wszelkiego rodzaju egzotycznych miejsc, o wiele więcej niż ja widziałam.

Rafael zaśmiał się, ale w tym dźwięku było niewiele humoru.

— Ach, ale jest różnica między oglądaniem świata przez pryzmat obowiązku a oglądaniem go przez pryzmat ciekawości. Obawiam się, że miałem o wiele za dużo tego pierwszego i zdecydowanie za mało tego drugiego.

Clarissa zastanawiała się nad tym przez chwilę, jej czoło zmarszczyło się w zamyśleniu.

— Być może — powiedziała powoli — nie jest za późno, aby to zmienić. W końcu życie jest niczym innym, jak niekończącą się serią okazji do ponownego odkrycia siebie.

Rafael spojrzał na nią.

— Sprawiasz, że brzmi to tak prosto.

— Och, ależ to jest proste! — zawołała Clarissa, jej twarz rozjaśniona entuzjazmem. — Wystarczy odrobina odwagi i chęć przyjęcia nieznanego. A z tego, co widziałam u ciebie, kapitanie Rafaelu de Silva, posiadasz obie te cechy w nadmiarze.

Przez długą chwilę Rafael po prostu wpatrywał się w nią, a jego wyraz twarzy był nieczytelny w świetle księżyca.

— Jesteś niezwykłą kobietą, lady Clarissa — wymamrotał, jego głos był szorstki od emocji. — Jestem tobą całkowicie zachwycony.

Serce Clarissy zatrzymało się w piersi, a jej skóra zamrowiła się ze świadomości, gdy wyciągnął rękę, by schować zbłąkany lok za jej ucho. Dotyk był przelotny, ledwie wyczuwalny, ale przeszył całe jej ciało dreszczem tęsknoty.

— Rafael — wyszeptała, jego imię było jednocześnie prośbą i modlitwą.

Ale zanim zdążył odpowiedzieć, moment został zburzony przez odgłos zbliżających się kroków, a oni odskoczyli od siebie jak winne dzieci, z zarumienionymi policzkami i nierównym oddechem.

Gdy marynarz przeszedł obok, z szacunkiem skinąwszy głową swojemu kapitanowi, Clarissa nie mogła powstrzymać uczucia zawodu. Ale kiedy spojrzała z powrotem na Rafaela, zobaczyła to samo uczucie odbite w jego oczach i wiedziała, że cokolwiek to było między nimi, dalekie było od zakończenia.

Rafael zdawał się zbierać w sobie, jego kręgosłup zesztywniał, zanim przemówił bardziej formalnie.

— Lady Clarissa, zastanawiałem się, czy nie byłabyś zainteresowana pomocą w wyznaczaniu naszego kursu tej nocy?

Serce Clarissy zabiło mocniej na myśl o spędzeniu z nim więcej czasu sam na sam.

— Z przyjemnością, kapitanie — odpowiedziała, starając się zachować pozory opanowania pomimo motyli trzepoczących w jej żołądku.

Rafael poprowadził ją do stołu nawigacyjnego, gdzie w miękkim blasku latarni leżała rozłożysta mapa. Zaczął wyjaśniać zawiłości nawigacji morskiej, a jego głęboki, melodyjny głos opływał ją jak pieszczota.

Gdy wskazywał ich obecną pozycję i różne instrumenty używane do określania trasy, Clarissa coraz bardziej rozpraszała się sposobem, w jaki światło grało na jego rzeźbionych rysach, sposobem, w jaki jego oczy lśniły pasją, gdy mówił o morzu.

— To delikatna równowaga — zamyślił się Rafael, przesuwając palcem wzdłuż krawędzi mapy. — Zawsze trzeba mieć na uwadze wiatry, prądy, pozycję gwiazd. Ale kiedy wszystko się uda, nie ma nic lepszego.

Clarissa skinęła głową, jej wzrok utkwiony w nim.

— To jak taniec, w pewnym sensie. Partnerstwo między statkiem a morzem.

Oczy Rafaela rozszerzyły się ze zdziwienia, a potem zmarszczyły w kącikach, gdy się uśmiechnął.

— Dokładnie tak. Muszę powiedzieć, lady Clarissa, że masz niezwykłe zrozumienie tych spraw jak na kogoś, kto spędził tak mało czasu na morzu.

Poczuła, jak rumieniec wstępuje na jej policzki na jego pochwałę.

— Zawsze fascynowała mnie idea eksploracji, odkrywania nowych lądów i kultur. Przypuszczam, że przeczytałam każdą książkę, jaką mogłam znaleźć na ten temat.

— Mogę sobie wyobrazić ciebie na czele ekspedycji, prowadzącą do odkrywania zaginionych miast i nieznanych cywilizacji — mruknął Rafael, co ją trochę rozśmieszyło.

— Nie potrafię sobie wyobrazić żadnego mężczyzny, który poszedłby za damą w takim przedsięwzięciu!

— Ja potrafię — powiedział Rafael, a implikacja w jego tonie była jasna, że on był jednym z takich mężczyzn.

Clarissa uśmiechnęła się, patrząc na gwiazdy, gdy wskazywał jej konstelacje, czując zupełnie nieznane ciepło w towarzystwie tego niezwykłego mężczyzny, tego portugalskiego kapitana morskiego, który nie tylko uratował jej życie, ale oferował jej tak wiele nowych doświadczeń, wszystko bez najmniejszych oczekiwań w zamian za swoją dobroć.

— Chodź — powiedział nagle Rafael. — Wiatr nieco się wzmaga i zaraz ruszymy dalej. Tej nocy poprowadzisz nas przez gwiazdy, moja pani! — Jego dłoń pod jej łokciem delikatnie poprowadziła ją, by stanęła przed szprychowym kołem sterowym statku, niemal tak wysokim jak ona sama.

Oczy Clarissy rozszerzyły się, a jej serce biło jak szalone na tę perspektywę.

— Ale ja nie umiem — zaprotestowała, nawet gdy jej palce zacisnęły się na gładkim drewnie koła.

— W takim razie ja cię nauczę — odpowiedział Rafael, stając za nią, a jego silna, solidna obecność przyprawiała ją o dreszcze.

Delikatnie położył swoje dłonie na jej, prowadząc jej ruchy, gdy wskazywał konstelacje powyżej.

— Tam, widzisz? — mruknął, jego oddech ciepły przy jej uchu. — Ta jasna gwiazda to Polaris, Gwiazda Polarna. To nasz stały przewodnik, zawsze wskazujący drogę do domu.

Clarissa skinęła głową, a dech uwiązł jej w gardle, gdy oparła się o jego objęcia, rozkoszując się uczuciem jego ramion wokół niej. Na chwilę pozwoliła sobie wyobrazić, że to jest ich życie, że mogliby żeglować po morzach razem na zawsze, odkrywając nowe lądy i nową miłość.

Jednak zbyt szybko chwila została przerwana przez odgłos śmiechu z pokładu poniżej. Marianne i Alex, pod rękę, weszli w pole widzenia, a ich oczy lśniły psotnie, gdy dostrzegli parę przy sterze.

— No, no — zawołała Marianne z rozbawieniem w głosie. — Co my tu mamy? Lekcję nawigacji?

Clarissa poczuła, jak jej policzki płoną, i odsunęła się od Rafaela, nagle świadoma niestosowności ich objęć. Ale Rafael tylko się uśmiechnął, nie odrywając od niej oczu, gdy odpowiedział:

— W istocie, lady Glenkellie.

Z ostatnim, przeciągłym spojrzeniem odprowadził ją do jej kajuty, jego dłoń ciepła na dole jej pleców. Przy drzwiach zatrzymał się, jego spojrzenie intensywne, gdy przypomniał jej, by zaryglowała drzwi za sobą.

— Dobranoc, Clarissa — wyszeptał, jego głos był cichy i pełen obietnicy. — Słodkich snów.

W miarę upływu dni ich więź tylko się umacniała, a nasiona przyjaźni rozkwitały w coś głębszego, bardziej głębokiego. Ale zawsze były na nich oczy — załoga, Marianne, Alex — stałe przypomnienie o świecie poza ich skradzionymi chwilami.

Clarissa pragnęła więcej, szansy na odkrycie głębi swoich uczuć bez ciężaru oczekiwań społeczeństwa ciążących nad nimi. Ale na razie delektowała się każdą cenną chwilą, każdym muśnięciem jego dłoni o jej, każdym tajemnym uśmiechem wymienionym przez zatłoczony pokład.

Bo w tych chwilach wiedziała, że cokolwiek przyniesie przyszłość, jej serce na zawsze będzie należeć do mężczyzny, który pokazał jej gwiazdy.

ROZDZIAŁ DZIESIĄTY

Clarissa stała przy relingu statku ze wzrokiem utkwionym w horyzoncie, podczas gdy słońce powoli zanurzało się w morzu. Wiatr smagał jej włosy, wyrywając luźne kosmyki z fryzury, ale nie zwracała na to uwagi. Jej myśli pochłaniał Rafael, to, jak jego obecność zdawała się wypełniać każdy zakątek statku i każdy zakątek jej serca.

Wyczuła go, zanim go zobaczyła, jego kroki były ciche na pokładzie. — Clarissa — mruknął, stając obok niej. — Wszystko w porządku?

Wymusiła uśmiech, odrywając wzrok od bezkresnego błękitu. — Oczywiście — skłamała. — Po prostu podziwiałam widok.

Rafael przyglądał jej się przez dłuższą chwilę, a jego morskozielone oczy badały jej twarz. — Wyglądasz na zmartwioną — zauważył cicho. — Czy mogę jakoś pomóc?

Clarissa zawahała się, słowa uwięzły jej w gardle. Jak mogłaby mu powiedzieć o frustracji, która ją żerała, o poczuciu, że on się powstrzymuje, trzymając jakąś część siebie w zamknięciu? Wiedziała o jego trosce o siostrę, o desperackiej potrzebie powrotu do domu, a jednak pragnęła czegoś więcej.

— Jestem po prostu zmęczona — powiedziała w końcu, a półprawda zabrzmiała gorzko na jej języku. — To była długa podróż.

Rafael skinął głową, a jego spojrzenie złagodniało ze zrozumieniem. — Już niedługo — zapewnił ją. — Płyniemy dobrym tempem. Jutro zawiniemy na dzień lub dwa do Gibraltaru, a przy pomyślnych wiatrach powinniśmy dotrzeć do Lizbony w ciągu tygodnia.

Clarissa poczuła ukłucie na jego słowa, nagły, ostry ból w piersi. Myśl o końcu ich podróży, o nieuniknionym rozstaniu, które na nich czekało, była niemal nie do zniesienia. Odepchnęła jednak to uczucie, zmuszając się do lekkiego tonu, gdy odpowiedziała: — Przyznam, że ucieszę się z ponownego widoku lądu.

Rafael roześmiał się, a jego śmiech zabrzmiał ciepło i bogato w zapadającym zmierzchu. — Ja również — zgodził się. — Ale będę tęsknił za tym, za wolnością otwartego morza. — Przerwał, a jego spojrzenie zatrzymało się na jej twarzy. — I za towarzystwem — dodał cicho.

Serce Clarissy podskoczyło na jego słowa, a w jej piersi zapaliła się iskierka nadziei. Stłumiła ją jednak, przypominając sobie o rzeczywistości, która czekała na nich na brzegu. Rafael miał swoje obowiązki, rodzinę, o którą musiał myśleć, a ona... ona miała życie, do którego musiała wrócić, przyszłość, którą musiała pokierować.

— W takim razie powinniśmy jak najlepiej wykorzystać czas, który nam pozostał — powiedziała starannie dobranym, lekkim tonem. — Zanim znów spadną na nas wymagania prawdziwego świata.

Rafael uśmiechnął się, a w jego oczach pojawiła się nuta smutku. — Oczywiście, że powinniśmy — zgodził się. Podał jej ramię, a jego dotyk był delikatny, gdy odprowadzał ją od relingu. — Przejdziemy się po pokładzie? Gwiazdy są dziś wyjątkowo piękne.

Clarissa skinęła głową, pozwalając mu prowadzić się po zniszczonych deskach. Wiedziała, że nadchodzące dni będą słodko-gorzkie, będą plątaniną radości i smutku, gdy ich wspólny czas dobiegnie końca. Ale na razie delektowała się każdą chwilą, każdą cenną sekundą w jego towarzystwie.

Bo w końcu wiedziała, że to wszystko, co mogli mieć. Kradzione chwile pod gwiazdami, wspomnienia, które zabiorą ze sobą w niepewną przyszłość, która czekała na nich oboje. I na razie to musiało wystarczyć.

Santa Dorotéa z gracją wpłynęła do tętniącego życiem portu w Gibraltarze, a żagle zwijały się gładko, gdy załoga z wprawą wykonywała swoje obowiązki. Powitała ich kakofonia portu — sprzedawcy zachwalający swoje towary, marynarze wykrzykujący rozkazy i odległy stukot konnych powozów poruszających się po brukowanych uliczkach.

Słona bryza niosła mieszankę zapachów świeżych ryb i egzotycznych przypraw z dalekich krain.

— Lady Clarissa — zaczął Rafael, wyciągając dżentelmeńsko dłoń, by pomóc jej zejść po trapie — ufam, że jest pani chętna na naszą małą wycieczkę na ląd, podczas gdy moja załoga uzupełni zapasy i załaduje towar?

— Oczywiście, kapitanie de Silva — odpowiedziała Clarissa z figlarnym błyskiem w oku, przyjmując jego dłoń. — Mimo wygód na Santa Dorotéi przyznaję, że zmęczyło mnie już nieustanne kołysanie fal i pragnę poczuć twardy grunt pod stopami.

— Więc nie traćmy czasu — odparł Rafael z rozbawieniem w oczach.

Gdy weszli na nabrzeże, Clarissa zachwyciła się barwnym gobelinem życia, który rozwijał się przed nimi. Dokerzy rozładowywali skrzynie z towarami, a kupcy ustawiali swoje kolorowe stragany pod pasiastymi markizami. Powietrze brzęczało melodyjnym szumem różnych języków, mieszających się w symfonii handlu.

— Od czego zaczniemy? — zapytała, zaintrygowana mnogością widoków i dźwięków.

— Pozwól mi być twoim przewodnikiem — odparł Rafael, podając jej ramię. Przeszli przez tłumy ludzi, przyciągając ciekawskie spojrzenia — byli bowiem uderzającą parą: muśnięte słońcem włosy Clarissy lśniły jak przędzione złoto, a władcza postawa Rafaela była nie do pomylenia nawet w ożywionym tłumie.

Ich ścieżka prowadziła przez wąskie uliczki z uroczymi sklepikami, gdzie zapach świeżo upieczonego chleba mieszał się z aromatycznym urokiem śródziemnomorskich ziół. Clarissa nie mogła się oprzeć, by nie zajrzeć do okna wystawowego prezentującego misterne koronki, a jej palce aż świerzbiły, by dotknąć delikatnych wzorów.

— Podziwia pani takie rzemiosło? — zapytał Rafael, zauważając jej zainteresowanie.

— Bardzo — odparła, a jej oczy zalśniły. — Każdy egzemplarz opowiada historię, utkaną z troską i poświęceniem. — Pomacała sakiewkę w kieszeni, zastanawiając się, ile pieniędzy jej zostało. — Myślisz, że moglibyśmy wejść i zapytać o ceny? Mogłabym kupić kilka — jedną sztukę dla Marianne i jedną dla mojej matki, być może.

Rafael się zgodził, a Clarissa była pewna, że jego władcza postawa okazała się pomocna, gdy targowała się ze sklepikarzem, który na szczęście mówił doskonale po angielsku. Ceny były znacznie niższe, niż mogłaby się spodziewać w Anglii czy nawet we Włoszech, i ostatecznie kupiła koronki nie tylko dla Marianne i swojej matki, ale także dla Diany.

Gdy Clarissa kończyła transakcję, Rafael mówił szybko po hiszpańsku, wskazując na kilka kolejnych sztuk koronek. Sklepikarz ukłonił się służalczo i przygotował drugą paczkę, jak Clarissa przypuszczała, dla matki i siostry Rafaela, po czym zgodził się natychmiast odesłać obie paczki na statek, podczas gdy oni kontynuowali zwiedzanie.

Clarissa poprawiła kapelusz, mrużąc oczy, spoglądając na potężną Skałę Gibraltarską. Ścieżka przed nimi wiła się stromo w górę — wyzwanie, którego chętnie się podjęła.

— Jest pani pewna, że jest przygotowana na tę wspinaczkę? — zapytał Rafael z żartobliwym błyskiem w oku.

— Z pewnością — odpowiedziała Clarissa z uśmiechem. — Zmierzyłam się z wieloma towarzyskimi górami; z pewnością góra fizyczna nie może być bardziej zniechęcająca.

— *Touché* — odparł, śmiejąc się cicho. — W takim razie zdobądźmy ten szczyt razem.

Gdy wspinali się, powietrze stawało się rześkie, zabarwione słonym posmakiem morza. Wokół nich rozbrzmiewały nawoływania mew, mieszając się z odległym szumem tętniącego życiem portu poniżej. Spódnice Clarissy szeleściły na kamienistej ścieżce, a każdy krok świadczył o jej determinacji. Magoty berberyjskie uciekały, gdy się zbliżali, najwyraźniej zaintrygowane, ale zbyt nieśmiałe, by podejść bliżej, z czego Clarissa była bardziej zadowolona niż zmartwiona – miały duże zęby!

— Spójrz tam — wskazał Rafael, zatrzymując się w końcu, gdy dotarli na szczyt. — Widok — jest wart każdego wysiłku.

Dotarli do punktu widokowego, a Clarissa aż sapnęła z wrażenia. Poniżej nich rozciągał się bezkres lazurowego morza, usiany statkami niczym zabawkami pływającymi po ceruleańskim stawie. Ląd rozpościerał się jak gobelin w odcieniach zieleni i brązu, otoczony lśniącym wybrzeżem.

— Wspaniały — wyszeptała, jej oczy szeroko otwarte z podziwu.

— Istotnie — zgodził się Rafael, choć jego wzrok pozostał utkwiony w niej. — Widok godny zapamiętania.

— Dziękuję, że mnie tu przyprowadziłeś — powiedziała szczerze, odwracając się do niego. — To jest… — Zająknęła się, szukając słów, które mogłyby oddać jej wdzięczność.

— Przygoda — podsunął ciepłym głosem.

— Dokładnie — potwierdziła, czując przypływ koleżeństwa z nim. — Przygoda.

Zostali jeszcze kilka chwil, chłonąc panoramę, zanim rozpoczęli zejście. Clarissa czuła się lżejsza, podniesiona na duchu wspólnym doświadczeniem i rodzącą się między nimi więzią.

Statek miał pozostać w Gibraltarze na noc, a Marianne poprosiła Alexa, by wynajął im pokoje w hotelu, aby ona i Clarissa mogły porządnie się wykąpać i oddać ubrania do prania. Alex, zawsze uległy wobec każdej zachcianki żony, natychmiast zarezerwował apartament w najlepszym hotelu w Gibraltarze i zaprosił Rafaela na kolację w hotelowej restauracji.

Lokal emanował elegancją, a jego wspaniała fasada obiecywała wieczór wyrafinowanej przyjemności.

— Jak udała się wasza wycieczka? — zapytała Marianne, a jej uderzające rude włosy łapały światło świec, gdy siadali.

— Pouczająca — odpowiedziała Clarissa, rzucając spojrzenie na Rafaela. — I ożywcza.

— Doskonale. — Alex podniósł kieliszek. — Za nowe horyzonty.

— Za nowe horyzonty — powtórzyli, stukając się kieliszkami, gdy podano pierwsze danie.

Posiłek rozwijał się w symfonii smaków — delikatne zupy, soczyste mięsa i dekadenckie desery — a wszystko to w towarzystwie ożywionej rozmowy. Rafael i Clarissa wymieniali dowcipne riposty, a ich słowa płynęły tak gładko, jak doskonałe wino.

Gdy wieczór dobiegał końca, Clarissa poczuła ogarniające ją zadowolenie, poczucie przynależności, którego się nie spodziewała. Eleganckie otoczenie, zajmujące towarzystwo i wspólne przeżycia tego dnia połączyły się, tworząc wspomnienie, które będzie pielęgnować.

— Do naszej następnej przygody — mruknął Rafael, gdy rozstawali się na noc, a jego głos był delikatną pieszczotą.

— Do zobaczenia — odpowiedziała, jej serce było lekkie i pełne nadziei.

Pokój hotelowy był bogato urządzony, z ciężkimi zasłonami z burgundowego aksamitu, łóżkiem z baldachimem ozdobionym brokatem i ozdobnym żyrandolem rzucającym miękkie światło. Jednak mimo luksusowego otoczenia Clarissa czuła niepokój. Leżała na pluszowym materacu, wpatrując się w sufit.

— Dlaczego nie mogę znaleźć tu ukojenia? — mruknęła do siebie, odwracając się na bok. Cisza pokoju wydawała się przytłaczająca, zupełnie inna od delikatnego kołysania Santa Dorotéi, które stało się dziwnie pocieszające. Tęskniła za rytmicznym skrzypieniem desek, odległym nawoływaniem morskich ptaków, a co najbardziej niepokojące, tęskniła za Rafaelem.

— Clarissa, nie śpisz? — głos Marianne dobiegł z sąsiedniego pokoju, cicho przerywając jej rozmyślania.

— Tak, Marianne — odpowiedziała Clarissa, siadając i wygładzając koszulę nocną. — Obawiam się, że sen omija mnie dziś wieczorem.

— Chodź, dołącz do mnie na chwilę — zaprosiła Marianne. Jej ton niósł ciepło, które przekraczało ich skomplikowaną relację. Przechodząc do pokoju Marianne, Clarissa zastała ją siedzącą przy oknie z parującą filiżanką herbaty w dłoni.

— Gdzie wujek Alex? — zapytała Clarissa.

— Też niespokojny — przyznała Marianne. — Poszedł na spacer. Usiądź ze mną. — Poklepała miejsce obok siebie na parapecie. — A teraz powiedz mi, tęsknisz za statkiem czy za jego kapitanem? — Oczy Marianne błysnęły z wiedzącą psotą.

— Może za jednym i drugim — przyznała Clarissa, siadając na wskazanym miejscu. — Ale bardziej niż za tym, tęsknię za poczuciem celu, które czuję na pokładzie Santa Dorotéi.

— Ach, dreszczyk przygody — zauważyła Marianne, jej wzrok błądził po oświetlonym księżycem porcie. — To potężny magnes.

— Istotnie — zgodziła się Clarissa, czując ukłucie tęsknoty, gdy wyobraziła sobie statek delikatnie kołyszący się w zatoce. — Nie wiem, jak odnajdę się w ograniczonym życiu, które czeka na mnie w domu, ciociu Marianne — powiedziała cicho, a Marianne wyciągnęła rękę, by chwycić dłoń Clarissy.

— Zastanawiam się, czy dobrze zrobiliśmy, zabierając cię w tę podróż — powiedziała Marianne z namysłem, a oczy Clarissy poleciały na twarz ciotki, a na jej usta cisnęło się szokujące zaprzeczenie. Marianne potrząsnęła głową. — Wysłuchaj mnie. Po tym, co ci się przydarzyło w Atenach...

— To nie była twoja wina! — upierała się gorączkowo Clarissa. — A gdyby to się nie stało, nigdy nie poznałabym Rafaela... to znaczy, kapitana de Silvy!

— Owszem — powiedziała cicho Marianne, patrząc na nią z ciekawym wyrazem twarzy, po czym uśmiechnęła się z żalem. — Cóż. Nie ma sensu płakać nad rozlanym mlekiem. Miałaś dość przygód na kilka żyć, Clarissa!

Muszą mi wystarczyć na całe to jedno, pomyślała ze smutkiem Clarissa, odwracając głowę, by spojrzeć przez okno. *Gdy wrócę do Londynu, matka nie spuści mnie z oczu, dopóki nie wyjdę bezpiecznie za mąż za jakiegoś odpowiednio statecznego lorda, który nigdy nie pozwoli mi nawet pomyśleć o przygodzie.*

Ranek nastał ze złotymi odcieniami świtu wpełzającymi przez zasłony. Clarissa ubrała się szybko, chętna do powrotu na Santa Dorotéę. Tętniący życiem port w Gibraltarze już ożył, gdy grupa przygotowywała się do opuszczenia hotelu.

— Dzień dobry, milady — przywitała ją Jean krótkim skinieniem głowy, podczas gdy bliźniaki-maluchy czepiały się jej spódnic jak anielskie pąkle.

— Dzień dobry, Jean — odpowiedziała radośnie Clarissa, schylając się, by wziąć jedno z dzieci na ręce. — A jak się miewają moi ulubieni mali marynarze dzisiaj? Gotowi do powrotu na statek?

— Pełni energii, jak zawsze — odparła Jean, a jej rzeczowa postawa złagodniała dzięki czułemu uśmiechowi.

Gdy statek wypłynął w kierunku Lizbony, Clarissa z radością oddawała się prostym zadaniom opieki nad bliźniakami. Ich śmiech był zaraźliwy, a ich bezgraniczna ciekawość stanowiła ciągłe źródło rozrywki. Czy to goniąc za psotnym dzieckiem, czy łagodząc otarte kolano, każdy moment przyjmowała z entuzjazmem.

— Stój spokojnie, Edwardzie — pouczyła łagodnie Clarissa, przecierając wilgotną szmatką policzek chłopca, na którym rozsmarował dżem. — Nie możesz szaleć podczas śniadania, bo skończysz wyglądając jak obdartus. A na to nie możemy pozwolić, prawda? — Dziecko wierciło się i chichotało, po czym złożyło na jej policzku lekko lepki pocałunek i uciekło, by dołączyć do siostry w zabawie zabawkami.

Jean obserwowała tę scenę, śmiejąc się cicho. — Ma pani do nich rękę, milady — zauważyła.

— Dziękuję, Jean — odpowiedziała Clarissa, czując przypływ dumy z komplementu. — Są cudownym towarzystwem.

Dzień minął w mgnieniu oka, a statek z gracją przecinał lazurowe wody, wypływając z Cieśniny Gibraltarskiej na szeroki Ocean Atlantycki.

Santa Dorotéa kołysała się łagodnie na oświetlonych księżycem wodach, a jej deski skrzypiały cicho w nocy. Clarissa, której spódnice lekko szeleściły przy każdym kroku, poruszała się zręcznie po słabo oświetlonej kajucie. Mała latarnia rzucała ciepłe światło, oświetlając jej spokojną twarz, gdy uspokajała bliźniaki.

Ze swojego miejsca przy drzwiach Rafael obserwował ją w cichym podziwie. Migoczące światło łapało złote odcienie jej rozjaśnionych słońcem włosów, sprawiając, że wyglądały jak uplecione ze słonecznych nici. Jej dłonie, delikatne, a zarazem pewne, kołysały dzieci z wrodzoną lekkością.

— Ciii, kochani — nuciła, biorąc wijące się maluchy na ręce. Zaczęła się kołysać, rytmicznym ruchem mającym uspokoić. Jej głos, czuły i melodyjny, unosił się w powietrzu jak delikatna nić.

— Gdy księżyca straż czuwała

Całą długą noc,

A strudzona ziemia spała

Całą długą noc,

Nad twym duchem się skradała,

Cudne wizje odsłaniała,

czystość serca tchnąć umiała

Całą długą noc — śpiewała, jej ton był miękki i płynny. Kołysanka, stara ludowa melodia przetłumaczona z oryginalnego walijskiego, unosiła się wokół nich, a jej łagodna kadencja wypełniała pokój. Płacz bliźniaków zaczął cichnąć, zastępowany przerywanym szlochaniem, które słabło z każdą chwilą.

— Clarissa, mogę pomóc? — zapytał Rafael, wchodząc do kajuty. Mówił cicho, ostrożnie, by nie przestraszyć już i tak niespokojnych maluchów.

— Dziękuję, kapitanie — odpowiedziała, jej oczy spotkały się z jego z wdzięcznym uśmiechem. — Oboje ząbkują, biedactwa. Wysłałam Jean spać do mojej kajuty; jest wykończona po kilku bezsennych nocach. Jakaś absorbująca opowieść mogłaby zdziałać cuda.

— Dobrze więc — powiedział, siadając obok niej i wyciągając rękę, by pogłaskać czerwony policzek Eleanor; dziecko nieco się uspokoiło i spojrzało na niego z ciekawością. — Czy opowiadałem ci kiedyś, jak przechytrzyliśmy korsarza w pobliżu Madery?

— Opowiedz, proszę — nalegała Clarissa, jej uwaga podzielona była między Rafaela a bliźniaki.

— Cóż, zaczęło się jak wszystkie dobre opowieści — od sztormu — zaczął Rafael, jego ton był konspiracyjnie cichy. Rozpoczął opowieść, snując narrację bogatą w śmiałe manewry i bliskie spotkania. Gdy mówił, śmiech Clarissy rozbrzmiewał cicho w zamkniętej przestrzeni, mieszając się z powoli cichnącym szlochaniem dzieci.

— Twoje przygody są zawsze tak ekscytujące — zauważyła, a jej oczy błyszczały z rozbawienia.

— Ekscytujące być może, ale często pełne niebezpieczeństw — odpowiedział Rafael, a jego wzrok zatrzymał się na jej twarzy. — W przeciwieństwie do twojego obecnego zadania, które wydaje się równie wymagające.

— Dzieci są o wiele bardziej nieprzewidywalne niż jakikolwiek sztorm czy korsarz — powiedziała z chichotem. — Ale o wiele bardziej satysfakcjonujące.

Rafael skinął głową z namysłem, nie odrywając od niej wzroku. — Widzę to.

W końcu powieki bliźniaków zaczęły opadać, ukołysane połączonym efektem łagodnego kołysania Clarissy i wciągającej opowieści Rafaela. Wkrótce spały spokojnie w swoich łóżeczkach, a ich małe klatki piersiowe unosiły się i opadały z każdym oddechem.

— Śpijcie dobrze, kochani — mruknęła Clarissa, odgarniając niesforny loczek z czoła jednego z dzieci.

— Twój dotyk ma w sobie magię — zauważył cicho Rafael, a jego podziw był oczywisty.

— Być może — odpowiedziała, odwracając się do niego przodem. — Albo może to po prostu miłość, jaką czuje się do tych, którzy są pod naszą opieką.

— Tak czy inaczej, to dar — powiedział szczerze.

— Dziękuję — odparła Clarissa, a jej głos złagodniał i przez dłuższą chwilę po prostu patrzyli na siebie, a niewypowiedziane słowa ciążyły w przestrzeni między nimi.

— Dobranoc, Clarissa — powiedział wreszcie Rafael, a jego głos zabarwiony był niechęcią. Podszedł do drzwi kajuty, rzucając ostatnie spojrzenie na spokojną scenę za sobą.

— Dobranoc, kapitanie — odpowiedziała, a jej uśmiech pozostał na twarzy nawet po tym, jak zniknął w cieniach statku.

Clarissa stała przy relingu statku, jej palce chwytały chłodne, zniszczone drewno, gdy spoglądała na bezkresny obszar morza. Słońce zniżyło się nisko, malując zachodni horyzont w odcieniach złota i karmazynu, rzucając migoczącą ścieżkę na wodę. Delikatna bryza bawiła się luźnymi kosmykami jej rozjaśnionych słońcem włosów, niosąc ze sobą słony posmak oceanu.

— Czy zastanawiasz się kiedyś, co leży za tą linią? — głos Rafaela przerwał spokojną ciszę, odrywając jej uwagę od hipnotyzującego widoku. Stał obok niej, jego wysoka sylwetka zarysowana na tle zachodzącego słońca, a jego morskozielone oczy odbijały miriady kolorów nieba.

— Za horyzontem? — zamyśliła się Clarissa, lekko marszcząc czoło. — Chyba tak. Wydaje się obiecywać tak wiele — przygodę, możliwości, może nawet nowy początek.

— Owszem — zgodził się Rafael, a na jego surowych rysach pojawił się wyraz zamyślenia. — Przyszłość jest tak ogromna i nieprzewidywalna jak samo morze. Wytyczamy kurs, ale wiatry i fale mają własną wolę.

— Podobnie jak życie — dodała, zerkając na niego. — Planujemy i mamy nadzieję, a jednak często porywają nas siły, na które nie mamy wpływu.

— Prawda — powiedział cicho, rozważając jej słowa. — A jednak to właśnie te niepewności sprawiają, że podróż jest warta zachodu, nieprawdaż? Niespodziewane chwile, nieodkryte ścieżki — kształtują nas, formują w to, kim mamy być.

— Mówiąc o nieodkrytych ścieżkach — zaczęła Clarissa, jej ton zabarwiony ciekawością — jaką przyszłość sobie wyobrażasz? Wrócisz do winnicy swojej rodziny?

Rafael oparł się o reling, jego spojrzenie było odległe. — Nasza winnica... Kryje w sobie wiele wspomnień, zarówno słodkich, jak i gorzkich. Chcę ją odrestaurować, tchnąć nowe życie w ziemię, która utrzymywała moją rodzinę przez pokolenia. Ale bardziej niż to, pragnę, by moja matka i siostra prosperowały, by zapewnić im ponowny spokój i szczęście.

— Cóż za szlachetne aspiracje — zauważyła Clarissa, z autentycznym podziwem w głosie. — Nosisz ciężkie brzemię, Rafaelu. A jednak znosisz je z taką gracją.

— Dziękuję, Clarissa — odpowiedział, a jego oczy spotkały się z jej z intensywnością, która sprawiła, że serce jej przyśpieszyło. — A co z tobą? Co czeka lady Clarissę Creighton po jej powrocie do Anglii?

— Ach, Anglia — westchnęła, a jej wyraz twarzy stał się tęskny. — Przypuszczam, że wrócę do zwykłych oczekiwań — balów, spotkań towarzyskich, nieustannego poszukiwania odpowiedniej partii. A jednak, po wszystkim, co widziałam i doświadczyłam, te rzeczy wydają się teraz takie trywialne.

— Być może dlatego, że odkryłaś inny rodzaj spełnienia — zasugerował Rafael, a jego głos był pełen zrozumienia. — Taki, którego nie można znaleźć w granicach sztywnych ram społeczeństwa.

— Tak — przyznała cicho. — Ta podróż otworzyła mi oczy na o wiele więcej — na bogactwo różnych kultur, piękno świata poza brzegami Anglii. I... na głębię ludzkiej więzi.

— Więzi — powtórzył Rafael, jego spojrzenie złagodniało, gdy zatrzymało się na niej. — To potężna rzecz, nieprawda_ż_? Przekracza odległość, status społeczny, nawet bariery językowe.

— Mówiąc o języku — powiedziała Clarissa, odwracając się, by spojrzeć na niego bezpośrednio. — Twoja rodzina — chcę zrobić dobre wrażenie. Tyle przeszli, a ja chcę okazać im należyty szacunek. Nauczyłbyś mnie jeszcze kilku portugalskich zwrotów? Na tyle, by móc przywitać twoją matkę i siostrę i podziękować im za gościnność.

Rafael mrugnął, na chwilę zaskoczony jej szczerą prośbą. Potem na jego twarzy pojawił się powolny uśmiech. — Oczywiście, Clarissa. To byłby dla mnie zaszczyt.

— Dziękuję — powiedziała, a w jej głosie słychać było ulgę. — Nauczyłam się kilku podstaw, ale brzmią tak niezręcznie w moich ustach. Obawiam się, że raczej ich obrażę, niż zaimponuję.

— Wcale nie — zapewnił ją. — Sam twój wysiłek powie bardzo wiele. Ale zacznijmy od czegoś prostego. Powtórz za mną: „Muito prazer em conhecê-la"— „Miło mi panią poznać".

— Meu-to pra-zer em kon-he-sze-la — próbowała, marszcząc czoło w skupieniu.

— Blisko — zaśmiał się. — Spróbujmy jeszcze raz. Muito prazer em conhecê-la.

— Mui-to pra-zer em kon-he-se-la — powtórzyła, a jej wymowa się poprawiła.

— Doskonale — powiedział Rafael, kiwając głową z uznaniem. — Szybko się uczysz.

— Tylko dlatego, że mam doskonałego nauczyciela — zażartowała, patrząc na niego z determinacją.

— W takim razie kontynuujmy — powiedział, pochylając się bliżej, a ich bliskość tworzyła intymną bańkę pośród tętniącego życiem statku. — To jest ważne: „Obrigado pela hospitalidade"— „Dziękuję za gościnność".

— Obri-gado pela hosz-pi-ta-li-da-de — wyrecytowała, a jej głos nabierał pewności siebie z każdą sylabą.

— Idealnie — powiedział cicho Rafael, a jego podziw dla niej rósł z każdym słowem. — Poradzisz sobie wspaniale, Clarissa. Moja rodzina będzie pod wielkim wrażeniem.

— Dziękuję, Rafaelu — powiedziała, a jej oczy lśniły z wdzięczności. — Twoja wiara we mnie znaczy więcej, niż myślisz.

— Spróbujmy czegoś nieco trudniejszego — zasugerował Rafael.

— Trudniejszego niż „Muito prazer em conhecê-la"? — zażartowała, unosząc psotnie brew.

— Owszem — odparł z uśmiechem. — Powtórz za mną: „Ogród mojej matki jest muito bonito". To znaczy „Ogród mojej matki jest bardzo piękny".

Clarissa wzięła głęboki oddech, a jej usta z rozwagą formowały nieznane słowa. — U żar-dżim da mi-nia maj e mui-tu bu-ni-tu.

— Prawie — poprawił ją łagodnie Rafael, stukając palcami w rytm zdania o drewniany reling. — Słuchaj uważnie: „O ogród mojej matki jest bardzo bonito". Zwróć szczególną uwagę na dźwięki nosowe.

— Oczywiście, te podstępne nosówki — powiedziała, przewracając figlarnie oczami. Spróbowała ponownie, tym razem z większą precyzją. — O jardim mojej matki jest bardzo piękny.

— Idealnie! — wykrzyknął Rafael, klaszcząc w dłonie z autentyczną radością. — Ma pani słuch do języków, lady Clarissa.

— A może po prostu bardzo przekonującego nauczyciela — odparła, a jej oczy błyszczały z rozbawienia.

— Pochlebstwami wiele pani u mnie zdziała — odpowiedział, a jego ton był lekki, ale spojrzenie zatrzymało się na niej o chwilę dłużej niż to konieczne.

— W takim razie będę ich hojnie używać — powiedziała, śmiejąc się. — Co następne na naszej liście?

— Spróbuj tego: „A comida está deliciosa", co znaczy „Jedzenie jest pyszne".

— A ku-mi-da esz-ta de-li-si-o-za — powtórzyła, a jej akcent wciąż był zabarwiony angielskimi korzeniami, ale mimo to lepszy.

— Doskonale! — ogłosił Rafael, a jego duma z niej była wyczuwalna. — Z każdym słowem nabierasz większej pewności siebie. Twoje wysiłki przynoszą wspaniałe rezultaty.

— Tylko dlatego, że sprawiasz, że jest to tak przyjemne — przyznała, a jej policzki lekko się zarumieniły pod jego aprobującym spojrzeniem.

— To najlepszy sposób na naukę — powiedział, jego głos był ciepły i zachęcający. — Kiedy to coś więcej niż zwykła nauka, kiedy staje się wspólną przygodą.

— Przygodą, doprawdy — powtórzyła, uśmiechając się do niego, gdy wieczorne cienie wydłużały się wokół nich.

ROZDZIAŁ JEDENASTY

Santa Doroteia sunęła przez poranną mgłę, wślizgując się do tętniącego życiem portu w Lizbonie. Clarissa stała na dziobie, kurczowo trzymając się drewnianej poręczy o zbielałych kłykciach, jej dłonie zdradzały niecierpliwe wyczekiwanie. Słony smak był ostry na języku i świeży na policzkach, już zaróżowionych od ekscytacji i chłodnej morskiej bryzy.

— Lady Clarissa. — Głos Rafaela przebił się przez pisk mew i krzyki dokerów. Odwróciła się i zobaczyła go stojącego obok, z ciemnymi włosami potarganymi przez wiatr.

— Kapitanie de Silva — odparła z przekorną nutą w głosie. — Wygląda na to, że moja nowa przygoda właśnie się zaczyna.

— W istocie — zaśmiał się ciepło Rafael. — Zejdziemy na ląd? Zorganizowałem powóz, który zabierze panie i dzieci do posiadłości mojej rodziny, a dla lorda Glenkellie i dla mnie konie.

— Będziemy gotowe do drogi od razu — rzekła Clarissa, choć wiedziała, że Jean spakowała wszystko i czekała w gotowości, a ich kufry trzeba było tylko załadować do czekającego powozu.

W ciągu godziny zeszli ze statku na brukowany dok. Rozciągała się przed nimi Lizbona, kusząc wąskimi uliczkami i zalanymi słońcem placami; istny kalejdoskop barw i krzątaniny. Clarissa ledwo nadążała przenosić wzrok z jednego widoku na drugi, a jej oczy, rozszerzone z ciekawości, przeskakiwały z jednej sceny na drugą — grupka dzieci goniąca zabłąkanego psa, handlarz ryb zachwalający swój połów, kobieta w czerwonej chuście balansująca z koszem na głowie.

— Lizbona jest... pełna życia — powiedziała wreszcie, wyraźnie zafascynowana.

— Można by rzec, że odzwierciedla ciebie, moja pani — droczył się Rafael, a stojący w pobliżu Alex uniósł brwi i roześmiał się cicho.

— Pochlebstwami nic u mnie nie wskórasz, kapitanie — odparła Clarissa, choć nie mogła powstrzymać uśmiechu.

Ich rozmowę przerwał przyjazd powozu, którego polerowane drewniane panele lśniły w słońcu. Woźnica uchylił kapelusza przed Rafaelem, który skinął głową w odpowiedzi.

— Proszę przodem, moja pani — powiedział Rafael, podając jej rękę, by pomóc jej wsiąść do powozu.

— Jakiż pan rycerski — rzekła Clarissa, ale i tak ujęła jego dłoń. Podniósł ją, a ona z westchnieniem przyjemności opadła na dobrze wyściełane siedzenie, zaskoczona nieoczekiwanym luksusem. Jakkolwiek zubożała mogła być rodzina Rafaela, on sam miał maniery szlachcica, co udowodnił ponownie, pomagając wsiąść po niej Marianne, a następnie Jean i bliźniętom. Biorąc oboje dzieci od Jean, podał je w czekające ramiona Marianne i Clarissy, nim pomógł pokojówce wejść do środka.

— To prawdziwy dżentelmen, ten wasz kapitan — zauważyła Jean, gdy Rafael zamknął drzwiczki powozu. On i Alex wskoczyli na swoje konie, a mała kawalkada ruszyła naprzód.

— Kapitan de Silva jest rzeczywiście bardzo wytwornym dżentelmenem — zgodziła się Marianne. — Nie sądzisz, Clarissso? — Wymieniła znaczące uśmiechy z Jean.

Niegotowa, by rozmawiać o swoich uczuciach do Rafaela, Clarissa mruknęła coś niezobowiązującego i zwróciła uwagę na bliźnięta. Wiedziała, że czeka je długi i nudny dzień, i zamierzała zrobić wszystko, co w jej mocy, by zapewnić im rozrywkę. Rafael powiedział im, że jego posiadłość leży kilka godzin jazdy na północny wschód od Lizbony i że powinni dotrzeć do niej w ciągu jednego dnia, więc nie będzie potrzeby szukania gospody na nocleg.

Szarpnięcie na wyboistej drodze przywróciło Clarissę do rzeczywistości. Pochyliła się, chwytając ramę okna, a jej usta otwierały się coraz szerzej z każdą przebytą milą. Portugalska wieś rozciągała się przed nią; łagodne wzgórza okryte zielenią i złotem, usiane białymi domkami i gajami oliwnymi. Powietrze pachniało słodko jaśminem i niosło brzęczenie cykad, naturalnej orkiestry, która głęboko ją poruszyła.

— Jaki piękny kraj — powiedziała cicho stojąca obok niej Marianne, a ona skinęła głową, nie mogąc oderwać oczu od widoku.

Powóz wjechał do malowniczej wioski i zatrzymał się przed gospodą. Rafael pojawił się przy drzwiczkach, nim Clarissa zdążyła po nie sięgnąć.

— Zmienimy tu konie i zjemy posiłek — powiedział, podając jej rękę, by pomóc jej wysiąść. — Zatrzymywałem się tu wiele razy i dobrze znam karczmarza.

Uśmiechnięty mężczyzna wyszedł, by ciepło ich powitać, wprowadzając ich do środka i, ku zaskoczeniu Clarissy, przez budynek na zadaszony taras po drugiej stronie.

— Och, co za wspaniały widok! — zawołała, podchodząc do niskiego murku, który otaczał taras, i spoglądając na rozległą dolinę.

— Widzisz tę przełęcz we wzgórzach? — Rafael stanął obok niej i wskazał palcem. Zmrużyła oczy, by podążyć za jego wskazówką, po czym skinęła głową. — Tędy droga do Torre do Rochedo.

— Twoja posiadłość? — Odwróciła się, by na niego spojrzeć. — Co oznacza ta nazwa?

— Wieża na skale. Klifie. — Wzruszył ramionami. — Zobaczysz; to trafna nazwa!

— Nie mogę się doczekać.

Wtedy znów wyszedł karczmarz z dwoma służącymi, wszyscy niosący tace obładowane jedzeniem. Clarissa usiadła obok Marianne, a ślinka napłynęła jej do ust, gdy przed nimi postawiono prawdziwą ucztę.

Był tam chrupiący żółty bochenek zwany broa, zrobiony z mąki kukurydzianej, ostry biały ser owczy, wędzone kiełbaski z kurczaka, oliwki, figi i danie z bardzo słonych, uzależniających małych żółtych suszonych bobów, a wszystko to podane z lekkim białym winem. Było to proste jadło, ale Clarissa uznała je za wyśmienite i powiedziała o tym karczmarzowi swoją łamaną portugalszczyzną, co sprawiło, że uśmiechnął się jeszcze szerzej.

— Co on powiedział? — zapytała Clarissa Rafaela, gdy mężczyzna przemówił szybko po portugalsku, po czym pospiesznie wrócił do środka.

— Powiedział, że najlepsze dopiero przed nami. — Rafael zaśmiał się, widząc jej minę. — Szczyci się swoimi deserami i muszę przyznać, że jego pastéis de nata to jedne z najlepszych, jakie kiedykolwiek jadłem, a jego toucinho do céu... ach! — Pocałował koniuszki palców. — Prawdziwie niebiańskie!

Pastéis de nata były przepysznymi małymi tartaletkami z kremem jajecznym w delikatnym, kruchym cieście, które rozpływało się w ustach, a toucinho do céu, co, jak wyjaśnił Rafael, oznaczało „słoninę z nieba", było w rzeczywistości gęstym, słodkim ciastem na smalcu o silnym migdałowym smaku.

Clarissa musiała się zgodzić. Desery były rzeczywiście lepsze niż posiłek. — Chyba nas rozpieścili — powiedziała, spoglądając tęsknie na tacę z tartaletkami i zdając sobie sprawę, że nie zje już ani kęsa. — Biorąc pod uwagę, że to nasz pierwszy posiłek w Portugalii, twój dom ma wysoko postawioną poprzeczkę, kapitanie de Silva!

— Twój pierwszy posiłek w Portugalii — poprawił ją Alex. Spojrzała na niego zaskoczona, po czym przypomniała sobie, że spędził wiele lat w armii, walcząc z Francuzami. Jego spojrzenie pociemniało, gdy wpatrywał się w taras, a ona zastanawiała się, jakie myśli zaprzątały jego umysł; z pewnością nie o zielonej, żyznej dolinie, która się przed nimi rozciągała, jak zgadywała.

Marianne położyła dłoń na dłoni Alexa, ściskając ją krótko. Zdawał się otrząsnąć i wrócić do teraźniejszości, uśmiechając się blado.

— Choć muszę się zgodzić, nigdy wcześniej nie jadłem tak doskonałego posiłku w twoim kraju, Rafaelu. Był znakomity.

Zostali jeszcze przez chwilę, pozwalając jedzeniu się ułożyć. Clarissa ponownie podeszła do krawędzi tarasu, tym razem siadając na niskim murku i podziwiając widok. Po kilku minutach dołączył do niej Rafael.

— Czy już czas jechać? — zapytała Clarissa.

— Wkrótce. Pozwolimy koniom odpocząć jeszcze jakieś piętnaście minut. — Nie wydawał się skłonny do rozmowy, po prostu usiadł obok niej i wpatrywał się w dolinę.

— Powiedz mi — odezwała się w końcu Clarissa, nie mogąc dłużej znieść ciszy — co nas czeka w twoim domu?

— Wspomnienia — odparł po chwili Rafael z nieobecnym wyrazem twarzy. — I może duchy.

— Duchy? — Jej brwi uniosły się z zaciekawieniem.

— Nie dosłowne — powiedział z lekkim uśmiechem. — Wojna pozostawiła rany na ziemi, ale także na jej ludziach. Moja rodzina nosi te rany, jak sama zobaczysz.

— W takim razie razem stawimy czoła tym duchom — oświadczyła stanowczo.

— Razem — zgodził się Rafael i po raz pierwszy od ich spotkania pomyślała, że dostrzegła w jego ciemnych oczach nutę bezbronności.

Wkrótce potem ruszyli w dalszą drogę. W miarę jak podróżowali w głąb lądu, bujną zieleń zastępowały skaliste wychodnie i starożytne kamienne mury. Clarissa zauważyła winnice, niegdyś starannie pielęgnowane, teraz zarosłe chwastami. Zasmuciło ją to; jak wiele innych rzeczy, które widziała podczas tej podróży, było to ciche świadectwo wojny i zaniedbania.

Powóz w końcu przejechał przez przełęcz we wzgórzach, o której wspomniał Rafael, i wspiął się stromym zboczem do zamku wzniesionego na skraju urwiska. Clarissa wstrzymała oddech, gdy wyjrzała przez okno na cel ich podróży. Torre do Rochedo było wysoką, kwadratową budowlą z centralną wieżą wznoszącą się na pięć lub sześć pięter, jej kamienne mury, choć zwietrzałe, wciąż były mocne, a wieżyczki sięgały nieba. Jednak nawet stąd widziała oznaki rozkładu; krenelaże kruszące się w stosy gruzu, bluszcz pnący się po oknach, w których dawno potłukło się szkło, i fragmenty zewnętrznego muru leżące w ruinie.

— Jest większy, niż przypuszczałam — powiedziała cicho stojąca obok niej Marianne, pochylając się, by spojrzeć obok niej przez okno. — I w znacznie lepszym stanie niż większość portugalskich zamków, których Napoleon nie zniszczył całkowicie. Centralna wieża przynajmniej wydaje się całkiem nienaruszona.

Gdy powóz się zatrzymał, Clarissa musiała oprzeć się pokusie, by z zapałem z niego wyskoczyć. Chciała zrobić dobre wrażenie na matce i siostrze Rafaela, które przypuszczalnie czekały, by ich powitać w środku, więc opanowała się. Splatając dłonie na kolanach, by przestały drżeć, czekała, aż Rafael otworzy drzwiczki i poda jej rękę, by pomóc jej wysiąść.

— Witaj w Torre do Rochedo — powiedział dumnie, gdy zeszła z powozu. — Witaj w moim domu.

Clarissa postawiła jedną stopę w pantofelku na brukowanym dziedzińcu, czując niemal nabożny szacunek, i powoli obróciła się, by ogarnąć wzrokiem mieszankę świetności i rozkładu. To miejsce mówiło o wiekach historii, o wygranych i przegranych bitwach, o rodzinie trzymającej się godności pomimo straty i zubożenia.

— Twój dom — powiedziała cicho, patrząc na niego. — Jest wspaniały, Rafaelu. Pomnik wytrwałości.

— Dziękuję. — Lekko skłonił głowę, chociaż w jego oczach dostrzegła więcej emocji, niż mogły sugerować jego słowa.

Razem ruszyli w stronę wejścia, a Clarissa mogła sobie tylko wyobrazić, jakie opowieści mogłyby opowiedzieć te mury. Choć zniszczone przez czas i historię, Torre do Rochedo nie straciło nic ze swojej majestatyczności z powodu wieku. Było symbolem odporności, odpowiednim domem dla mężczyzny, który prowadził ją do środka. Wielkie drewniane drzwi otworzyły się, gdy wchodzili po schodach, a w progu stała kobieta z twarzą rozjaśnioną radością.

— Mamo — powiedział Rafael, a w jego głosie pojawiła się chrypka, nieznana szorstkość.

Lucia de Silva była drobną kobietą, szczupłą i nieco przygarbioną przez wiek i trudy życia, ale jej obecność wypełniała przestrzeń. Jej oczy, choć zmęczone i poorane zmarszczkami, lśniły szczęściem, i ruszyła naprzód, a każdy jej krok, choć zdawał się kosztować ją wysiłek, był pełen zapału. Rzuciła się synowi na szyję.

— Meu filho — mruknęła głosem zdławionym przez emocje.

— Matko. — Głos Rafaela był równie ściśnięty. Objął ją mocno, po czym odsunął się, chwytając ją za ramiona, i powiedział z przejęciem: — Isabella?

Uśmiech Lucii był całą odpowiedzią, jakiej potrzebował, a Clarissa poczuła, jak kamień spada jej z serca. Obawiała się, że przybędą tylko po to, by odkryć, że siostra Rafaela zmarła na jakąś chorobę.

— Mówi, że Isabella miała zapalenie płuc, ale już wyzdrowiała — szepnął Alex, gdy Lucia mówiła szybko do syna po portugalsku.

— Dzięki Bogu — mruknęła Marianne, a Clarissa powtórzyła te słowa.

Wtedy Rafael przypomniał sobie o dobrych manierach i przedstawił ich matce. Clarissa wiedziała już, że Rafael wysłał naprzód posłańca; ich przybycie nie było dla Lucii zaskoczeniem. Starsza kobieta powitała Alexa i Marianne ciepło, zanim Rafael zwrócił się, by przedstawić Clarissę.

— Lady Clarissa, witamy w naszym domu — powiedziała Lucia z akcentem, ale wyraźnie po angielsku, uśmiechając się ciepło do Clarissy. — To dla nas zaszczyt panią gościć.

— Bardzo dziękuję, pani de Silva — odparła Clarissa, wykonując niski ukłon. Prostując się, przyjrzała się prostej sukni Lucii. Była dobrze uszyta, ale materiał był znoszony i wyblakły; tu i ówdzie malutkie łatki świadczyły o starannych naprawach. Z tego, co do tej pory widziała w posiadłości, wyglądało to podobnie. Choć sam dom wciąż stał, jego dawna chwała dawno przeminęła, a Clarissa podejrzewała, że Lucia prowadziła bardzo oszczędny budżet, by utrzymać wszystko w ryzach. Bardzo podziwiała starszą kobietę, nawet wiedząc, że matka Rafaela nie zawsze go akceptowała.

— Proszę, wejdźcie i odpocznijcie. Musicie być zmęczeni po podróży. — Lucia gestem zaprosiła ich do domu. — Pokoje zostały dla was wszystkich przygotowane, choć mam nadzieję, że wybaczycie wszelkie niedociągnięcia.

Clarissa rozejrzała się. Na bielonych ścianach wisiały gobeliny, ale były stare i wyblakłe, w niektórych miejscach przetarte. Kiedyś musiały być wspaniałe, ale czas odcisnął na nich swoje piętno. Meble również były proste, zwykłe drewniane krzesła z plecionymi z trzciny oparciami, kilka małych stolików, kredens lub dwa.

— Pani gościnność jest nader szczodra — zapewniła szczerze Clarissa Lucię, idąc za nią do małego saloniku, który, choć nieco sfatygowany, był schludny i czysty, a ogień na kominku dodawał przyjemnego ciepła chłodnemu pomieszczeniu.

— Muszę iść do Isabelli. — Rafael przeprosił, zostawiając ich pod opieką matki, gdy Lucia przywołała kilka pokojówek.

Clarissa o mało nie zapytała, czy mogłaby pójść z Rafaelem, chętna poznać jego siostrę, ale powstrzymała się i uśmiechnęła uprzejmie, gdy jedna z pokojówek skinęła jej, by poszła za nią.

Pokoje gościnne były ewidentnie przygotowane w pośpiechu, okna pootwierane na oścież, by wpuścić świeże powietrze, pościel zdjęta z łóżek i zastąpiona świeżymi prześcieradłami. Chociaż meble były proste, Clarissa uznała swój pokój za uroczy i zdała sobie sprawę, że chociaż budynki przetrwały Francuzów, wiele oryginalnych mebli mogło zostać zabranych i spalonych na opał, a ograniczone finanse posiadłości oznaczały, że nie mogli sobie pozwolić na duże wydatki na rzadko używane pokoje gościnne.

Mimo to łóżko wyglądało na wystarczająco wygodne, a przy oknie stał mały stolik i krzesło, przy którym mogłaby usiąść i pisać listy, gdyby zechciała. Podziękowała pokojówce swoją łamaną portugalszczyzną, otrzymując w zamian nieśmiały uśmiech i głęboki ukłon, po czym dziewczyna pospiesznie odeszła, wracając wkrótce z tacą z talerzem pokrojonych owoców, kilkoma kawałkami ciasta i dzbankiem kawy.

— Och, jak miło — powiedziała Clarissa, rozglądając się, czy gdzieś nie ukrywa się imbryk z herbatą. Nigdy nie przepadała za kawą. Cóż, z boku stał spory dzbanek mleka; po prostu napije się tego.

— *Você não gosta de café*? — zapytała pokojówka, wskazując na dzbanek z kawą, gdy Clarissa nalała do filiżanki tylko mleko.

Clarissa domyśliła się znaczenia, nawet jeśli nie rozumiała dokładnie słów. Wskazała na dzbanek z kawą, zmarszczyła nos, potrząsnęła głową i uśmiechnęła się przepraszająco. Pokojówka skinęła głową i zniknęła, a Clarissa miała nadzieję, że jej nie uraziła. Próbując kawałka ciasta, odkryła, że jest pyszne, o silnym smaku miodu, cynamonu i goździków. Zdecydowanie mogłaby przyzwyczaić się do portugalskich deserów!

Pokojówka wróciła z dużym dzbankiem soku winogronowego, a Clarissa uśmiechnęła się radośnie. Podziękowała jej najlepiej, jak umiała. Dzbanek z kawą został zabrany, a Clarissa delektowała się podwieczorkiem w samotnym spokoju, spoglądając przez okno na widok.

Pukanie do drzwi kilka minut później okazało się być Rafaelem, który został na zewnątrz, gdy je otworzyła.

— Isabella chce cię poznać — powiedział, uśmiechając się szeroko. — Tak mi ulżyło, że jest bezpieczna i wracą do zdrowia, że nie potrafię jej niczego odmówić.

— Z przyjemnością ją poznam! — Clarissa natychmiast wstała. — Bardzo pragnę zawrzeć z nią znajomość.

Rafael podał jej ramię, by ją eskortować, i weszli po kolejnych schodach na następne piętro zamku, które ewidentnie stanowiło kwatery rodzinne. Rafael zatrzymał się przed drewnianymi drzwiami, zapukał raz, po czym otworzył je, nie czekając na odpowiedź.

Clarissa weszła do środka, a jej oczy przyzwyczajały się do słabego światła przenikającego przez zwiewne zasłony. Pokój był skąpo umeblowany, ale panowała w nim pewna elegancka prostota. W centrum pokoju, oparta o górę poduszek, leżała Isabella.

— Lady Clarissa. — Isabella powitała ją słabym, ale czystym głosem, mówiąc po angielsku tak doskonale jak jej brat. Jej skóra była upiornie blada, niemal przezroczysta, a ciemne cienie okalały jej oczy, choć były one bystre i inteligentne. — To zaszczyt panią poznać.

— Zaszczyt jest po mojej stronie, Isabello — powiedziała ciepło Clarissa, podchodząc, by usiąść obok łóżka. — Tyle o tobie słyszałam i o twojej wielkiej sile ducha w tym trudnym czasie.

— Sile ducha. — Isabella uśmiechnęła się słabo. — Cierpliwość byłaby bardziej trafnym określeniem, jak sądzę.

— Cierpliwości to coś, czego mi często brakuje — zwierzyła się Clarissa, mając nadzieję wywołać kolejny uśmiech dziewczyny. — Ale myślę, że ty musiałaś się jej dobrze nauczyć.

— Gdy nie ma się innego wyjścia, jak tylko leżeć cały dzień w łóżku, człowiek uczy się cierpliwości z konieczności, a nie z cnoty — odparła Isabella, choć jej oczy wydawały się teraz jaśniejsze.

— Może mogłabym zaoferować jakąś rozrywkę? — zasugerowała Clarissa, pochylając się z konspiracyjną miną. — Rafael mówi mi, że jesteś prawdziwą uczoną, o bystrym umyśle i miłości do literatury.

— Naprawdę? — Wyraz twarzy Isabelli złagodniał i spojrzała na swojego brata, stojącego cicho przy drzwiach. — Zawsze wiedział, jak mi schlebiać.

— Pochlebstwo czy nie, chciałabym usłyszeć twoje przemyślenia na temat niektórych moich ulubionych książek — kontynuowała Clarissa, czując, że trafiła we właściwy ton. — I może opowiedzieć ci kilka własnych historii.

— To brzmi wspaniale — powiedziała Isabella, a na jej policzki wstąpił rumieniec. — Zbyt długo nie mogłam cieszyć się dobrą rozmową.

— W takim razie nadrobimy stracony czas — rzekła stanowczo Clarissa, opierając się na krześle. — Powiedz mi, jakie były twoje ulubione opowieści w dzieciństwie?

— Och, wiele — powiedziała Isabella, a jej głos nabierał siły, gdy mówiła. — Ale moje ulubione wspomnienia to te, gdy Rafael opowiadał mi legendy o naszych przodkach. Sprawiał, że ożywały, więc czułam, jakbym stała obok nich w bitwie lub jechała z nimi przez równiny. Ten stary zamek stawał się żywym, oddychającym miejscem, gdy opowiadał mi swoje historie.

— Ach, potęga dobrej opowieści. — Clarissa skinęła głową z zrozumieniem. — Słowa mogą zamienić nawet najnudniejsze dni w wielkie przygody.

— Tak. — Isabella uśmiechnęła się, a jej oczy zalśniły. — W tym pokoju były moją ucieczką.

— W takim razie będziemy tworzyć nowe historie razem — obiecała jej Clarissa, czując pokrewieństwo z młodszą kobietą. — Każdy dzień to szansa na nowy początek, bez względu na to, co przyniesie nam życie.

— Dziękuję, lady Clarissa — powiedziała szczerze Isabella. — Już wniosłaś jasność w mój dzień.

— Proszę, mów mi Clarissa — nalegała Clarissa, sięgając, by delikatnie ująć dłoń Isabelli. — Jesteśmy przyjaciółkami, prawda?

— Tak, Clarissso. — Twarz Isabelli rozjaśnił uśmiech. — Oczywiście, że przyjaciółkami.

Stojący cicho przy drzwiach Rafael również się uśmiechnął.

ROZDZIAŁ DWUNASTY

PROMIENIE SŁOŃCA WPADAŁY PRZEZ koronkowe zasłony, rzucając delikatne cienie na Isabellę, która półleżała w łóżku oparta o pulchne poduszki. Jej policzki wreszcie miały różany odcień, a nie chorobliwą bladość.

Clarissa siedziała na brzegu krzesła, czując, że lada chwila pęknie od nadmiaru pytań. Przez ostatnie kilka dni, czuwając przy łóżku Isabelli, nauczyła się hamować swoją naturalną skłonność do paplaniny i dopytywania, pozwalając dziewczynie odpoczywać. Ale teraz, widząc powracającą siłę i witalność, Clarissa ledwo mogła powstrzymać zapał, by naprawdę poznać słodką młodszą siostrę Rafaela.

— Och, Bello, nie wyobrażasz sobie, jak mi ulżyło, widząc, że wreszcie wracasz do zdrowia — powiedziała Clarissa, powstrzymując chęć rzucenia się dziewczynie na szyję w radosnym uścisku. — Tak strasznie się martwiłam.

Isabella uśmiechnęła się łagodnie i wyciągnęła rękę, by ująć dłoń Clarissy. — Twoja obecność tak mnie pocieszała, Clarissso. Świadomość, że tu jesteś i wspierasz mnie w powrocie do zdrowia swoją upartą determinacją. — W jej oczach zalśniły wesołe iskierki.

Clarissa roześmiała się. — Cóż, jeśli o czymś można mnie zapewnić, to o to, że jestem uparta jak osioł, kiedy się na coś zdecyduję. Biedny Rafael nie miał najmniejszych szans, kiedy uparłam się, że zostanę i pomogę.

— Mój brat ma wielkie szczęście, że znalazł w tobie tak lojalną przyjaciółkę. Mam nadzieję, że wiesz, jak głęboko wdzięczni jesteśmy.

Przyjaciółka. To słowo uwięzło Clarissie w gardle. Oczywiście, że Isabella myślała o niej jako o przyjaciółce, przybranej członkini rodziny. Nie mogła się domyślić zdecydowanie nie-siostrzanych uczuć, jakie Clarissa żywiła do Rafaela.

— To ja wszystko zawdzięczam Rafaelowi, jak dobrze wiesz. — Clarissa już dawno opowiedziała Isabelli historię o tym, jak Rafael uratował ją ze statku korsarzy. — Dotrzymywanie ci towarzystwa to najmniejsze, co mogę zrobić. — Otrząsnąwszy się ze swoich tęsknych pragnień, by pewnego dnia Rafael pomyślał o niej jako o kimś więcej niż przyjaciółce, Clarissa zmusiła się do promiennego uśmiechu. — A teraz musisz mi opowiedzieć absolutnie wszystko o dorastaniu tutaj. Jestem bezgranicznie zafascynowana twoim domem i rodziną.

— Z największą przyjemnością — odpowiedziała ciepło Isabella, a jej oczy rozbłysły entuzjazmem. — Ale najpierw nalegam, abyś ty opowiedziała mi więcej o sobie. Rafael wspomniał, że spędziłaś trochę czasu we Włoszech?

Clarissa kiwnęła głową, a jej umysł już wirował od wspomnień o skąpanych w słońcu wzgórzach i bujnych winnicach. Miesiące, które spędziła, podróżując po wsi, należały do najbardziej beztroskich w jej życiu. — O tak, byłam całkowicie oczarowana pięknem tego wszystkiego...

Gdy dwie młode kobiety rozmawiały i śmiały się, wymieniając historie o cennych chwilach i marzeniach na przyszłość, zaczęła się tworzyć między nimi niezachwiana więź. Zrodzona ze wspólnych radości i zmagań, zakorzeniła się trwała przyjaźń.

Kilka dni później, gdy wreszcie na tyle wyzdrowiała, by opuszczać swój pokój na dłużej niż godzinę, Isabella oprowadziła Clarissę po rozległych terenach posiadłości de Silva, a ciepły wiatr targał ich włosy.

Gdy minęły zakręt ścieżki, ich oczom ukazały się winnice. Clarissie dech zaparło w piersiach. Niegdyś nieskazitelne rzędy winorośli teraz były zduszone przez chwasty, a ich sękate gałęzie wyciągały się ku niebu jak kościste palce. Było to dosadne przypomnienie o tym, jakie piętno wojna odcisnęła na ziemi i jej mieszkańcach.

— Serce mi się kraje, gdy widzę je w takim stanie — powiedziała cicho Isabella, a w jej głosie pobrzmiewał smutek. — Chociaż nigdy nie widziałam ich w innym, mama i Rafael opowiadali mi historie... te winnice były kiedyś dumą naszej rodziny.

Clarissa wyciągnęła rękę i pocieszająco ścisnęła dłoń Isabelli. — Mogą być takie znowu — powiedziała, a jej umysł już pracował na pełnych obrotach. — We Włoszech widziałam winnice spustoszone przez choroby i zaniedbanie, ale dzięki ciężkiej pracy i poświęceniu przywrócono je do życia.

Oczy Isabelli rozszerzyły się, a w ich głębi zapłonęła iskierka nadziei. — Naprawdę myślisz, że to możliwe?

— Tak — odparła stanowczo Clarissa, wodząc wzrokiem po zarośniętych winoroślach. Niemal widziała je uginające się pod ciężarem dojrzałych, soczystych winogron, a powietrze wypełnione upajającym aromatem fermentującego wina. — Nie będzie łatwo, ale nic, co wartościowe, nigdy takie nie jest.

Rafael podszedł do nich, marszcząc czoło z troską. Usłyszał ich rozmowę i poczuł się zmuszony do interwencji. — Doceniam pani entuzjazm, Lady Clarissso — zaczął, a w jego głębokim głosie pobrzmiewała nuta rezygnacji — ale obawiam się, że zadanie może być bardziej zniechęcające, niż pani sądzi.

Clarissa odwróciła się do niego z wyzywająco uniesionym podbródkiem. — Kapitanie de Silva, rozumiem pańskie obawy, ale jestem głęboko przekonana, że przy odpowiednim podejściu i poświęceniu możemy ożywić te winnice i zabezpieczyć finansową przyszłość pańskiej rodziny.

Rafael westchnął, przeczesując dłonią ciemne włosy. — Wojna ciężko doświadczyła nasze ziemie. Większość winorośli została spalona, a nowe pędy są młode i kruche. Potrzeba będzie lat ciężkiej pracy i znacznych inwestycji, aby przywrócić je do dawnej świetności.

— Ale to nie jest niemożliwe — odparła Clarissa, a jej oczy błyszczały determinacją. — A potencjalne korzyści są ogromne – nie tylko finansowe, ale także dla ducha pańskiej rodziny i lokalnej społeczności.

Słuchając jej pełnych pasji słów, Rafael nie mógł powstrzymać iskierki nadziei, która zapłonęła w jego piersi. Być może miała rację. Być może była to okazja, której szukał – szansa na odbudowę nie tylko winnic, ale i własnego poczucia celu i przynależności.

— Podziwiam pani ducha — powiedział w końcu, a kąciki jego ust drgnęły w lekkim uśmiechu. — I muszę przyznać, że pani propozycja ma sens. Musimy jednak realistycznie ocenić nadchodzące wyzwania. To nie będzie łatwa droga.

Clarissa spojrzała mu w oczy, jej własny uśmiech promieniał optymizmem. — Nic, co wartościowe, nigdy takie nie jest, kapitanie. Ale wierzę, że razem pokonamy każdą przeszkodę.

Rafael poczuł falę wdzięczności dla Clarissy za jej niezachwianą wiarę w potencjał posiadłości jego rodziny. Jej entuzjazm był zaraźliwy i zaczął poważniej rozważać tę propozycję.

Spojrzał na Isabellę, która niemal drżała z ekscytacji. — Co o tym myślisz, Bello? Czy naprawdę moglibyśmy przywrócić winnice do życia?

Isabella złożyła dłonie, a jej oczy zalśniły nadzieją. — Och, Rafo, wyobraź to sobie! Winorośle uginające się pod ciężarem winogron, powietrze wypełnione słodkim zapachem wina... To byłoby jak spełnienie marzeń.

Rafael powoli skinął głową, jego umysł już analizował logistykę takiego przedsięwzięcia. Wymagałoby to znacznych inwestycji czasu, pracy i zasobów. Ale gdyby im się udało…

Odwrócił się z powrotem do Clarissy z poważnym wyrazem twarzy. — To nie będzie łatwe zadanie. Będziemy musieli wyplewić chwasty, przyciąć winorośle i prawdopodobnie przesadzić całe sekcje. Miną lata ciężkiej pracy, zanim zobaczymy jakiekolwiek znaczące plony.

Clarissa spojrzała mu w oczy bez wahania, a jej determinacja była widoczna w zaciśniętej szczęce. — Rozumiem wyzwania, kapitanie. Ale widzę też niesamowitą szansę, jaką mamy przed sobą. Nie tylko dla pańskiej rodziny, ale dla całej społeczności. Proszę sobie wyobrazić, ile miejsc pracy mogłoby to stworzyć, jaki impuls gospodarczy mogłoby to dać pańskim ludziom!

Rafael poczuł cień podziwu dla jej wizji i współczucia. Nie myślała tylko o sobie czy nawet o jego rodzinie – brała pod uwagę szerszy wpływ, jaki mógłby mieć taki projekt. Myśli pędziły mu po głowie, gdy rozważał implikacje tego planu. Winnice były częścią dziedzictwa jego rodziny od pokoleń, ale potrzeba szybkiego zarobku zawsze ciągnęła go na morze, by uprawiać rzemiosło, które znał na swoim statku. Teraz, dzięki zachęcie Clarissy, widział inną ścieżkę rozwijającą się przed nim, powrót do głębokich korzeni jego rodziny na tej ziemi.

— Muszę przyznać — powiedział powoli, a jego wzrok błądził po skąpanych w słońcu wzgórzach — że myśl o spędzaniu dni na lądzie, pielęgnowaniu winorośli i nadzorowaniu posiadłości, nie jest pozbawiona uroku.

— Ma pan rzadką okazję, kapitanie — powiedziała cicho Clarissa, jej niebieskie oczy wpatrzone w jego twarz z żarliwą prośbą. — By stworzyć coś trwałego, coś, co przetrwa długo po nas.

Jej słowa poruszyły w nim jakąś strunę, rezonując z głęboką tęsknotą, którą długo tłumił. Morze było jego kochanką przez tak długi czas, domagając się jego uwagi i oddania. Ale posiadłość, winnice... oferowały inny rodzaj wyzwania, inny rodzaj spełnienia.

— To oznaczałoby rezygnację z mojego statku — zamyślił się na głos. — Pozostawienie *Santa Dorotéi* w czyichś rękach.

— Ale proszę pomyśleć, co by pan zyskał — odparła Clarissa, a jej oczy lśniły przekonaniem. — Szansę na odbudowę, na stworzenie czegoś nowego i pięknego. I... — Zawahała się, a na jej policzki wpłynął lekki rumieniec. — Byłby pan tutaj, ze swoją rodziną. Z tymi, którzy pana kochają.

Serce Rafaela zabiło mocniej na te słowa, na niewypowiedzianą obietnicę, którą w sobie niosły. Czy ośmieliłby się mieć nadzieję, że mogłaby go pokochać jako kogoś więcej niż tylko przyjaciela? Że pewnego dnia dzieliłaby z nim jego życie, jego marzenia?

— Proszę na to spojrzeć, Rafaelu — zawołała, wskazując na szczególnie sękatą starą winorośl. — Ta przetrwała tak wiele. Proszę sobie wyobrazić, czym mogłaby się stać przy odrobinie troski i uwagi.

Uśmiechnął się do jej entuzjazmu, podziwiając sposób, w jaki wydawała się znajdować piękno i potencjał we wszystkim, co widziała. — To będzie wymagało dużo pracy — ostrzegł, choć w jego piersi zapłonęła nadzieja. — Winorośle są w złym stanie, a ziemia będzie wymagała pielęgnacji.

— Ale będzie warto — upierała się Clarissa, odwracając się do niego. — Czy pan tego nie widzi, Rafaelu? Winogrona dojrzewające na krzewach, wino znów płynące swobodnie? Dziedzictwo pańskiej rodziny, przywrócone do dawnej chwały?

Jej słowa namalowały w jego umyśle żywy obraz i przez chwilę niemal czuł na języku smak bogatego, pełnego wina. Było to marzenie, którego nigdy nie ośmielił się pielęgnować, przyszłość, na którą nigdy sobie nie pozwolił.

Ale z Clarissą u boku wszystko wydawało się możliwe.

— Mam trochę oszczędności — usłyszał własne słowa, a jego umysł już wybiegał naprzód. — Wystarczająco, by nas utrzymać, podczas gdy będziemy pracować przy winnicach. Nie będzie łatwo, ale...

— Ale to będzie przygoda — dokończyła za niego Clarissa, z uśmiechem jaśniejszym niż słońce nad głową.

Rafael wpatrywał się w Clarissę, której oczy lśniły entuzjazmem i determinacją. W tym momencie zdał sobie sprawę, że jego życie zaraz nieodwracalnie się zmieni. Zew morza, który kiedyś był jego stałym towarzyszem, teraz wydawał się odległy i przytłumiony w porównaniu z obietnicą przyszłości z Clarissą i odrodzeniem dziedzictwa jego rodziny.

— Nigdy nie sądziłem, że to powiem — zaczął Rafael niskim, szczerym głosem — ale jestem gotów porzucić życie na morzu. Ta winnica, ta ziemia... to jest moje miejsce.

Isabella krzyknęła z radości, klasnęła w dłonie, po czym rzuciła mu się na szyję, zarzucając ramiona wokół jego karku. — Och, braciszku! Nic nie mogłoby być wspanialsze!

Spojrzał ponad głową siostry na Clarissę. Ona także uśmiechała się radośnie, jej muśnięte słońcem włosy lśniły złotem, a Rafael wiedział w głębi serca, że chce widzieć ten uśmiech każdego dnia swojego życia. Był gotów na wyzwanie odrestaurowania winnic, odbudowy dziedzictwa swojej rodziny, ale chciał mieć Clarissę u swojego boku, jako żonę.

Obserwując ją przez ostatnie kilka tygodni, nie wątpił już, że mogłaby być szczęśliwa w Torre do Rochedo. Ona i Isabella były już bliskimi przyjaciółkami. Jego matka ją uwielbiała i rzucała Rafaelowi liczne, mało subtelne aluzje na temat małżeństwa i ustatkowania się. A w końcu Alex dał już jasno do zrozumienia, że jego zaloty byłyby mile widziane, a nawet konieczne, by chronić reputację Clarissy po incydencie z korsarzami.

Musiał tylko znaleźć odpowiedni czas i właściwe słowa, by zapytać. Uwalniając się z entuzjastycznego uścisku Isabelli, Rafael podał ramię każdej z nich.

— Chodźcie. Wróćmy do zamku i powiedzmy mamie, co postanowiliśmy. Myślę, że będzie zadowolona, nie sądzicie?

— Myślę, że nic nie sprawiłoby jej większej radości — roześmiała się Clarissa, biorąc go pod ramię.

— Och, przychodzi mi do głowy jedna rzecz — powiedział tajemniczo Rafael. — Ale na to trzeba będzie jeszcze trochę poczekać.

ROZDZIAŁ TRZYNASTY

RAFAEL, CLARISSA I ISABELLA wracali pod ramię na szczyt klifu, do zamku, rozmawiając i śmiejąc się, a ich troje przepełniała radość. Gdy dotarli na dziedziniec, Isabella przeprosiła ich i wbiegła do zamku, zostawiając Rafaela i Clarissę samych na bruku.

Rafael spojrzał z góry na Clarissę, a na jego czole pojawiła się zmarszczka. — Clarissa... jest coś, co chciałem ci powiedzieć — rzekł.

Jej serce niemal wyskoczyło z piersi. Czy to możliwe...? — Tak? — spytała z niecierpliwością, lecz zanim zdążył wypowiedzieć kolejne słowo, przerwał im tętent kopyt i pojawienie się dwóch koni.

Zaciekawiona Clarissa odwróciła się, by spojrzeć na przybyłych, a jej oczom ukazał się nieprawdopodobny widok. Dwaj dżentelmeni, równie niespodziewani, co znajomi, wjechali przez kamienną bramę na teren posiadłości rodu de Silva.

Łobuzersko przystojne rysy pana Edwarda Daltona wyrażały całkowite zdumienie, gdy jego spojrzenie spoczęło na Clarissie. — Lady Clarissa! Wyznaję, że niezmiernie się cieszę, widząc panią tutaj. Kiedy dotarły do mnie wieści o pani zniknięciu z Aten, obawiałem się, że spotkał panią jakiś straszny los, a tymczasem jest pani tutaj, promieniejąca jak zawsze.

Zanim Clarissa zdążyła zebrać myśli, by odpowiedzieć, drugi dżentelmen zsiadł z konia i skłonił się z gracją. — Clarissa, *mia cara*, co za zachwycająca niespodzianka — powiedział Mario, hrabia de Bardolino, a jego melodyjny włoski akcent pieścił jej imię.

Clarissa tylko wpatrywała się w nich, nie mogąc wydusić słowa, a jej serce biło jak szalone. Dwóch mężczyzn z jej przeszłości, materializujących się tu, w Portugalii? To było nie do wiary.

Dygnęła, wdzięczna za pretekst do opanowania się. — Panie Dalton, hrabio de Bardolino, to doprawdy nieoczekiwana przyjemność. Nie miałam pojęcia, że któryś z panów planuje odwiedzić Portugalię.

Edward podszedł bliżej, a jego niebieskie oczy omiotły ją z nieskrywanym podziwem. — Szczęśliwy zbieg okoliczności, nie da się ukryć. Spotkałem lady Glenkellie we Florencji, gdzie poinformowała mnie, że została pani bezpiecznie odnaleziona po tajemniczym zniknięciu i jest w drodze powrotnej do Anglii. Ale znaleźć panią tutaj... — Urwał, a jego spojrzenie przebiegło po rustykalnym dziedzińcu, by zatrzymać się na Rafaelu z wyrazem ledwie skrywanej pogardy.

Umysł Clarissy pracował na najwyższych obrotach. Jeszcze chwilę temu dzieliła z Rafaelem prywatną chwilę w tym samym miejscu, niemal pewna, że zamierzał się oświadczyć. Teraz, wraz z pojawieniem się tych dwóch intruzów z jej dawnego życia, wszystko zdawało się wywrócone do góry nogami i niepewne.

Wymusiła uśmiech. — Rodzina de Silva była na tyle uprzejma, że gości mnie w trakcie podróży. Chodźcie, przedstawię was. Kapitanie Rafale de Silva, to są hrabia di Bardolino i pan Edward Dalton.

Rafael sztywno się ukłonił, gdy Clarissa dokonywała prezentacji. — Witam, panowie. Jesteście bardzo mile widziani w Torre do Rochedo, ale czemóż zawdzięczamy przyjemność pańskiej wizyty?

Hrabia uśmiechnął się szeroko, pozornie nieświadomy napięcia w powietrzu. — Ach, kapitanie de Silva! Odwiedzałem krewnych we Florencji, kiedy przybył tam pan Dalton, i usłyszałem, że lady Clarissa jest tutaj, w Portugalii. Pod wpływem impulsu po prostu musiałem przyjechać, by złożyć jej wyrazy szacunku.

Mario był bardzo młody, nie starszy od samej Clarissy, i w porównaniu z Rafaelem wydawał się chłopięcy. Jego wymówka była przezroczysta. Clarissa westchnęła w duchu. Mario obrał sobie za cel jej siostrę Dianę poprzedniego lata, gdy odwiedziły jego piękną posiadłość nad brzegiem jeziora Garda. Teraz, gdy Diana poślubiła księcia i nie była już dostępna, wydawało się, że Mario przeniósł swoje zainteresowanie na Clarissę. Będzie musiała go stanowczo zniechęcić.

Pan Dalton natomiast spojrzał na Rafaela chłodnym wzrokiem. — Istotnie. To spory zbieg okoliczności, że lady Clarissa znalazła się tutaj, nieprawdaż?

Serce Clarissy zamarło na dźwięk ledwie zawoalowanego oskarżenia w tonie Edwarda. Zerknęła na Rafaela i zobaczyła, jak zaciska się mięsień jego szczęki.

— Zbieg okoliczności czy nie — odparł Rafael równym tonem — *lady* Clarissa jest honorowym gościem w domu mojej rodziny. Ufam, że będzie pan o tym pamiętał podczas swojego pobytu.

Obaj mężczyźni zdawali się mierzyć wzrokiem, a powietrze między nimi iskrzyło od niewypowiedzianej rywalizacji. Niepokój Clarissy narastał. Jak jej życie mogło się tak szybko skomplikować?

Wystąpiła naprzód, zdeterminowana, by rozładować sytuację. — Jestem pewna, że są panowie zmęczeni podróżą. Może, kapitanie, mógłby pan przedstawić tych dżentelmenów Senhora de Silva, a ona znalazłaby im kwatery?

Rafael zawahał się przez chwilę, po czym skinął głową. — Oczywiście. Proszę za mną. — Gdy prowadził mężczyzn, Clarissa dostrzegła w jego morskich oczach przelotny błysk czegoś surowego i wrażliwego.

Ale zniknął on w jednej chwili, pozostawiając ją z pytaniem, czy po prostu sobie tego nie wyobraziła. Z westchnieniem odwróciła się i poszła szukać Marianne, a jej głowę zaprzątały pytania, a serce ciążyło pod narastającym przeczuciem.

Gdy Clarissa schodziła później po południu po wielkich schodach, ze zdziwieniem zastała na dole Edwarda, który czekał na nią, opierając się o ozdobną poręcz w swobodnej, lecz pewnej siebie pozie.

— Ach, Clarissa — przywitał ją z czarującym uśmiechem, który kiedyś przyprawiłby jej serce o drżenie. — Miałem nadzieję, że znajdziemy chwilę, by porozmawiać.

Clarissa wymusiła uśmiech, starając się zignorować niepokój, który kłuł ją wzdłuż kręgosłupa. — Oczywiście. Może przejdziemy się po ogrodach?

Podał jej ramię, a ona je przyjęła, pozwalając mu poprowadzić się na zewnątrz. Przez kilka chwil szli w milczeniu, a jedynym dźwiękiem był chrzęst żwiru pod ich stopami.

W końcu Edward się odezwał. — Muszę wyznać, Clarissa, że jestem dość zdumiony twoim nagłym wyjazdem z Aten. W jednej chwili cieszyliśmy się swoim towarzystwem, a w następnej zniknęłaś bez słowa.

Clarissę skręciło w żołądku. Jak mogłaby wytłumaczyć prawdę o tym, co się stało? — Ja... przepraszam. To wszystko stało się dość nagle.

Przystanął i odwrócił się do niej ze zmarszczonym czołem. — Nagle? Clarissa, zniknęłaś w środku nocy. Twoja rodzina szalała z niepokoju. A teraz, znaleźć cię tutaj, w Portugalii, ze wszystkich miejsc...

Najeżyła się na jego ton, na niewypowiedziane oskarżenie kryjące się za jego słowami. — Nie sądzę, by moje miejsce pobytu było pańską sprawą, panie Dalton!

Jego oczy zwęziły się. — Nie? A jednak nie tak dawno temu miałem nadzieję, że tak się stanie. Myślałem, że może ty i ja... — Urwał, potrząsając głową. — Ale teraz widzę, że się myliłem.

Serce Clarissy zamarło. Kiedyś jego słowa by ją podekscytowały, ale teraz napełniały ją tylko mglistym poczuciem żalu. — Ja... przepraszam, jeśli sprawiłam mylne wrażenie. Ale moje uczucia... zmieniły się.

Wpatrywał się w nią przez długą chwilę z zaciśniętą szczęką. Potem wydał z siebie pozbawiony wesołości śmiech. — Zmieniły się? Czy po prostu nigdy nie były takie, jak sądziłem?

Odwróciła wzrok, nie mogąc sprostać jego spojrzeniu. — Panie Dalton...

— Nie, nie kłopocz się — powiedział chłodno. — Doskonale rozumiem. Mam tylko nadzieję, dla twojego dobra, że twoje nowo odkryte uczucia nie zostały źle ulokowane.

Z tymi słowy odwrócił się na pięcie i odszedł, zostawiając Clarissę samą w ogrodzie, z sercem ciężkim od niewypowiedzianych słów.

Gdy Clarissa patrzyła na oddalającą się postać Edwarda, usłyszała odgłos zbliżających się kroków. Odwróciwszy się, stanęła twarzą w twarz z hrabią de Bardolino, którego przystojne rysy rozjaśniał chłopięcy uśmiech.

— Clarissa, *mia cara*! — zawołał, kłaniając się nisko i całując ją w dłoń. — Cóż za zachwycająca niespodzianka, że cię tu zastałem!

Mimo melancholijnego nastroju Clarissa nie mogła się nie uśmiechnąć na widok jego entuzjazmu. Pamiętała zauroczenie hrabiego jej siostrą Dianą w poprzednim sezonie, jak chodził za nią jak podekscytowany szczeniak. Obie siostry jego zaloty jedynie bawiły.

— Mario — przywitała go ciepło, nie bojąc się użyć jego imienia, gdyż podczas ich pobytu we Włoszech zaczęła go postrzegać niemal jak brata. — Muszę przyznać, że ja również jestem zaskoczona twoją obecnością. Co cię sprowadza do Portugalii?

Machnął ręką w powietrzu. — Och, wiesz, jak to jest. Trochę żądzy wędrówki, pragnienie przygody. I oczywiście szansa, by jeszcze raz wygrzać się w blasku twojej promiennej obecności.

Clarissa roześmiała się, kręcąc głową. — Jesteś niepoprawny, Mario. Ale obawiam się, że w tej chwili będę dla ciebie dość marnym towarzystwem.

Jego czoło zmarszczyło się z troską. — Ależ co się stało? Czy ten wstrętny Dalton cię niepokoił? Uparł się, żeby się ze mną zabrać z Florencji, i przyznaję, że nie przypadł mi do gustu.

Westchnęła. — To nic takiego, naprawdę. Tylko mała sprzeczka między przyjaciółmi.

Mario cmoknął ze współczuciem. — Ach, próby i udręki serca. Ale nie lękaj się, *mia bella*! Postaram się podnieść cię na duchu moim czarującym dowcipem i porywającą urodą.

Clarissa nie mogła powstrzymać rozbawienia jego wygłupami. W porównaniu z cichą intensywnością Rafaela, Mario wydawał się niemal dziecinny w swoim entuzjazmie. Zaczęła się zastanawiać, jak Rafael radzi sobie z nieoczekiwanymi gośćmi.

Jakby przywołane jej myślami, pojawiły się Lucia i Isabella, ich twarze ozdobione powitalnymi uśmiechami.

— Hrabio! Chciałabym panu przedstawić moją córkę, Isabellę — powiedziała Lucia.

Mario zatrzymał się jak wryty, wpatrując się w Isabellę, która wyglądała dziś po południu szczególnie uroczo w bladej, morskiej sukni z jedwabiu, a jej lśniące czarne loki opadały kaskadą na ramiona.

Clarissa roześmiała się cicho pod nosem, gdy Mario plątał się w słowach, nie odrywając wzroku od twarzy Isabelli. Isabella ze swej strony wydawała się niemal równie oczarowana młodym włoskim hrabią, rumieniąc się i uśmiechając nieśmiało, gdy ten kłaniał się nad jej dłonią.

Lucia napotkała wzrok Clarissy i uśmiechnęła się z zadowoleniem matki, która znalazła odpowiedniego kandydata dla swojego potomstwa i zobaczyła natychmiastowy rezultat. Clarissa odwzajemniła promienny uśmiech Lucii, szczerze wdzięczna; jeśli Mario przeniósł swoje względy na Isabellę, był to jeden problem mniej dla Clarissy.

Dni mijały w zawrotnym tempie, a Isabella i Lucia wzięły na siebie zabawianie gości, wyraźnie ciesząc się, że Torre do Rochedo znów jest pełne gości. Clarissa dała się wciągnąć w ich ożywione rozmowy, wdzięczna za odwrócenie uwagi od niespokojnych myśli. Mimo to, śmiejąc się i żartując z innymi, nie mogła pozbyć się uczucia niepokoju, które osiadło w jej żołądku.

Przynajmniej Mario wydawał się teraz całkowicie oczarowany Isabellą. Jego wzrok podążał za uroczą młodą kobietą, gdziekolwiek poszła, a jego oczy lśniły podziwem i zdumieniem.

Clarissa obserwowała parę, gdy spacerowali po ogrodach, z głowami pochylonymi blisko siebie w intymnej rozmowie. Srebrzysty śmiech Isabelli rozbrzmiewał na terenie posiadłości, a odpowiedź Mario w postaci chichotu przeszyła serce Clarissy ukłuciem zazdrości. Nie o uczucia Maria, ale o swobodną zażyłość, która zdawała się ich łączyć.

Nie mogła nie porównywać ich beztroskich interakcji z powściągliwym zachowaniem Rafaela. Od przybycia nowych gości był on wyraźnie nieobecny, a jego obowiązki zdawały się pochłaniać cały jego czas. Clarissa próbowała sobie wmówić, że to zwykły zbieg okoliczności, że jego wycofanie nie ma z nią nic wspólnego, ale ból w piersi opowiadał inną historię.

W miarę jak dni zamieniały się w tydzień, wątpliwości i niepewność Clarissy rosły. Wędrowała po korytarzach posiadłości, mając nadzieję, że mignie jej Rafael, by za każdym razem spotkać się z rozczarowaniem. Tych kilka razy, gdy go widziała, był zdystansowany i formalny, a jego morskie oczy zamknięte przed jej badawczym spojrzeniem.

Z każdym mijającym dniem serce Clarissy pękało coraz bardziej. Myślała... miała nadzieję... że może jest między nimi coś wyjątkowego. Że więź, którą czuła, nie była tylko wytworem jej wyobraźni. Ale teraz, w obliczu zimnej obojętności Rafaela, musiała zmierzyć się z bolesną prawdą.

Straciła go. Zanim naprawdę go miała.

Marianne zastała Clarissę siedzącą w ogrodzie ze wzrokiem utkwionym w dalekim horyzoncie. Markiza usiadła obok swojej siostrzenicy na ławce, a jej bystre spojrzenie objęło melancholijny wyraz twarzy Clarissy.

— Co cię trapi, moja droga? — zapytała łagodnie Marianne.

Clarissa westchnęła, jej palce skręcały fałdy sukni. — Chodzi o Rafaela — przyznała szeptem. — Unika mnie, odkąd przyjechali pan Dalton i hrabia. Obawiam się, że zrobiłam coś, co go uraziło.

Marianne zamyśliła się, marszcząc czoło. — Nie sądzę, żeby tak było — powiedziała powoli. — Właściwie podejrzewam coś wręcz przeciwnego.

Clarissa odwróciła się do przyjaciółki, a na jej twarzy malowało się zmieszanie. — Co masz na myśli?

— Myślę, że Rafael jest zazdrosny — stwierdziła po prostu Marianne.

Z ust Clarissy wyrwał się zduszony śmiech. — Zazdrosny? O kogo? O pana Daltona? O hrabiego? To absurd.

Marianne potrząsnęła głową. — Czyżby? Masz z obydwoma mężczyznami przeszłość. To nie jest aż tak nieprawdopodobne, by Rafael mógł czuć się zagrożony ich obecnością.

Clarissa zastanawiała się nad tym przez chwilę, a jej serce zatrzepotało z nieśmiałą nadzieją. Czy to mogła być prawda? Czy dystans Rafaela mógł być przejawem zazdrości, a nie obojętności?

Pomyślała o ich interakcjach przed przybyciem gości. Ukradkowe spojrzenia, łagodne przekomarzania, niezaprzeczalne przyciąganie między nimi. Wszystko to wydawało się tak prawdziwe, tak obiecujące. Ale potem wszystko się zmieniło.

— Nie wiem, Marianne — powiedziała niepewnie Clarissa. — Był taki zimny. Taki zdystansowany. Gdyby naprawdę mu na mnie zależało, czy nie chciałby spędzać ze mną czasu, bez względu na to, kto jeszcze tu jest?

Marianne uśmiechnęła się z wyrozumiałością. — Mężczyźni bywają głupimi stworzeniami, moja droga. Często pozwalają, by duma i niepewność zaciemniły im osąd, a zazdrość to najgorsza z emocji, o czym Alex mógłby ci powiedzieć. — Wyciągnęła rękę i ścisnęła dłoń Clarissy. — Jeśli chcesz odpowiedzi, musisz sama ich poszukać.

Clarissa wzięła głęboki oddech, a jej determinacja stwardniała. Marianne miała rację. Nie mogła siedzieć bezczynnie, czekając, aż Rafael do niej przyjdzie. Musiała działać.

Wstając, Clarissa wygładziła spódnice i wyprostowała ramiona. — Idę go znaleźć — oświadczyła. — Zamierzam zapytać go wprost, czy zrobiłam coś, co go uraziło.

Marianne skinęła głową z aprobatą. — Dobrze. Nie pozwól mu uniknąć pytania. Żądaj prawdy.

Z wdzięcznym uśmiechem Clarissa wyruszyła na poszukiwanie Rafaela, a jej serce biło mieszaniną oczekiwania i lęku. Tak czy inaczej, dostanie swoją odpowiedź.

Rafael wpadł do stajni, a w jego umyśle szalała burza sprzecznych emocji. Widok Clarissy z tymi dwoma mężczyznami, swoboda, z jaką się do nich uśmiechała, iskierki w jej oczach... to było więcej, niż mógł znieść.

Osiodłał konia gwałtownymi, agresywnymi ruchami, mocno zaciskając szczękę. Musiał uciec, oczyścić umysł. Dowiedzieć się, co, do licha, ma zrobić z tymi uczuciami, które groziły, że go pochłoną.

— Znowu uciekasz, mój synu?

Rafael obrócił się i zobaczył Lucię opartą o drzwi stajni, ze skrzyżowanymi ramionami i wyrazem wiedzy na twarzy.

— Nie uciekam — warknął. — Mam pracę do wykonania.

Lucia uniosła brew. — Pracę, która dogodnie oddala cię od pewnej angielskiej damy i jej zalotników?

Ręce Rafaela zatrzymały się na siodle. W tym tkwił sedno, prawda? Co on, spłukany portugalski szlachcic z walącym się zamkiem i zaniedbaną winnicą, mógł zaoferować kobiecie takiej jak Clarissa? Lepiej trzymać się na dystans, pozwolić jej swobodnie dokonać wyboru między dwoma kandydatami, którzy mogli zaoferować jej życie, na jakie zasługiwała.

— Nie mam... — Przełknął z trudem. — Nie mam szans. Dlatego muszę trzymać się z daleka.

Oczy Lucii złagodniały. — Och, Rafale. Czy ty nie widzisz? Jej na tobie zależy. Każdy, kto ma oczy, to widzi.

Rafael potrząsnął głową. — Ona zasługuje na kogoś lepszego niż ja, mamusiu. Na lepsze życie niż to.

— A co z tym, czego ona chce? — zapytała delikatnie Lucia. — Czy w ogóle ją o to pytałeś?

Rafael odwrócił wzrok, jego szczęka pracowała. Nie, nie pytał jej. Zbyt bardzo bał się odpowiedzi.

— Duma to dziwna rzecz, kochanie — powiedziała Lucia. — Może sprawić, że robimy głupie rzeczy. Jak odpychanie ludzi, których kochamy, bo myślimy, że nie jesteśmy dla nich wystarczająco dobrzy.

Spojrzenie Rafaela wróciło do niej. — Ja nie...

— A nie? — uśmiechnęła się Lucia. — Nie pozwól, by duma to zepsuła, Rafale. Porozmawiaj z nią. Powiedz jej, co czujesz. Zanim będzie za późno.

Z tymi słowy Lucia odwróciła się i wyszła ze stajni, zostawiając Rafaela samego z jego myślami. Oparł czoło o szyję konia, zamykając oczy.

Czy jego matka mogła mieć rację? Czy Clarissa naprawdę mogła się o niego troszczyć, mimo wszystko? Myśl ta sprawiła, że jego serce przyspieszyło, a dłonie spociły się.

Ale alternatywa… myśl o utracie jej, o obserwowaniu, jak zakochuje się w kimś innym… to było nie do zniesienia.

Rafael westchnął i zdjął siodło, klepiąc przepraszająco konia po szyi, po czym schował sprzęt i opuścił stajnię. Koniec z ucieczką. Podjął decyzję. Porozmawia z Clarissą. Złoży swoje serce u jej stóp i będzie się modlić, by je przyjęła.

A jeśli tego nie zrobi… cóż, przynajmniej będzie wiedział, że próbował.

Wiedział, że unikał Clarissy, wiedział, że jego zachowanie sprawia jej ból. Ale zdawało się, że nic na to nie może poradzić. Za każdym razem, gdy widział ją z Daltonem lub hrabią, śmiejącą się z ich żartów lub uważnie słuchającą ich opowieści, wzbierała w nim gorzka zazdrość, która groziła, że go udusi.

Jak mógł z nimi konkurować? Z ich bogactwem, tytułami i swobodnym urokiem? Był tylko zwykłym kapitanem morskim, walczącym o utrzymanie rodzinnej posiadłości. Co mógł zaoferować kobiecie takiej jak Clarissa? Walący się zamek i niepewną przyszłość? Hrabia był bogaty i utytułowany, Dalton angielskim arystokratą; każdy z nich z pewnością byłby znacznie bardziej akceptowalnym kandydatem na męża niż on.

Odgłos kroków za nim wyrwał go z zamyślenia. Odwrócił się i zobaczył zbliżającą się Clarissę z zdeterminowanym wyrazem twarzy.

— Rafale — powiedziała, zatrzymując się przed nim. — Muszę z tobą porozmawiać.

Przełknął z trudem, a jego serce waliło z powodu jej bliskości. — Oczywiście — zdołał wydusić szorstkim głosem. — O co chodzi?

Clarissa wzięła głęboki oddech, jakby zbierając siły. — Czy zrobiłam coś, co cię obraziło? — zapytała bez ogródek.

Rafael zamrugał, zaskoczony jej bezpośredniością. — Nie — powiedział szybko. — Nie, oczywiście, że nie.

— Więc dlaczego mnie unikałeś? — naciskała Clarissa, jej oczy badały jego twarz. — Odkąd przyjechali pan Dalton i hrabia, ledwo się do mnie odzywałeś. Byłeś zdystansowany i zimny. Nie rozumiem.

Rafael odwrócił wzrok, niezdolny utrzymać jej spojrzenia. Jak mógł wytłumaczyć splątaną sieć emocji, która go dręczyła? Strach, niepewność, głębokie pragnienie, od którego zdawał się nigdy nie móc uciec?

— Byłem zajęty — powiedział nieudolnie, a wymówka brzmiała pusto nawet w jego własnych uszach. — Moje obowiązki...

— Nie okłamuj mnie, Rafale — przerwała Clarissa ostrym tonem. — Wiem, że chodzi o coś więcej.

Westchnął, przeczesując dłonią włosy. — Czego chcesz, żebym ci powiedział, Clarissa?

— Prawdy — powiedziała po prostu. — Chcę prawdy.

Rafael zamknął oczy, zaciskając szczękę. Prawdy. Jedynej rzeczy, której nie mógł jej dać. Ponieważ prawda była taka, że był w niej zakochany, rozpaczliwie i nieodwołalnie. I prawda była taka, że nie był jej godzien, nigdy nie mógłby być jej godzien.

Ale stojąc tam, czując na sobie ciężar jej spojrzenia, wiedział, że nie może dłużej od tego uciekać. Od niej.

— Prawda jest taka — powiedział powoli, otwierając oczy, by spojrzeć na jej piękną twarz, na której rysowała się determinacja, gdy stawiała mu czoła — że ja...

Głos Rafaela urwał się, gdy walczył ze znalezieniem słów. Odwrócił się od Clarissy, jego wzrok padł na skąpane w słońcu winnice, które rozciągały się przed nimi. Złote światło zdawało się z niego kpić, przypominając o całym cieple i pięknie, którego nie mógł posiąść.

— Nie mogę z nimi konkurować — powiedział w końcu niskim, szorstkim głosem. — Z hrabią, z jego tytułem i bogactwem. I z Daltonem, z jego szanowanym angielskim wychowaniem i historią z twoją rodziną. Oni mogą ci zaoferować o wiele więcej, niż ja kiedykolwiek będę mógł.

Clarissa podeszła bliżej, jej czoło zmarszczyło się w konsternacji. — Rafale, o czym ty mówisz? Nie obchodzą mnie tytuły ani bogactwo. Obchodzisz mnie ty.

Pokręcił głową, a z jego ust wyrwał się gorzki śmiech. — Nie powinnaś. Zasługujesz na wiele więcej niż spłukany portugalski kapitan z walącym się zamkiem i podupadającą winnicą.

— Przestań — powiedziała Clarissa ostro, a jej dłoń chwyciła go za ramię. — Przestań tak o sobie mówić. Jesteś najbardziej honorowym, odważnym i życzliwym mężczyzną, jakiego kiedykolwiek znałam. Twoje okoliczności cię nie definiują.

Rafael spojrzał na nią z góry, a jego serce bolało od szczerości w jej oczach. Tak bardzo chciał jej uwierzyć, pozwolić sobie na nadzieję, że może, tylko może, mogłaby go kochać tak, jak on kochał ją.

Ale wątpliwości wciąż pozostawały, niepewność, która została w nim zaszczepiona przez lata walki i trudów. Nie mógł pozbyć się uczucia, że nigdy nie będzie dla niej wystarczający, że w końcu zda sobie sprawę z prawdy i go porzuci.

— Clarissa — powiedział cicho, a jego dłoń uniosła się, by objąć jej policzek. — Ja...

— Bracie! — Głos Isabelli rozbrzmiał w winnicy, zaskakując ich oboje. Rafael cofnął się, a chwila została przerwana.

Isabella pośpieszyła w ich stronę, jej twarz zarumieniona z podniecenia. — Jesteście! Wszędzie was szukałam.

Dostrzegła napięcie między nimi, a jej uśmiech nieco zbladł. — Czy w czymś przeszkadzam?

— Nie — powiedział szybko Rafael, wymuszając uśmiech.
— Wcale nie. Co się stało, Isabello?

Gdy jego siostra zaczęła paplać o jakimś nowym pomyśle, który miała na winnicę, Rafael nie mógł powstrzymać się od rzucenia ukradkowego spojrzenia na Clarissę. Obserwowała go, jej oczy wypełnione były mieszaniną zmieszania i zranienia.

Odwrócił wzrok, z ciężkim sercem. Wiedział, że nie może wiecznie od tego uciekać. Prędzej czy później będzie musiał zmierzyć się z prawdą o swoich uczuciach do niej.

Ale na razie zrobi to, co zawsze. Pogrzebie swoje emocje, skupi się na obowiązkach i spróbuje zignorować ból w piersi, który z każdym mijającym dniem zdawał się tylko narastać.

ROZDZIAŁ CZTERNASTY

Rafael zacisnął szczękę, tłumiąc chęć ofuknięcia Isabelli za jej nie w porę wybrane wtargnięcie. Dokładnie w chwili, gdy idealne słowa zaczęły formować się na jego języku, delikatna równowaga chwili prysła niczym kruchy kryształ.

Wziął uspokajający oddech, starając się opanować narastającą frustrację. Nie mógł pozwolić, by siostra zobaczyła go tak poirytowanego. Z wysiłkiem odwrócił się do niej, przywołując na twarz wymuszony uśmiech. — Tak, Isabello? O co chodzi?

Chwyciła go za ramię, a jej ciemne oczy lśniły ledwo skrywaną ekscytacją. — Och, Rafaelu, mam najwspanialszy pomysł! — Jej głos był zdyszany, a słowa wylewały się z niej niecierpliwym potokiem.

Mimo woli Rafael poczuł, jak jego irytacja zaczyna słabnąć na widok jej ożywionych rysów. Isabella zawsze posiadała nieposkromioną radość życia, wrodzoną zdolność do odnajdywania szczęścia i zachwytu nawet w najmroczniejszych okolicznościach. Była to cecha, której często jej zazdrościł, zwłaszcza w czarnych dniach po śmierci ojca i wygnaniu do Anglii.

— Pomysł, powiadasz? — Uniósł brew, udając zainteresowanie. — A cóż to za pomysł, jeśli łaska?

Isabella złożyła dłonie, niemal wibrując z entuzjazmu. — Cóż, właśnie myślałam... O winnicach, znaczy się. I o tym, jak moglibyśmy przywrócić je do dawnej chwały.

Rafael zesztywniał, a dreszcz niepokoju przebiegł mu po kręgosłupie. Zmagał się z tym dylematem od tygodni, ślęcząc nad księgami i rachunkami, aż wzrok mu się zamazywał, a głowa pękała z bólu. Winnice były krwiobiegiem ich posiadłości, kluczem do przyszłości rodziny. A jednak, mimo wszelkich wysiłków, poczynił zasmucająco niewielkie postępy.

— Mów dalej — powiedział ostrożnie, przygotowując się na jakikolwiek szalony plan, który wymyśliła jego siostra.

Isabella wzięła głęboki oddech, a jej wyraz twarzy spoważniał. — Myślę, że powinniśmy poprosić o pomoc hrabiego Bardolino.

Rafael zamrugał, pewien, że musiał się przesłyszeć. — Słucham?

— Hrabiego — powtórzyła cierpliwie Isabella. — Opowiadał mi wszystko o swoich winnicach we Włoszech. Ten człowiek to praktycznie chodząca encyklopedia, jeśli chodzi o uprawę winorośli. — Jej oczy błyszczały z podziwu. — Pomyśl tylko, jak bezcennych rad mógłby nam udzielić!

Mięsień zadrgał na szczęce Rafaela, gdy walczył z nagłym przypływem zazdrości, który go ogarnął. Sama myśl o eleganckim, gładkim w mowie włoskim arystokracie, który podążył za Clarissą do Portugalii, sprawiała, że krew się w nim gotowała. A jednak, choć nienawidził się do tego przyznać, Isabella miała rację.

Rozległa posiadłość hrabiego słynęła w całej Europie z produkcji jednych z najlepszych win we całych Włoszech. Jeśli ktokolwiek posiadał wiedzę i doświadczenie, by pomóc w ożywieniu ich podupadających winnic, to właśnie on, mimo młodego wieku.

Mimo to, myśl o proszeniu o pomoc raniła dumę Rafaela do głębi. Był człowiekiem dumnym, przyzwyczajonym do polegania na własnym sprycie i zaradności w radzeniu sobie z życiowymi wyzwaniami. Perspektywa szukania pomocy u kogoś z zewnątrz — zwłaszcza u kogoś tak nieznośnie czarującego jak hrabia — była jak gorzka pigułka do przełknięcia.

Wziął powolny, uspokajający oddech, rozważając opcje. Jakkolwiek bolała go myśl o przyznaniu się do porażki, wiedział, że musi odłożyć na bok osobiste odczucia dla dobra posiadłości. Dla dobra przyszłości swojej rodziny.

— Niech będzie — wycedził, a słowa smakowały jak popiół na jego języku. — Przypuszczam, że nie zaszkodzi posłuchać, co ten człowiek ma do powiedzenia.

Isabella uśmiechnęła się do niego promiennie, a jej twarz rozjaśniła się triumfem. — Och, Rafaelu, dziękuję! Nie pożałujesz tego, obiecuję ci.

Zdołał się zdobyć na wymuszony uśmiech, mimo że złe przeczucie osiadło mu w żołądku niczym ołowiany ciężar.

Miał wrażenie, że jeszcze pożałuje tej decyzji. Ale na razie mógł tylko zacisnąć zęby i modlić się, by rada hrabiego okazała się tak bezcenna, jak zdawała się wierzyć Isabella.

Rafael podszedł do hrabiego z ciężkim sercem, a jego kroki były powłóczyste, jakby obciążone samą siłą jego niechęci. Znalazł mężczyznę wylegującego się w wygodnym fotelu na tarasie, olśniewającego w doskonale skrojonym garniturze z głębokiego burgundowego jedwabiu, który lśnił w popołudniowym słońcu.

— Hrabio — zaczął Rafael, jego głos sztywny od formalności. — Czy mógłbym zamienić z panem słowo?

Hrabia odwrócił się do niego, a na jego ustach błąkał się uprzejmy uśmiech. — Ależ oczywiście, kapitanie de Silva. W czym mogę pomóc?

Rafael przełknął ślinę, a słowa uwięzły mu w gardle jak kolce. — Chodzi o nasze winnice — powiedział wreszcie, a wyznanie to wyrwało się z jego niechętnych ust. — Rozumiem, że ma pan pewne... doświadczenie w tej dziedzinie.

Oczy hrabiego rozbłysły żywym zainteresowaniem. — Ach, tak! Zostałem pobłogosławiony możliwością uprawiania jednych z najlepszych winnic w całych Włoszech. Z największą przyjemnością podzielę się z panem wiedzą, którą zdobyłem.

Gestykulował szeroko, a jego dłonie rysowały w powietrzu kształty, gdy mówił. — Widzi pan, kluczem do dobrze prosperującej winnicy jest zrozumienie delikatnej równowagi między ziemią, słońcem a samymi winoroślami. Z odpowiednim drenażem i nawadnianiem, strategicznym sadzeniem w celu optymalizacji ekspozycji na słońce i właściwymi technikami podwiązywania, można nakłonić nawet najbardziej uparte winogrona do obfitego plonu.

Gdy hrabia mówił, Rafael poczuł, jak niechętnie wciąga go oczywista pasja mężczyzny do jego rzemiosła. Chociaż z niechęcią się do tego przyznawał, rada wydawała się słuszna — i co ważniejsze, wykonalna.

— Rozumiem — powiedział powoli, marszcząc czoło w zamyśleniu. — I naprawdę wierzy pan, że te metody mogłyby pomóc ożywić nasze podupadające winorośle?

Hrabia skinął głową z widocznym entuzjazmem. — Jestem o tym w pełni przekonany, kapitanie. Przy odrobinie ciężkiej pracy i z domieszką włoskiego know-how pańskie winnice wkrótce będą na ustach całej Portugalii.

Mimo woli Rafael poczuł, jak w jego piersi zapala się iskierka nadziei. Być może, pod przewodnictwem hrabiego, uda im się jeszcze uratować dziedzictwo rodziny z krawędzi ruiny. Była to niewielka szansa, ale jednak szansa — i za to, jak sądził, był mu winien swoją niechętną wdzięczność.

W ciągu następnych kilku tygodni niegdyś zaniedbane winnice zaczęły się przekształcać pod fachowym okiem hrabiego. Rafael patrzył z mieszaniną zdumienia i niechętnego szacunku, jak włoski dżentelmen pracował niestrudzenie u boku robotników z posiadłości, zamieniwszy swoje eleganckie garnitury na praktyczne ubrania robocze, a jego dłonie umazane były bogatą, ciemną ziemią.

— Ostrożnie, chłopcy — zawołał hrabia, jego głos niósł
się ponad rzędami winorośli. — Pamiętajcie, każda rośli-
na to delikatna istota. Traktujcie je z taką samą troską, z
jaką traktowalibyście damę, a odwdzięczą wam się dziesię-
ciokrotnie.

Robotnicy zachichotali na to porównanie, ale Rafael
nie mógł nie zauważyć prawdy w słowach mężczyzny. Z
każdym mijającym dniem winorośle wydawały się stać
nieco wyżej, ich liście były nieco zieleńsze, jakby one
również pragnęły udowodnić swoją wartość.

Gdy przyglądał się poczynionym postępom, Rafael poczuł
ukłucie czegoś, co mogło być wdzięcznością — a może
po prostu osłabieniem jego wcześniejszej niechęci. Jakkolwiek bolało go przyznanie tego, obecność hrabiego okazała
się błogosławieństwem w nieszczęściu. Bez jego wiedzy i
niestrudzonych wysiłków winnice mogłyby zostać utra-
cone na dobre.

— Muszę przyznać, Mario — powiedział szorstko, stając
obok młodszego mężczyzny. — Twoja rada była... bezcenna. Nie jestem zbyt dumny, by przyznać się do błędu, a w
tym przypadku myliłem się, wątpiąc w ciebie.

Hrabia odwrócił się do niego z ciepłym uśmiechem, a
jego oczy błyszczały czymś na kształt zrozumienia. — Ależ
proszę, mój przyjacielu. Wszyscy mamy swoją dumę, ale
czasami największa siła tkwi w umiejętności odsunięcia jej
na bok dla wyższego dobra.

Rafael skinął powoli głową, a te słowa poruszyły w nim
jakąś strunę. Być może, rozmyślał, była to lekcja do
nauczenia się — taka, która wykraczała poza prostą pielę-

gnację winogron i winorośli. Być może, w ostatecznym rozrachunku, przyjmowanie pomocy, gdy była oferowana, nie było słabością, ale raczej oznaką prawdziwej mądrości i łaski.

Jego myśli przerwał widok Marianne, której żywe włosy lśniły w słońcu, gdy klęczała wśród winorośli, z determinacją pieląc chwasty. Mimo swojej wytwornej sukni, wydawała się zupełnie nie przejmować brudem i kurzem, jej twarz rozjaśniona była zaciętą radością, gdy pracowała, składając chwasty do kosza między nią a Clarissą.

Rafael poczuł nagłą gulę w gardle, fala emocji groziła, że go przytłoczy. To, że ci ludzie — jego siostra, jego przyjaciele, nawet sama markiza — uznali za stosowne dołączyć do tej pracy, pracować ramię w ramię z nim... to była życzliwość, której nigdy się nie spodziewał, i wiedział, że nigdy nie będzie w stanie w pełni się odwdzięczyć.

Odkaszlnął i podniósł głos, zwracając się do wszystkich. — Ja... nie potrafię wam wystarczająco podziękować — powiedział, a jego słowa były szorstkie od uczuć. — Wam wszystkim. Wasza pomoc, wasze wsparcie... to znaczy więcej, niż potrafię wyrazić.

Marianne spojrzała na niego, a jej oczy były łagodne od zrozumienia. Wstając z gracją, otrzepała spódnice i stanęła przed nim, odchylając głowę, by spojrzeć mu w oczy.

— Nonsens — powiedziała łagodnie, wyciągając rękę, by położyć mu dłoń na ramieniu. — Chętnie pomożemy, Rafaelu. W końcu... — Uśmiechnęła się, a w jej oku pojawił się błysk psoty. — Tak właśnie postępuje rodzina, prawda?

Rafael przełknął ślinę, czując nagłe ściśnięcie w piersi. Rodzina. Słowo to odbiło się echem w jego umyśle, napełniając go ciepłem, którego nie znał od lat. Rozglądając się po twarzach zebranych — Lucii i Isabelli, Mario, Clarissy, Alexa i Marianne, nawet pana Daltona — zdał sobie sprawę, że być może po raz pierwszy w życiu naprawdę zrozumiał znaczenie tego słowa.

— Tak — powiedział cicho, jego głos drżał z emocji. — Chyba tak właśnie jest.

Clarissa otarła pot z czoła wierzchem dłoni, mrużąc oczy przed jasnym słońcem, gdy spoglądała na rozległe winnice przed sobą. Powietrze było gęste od odurzającego zapachu dojrzewających winogron, a delikatny szelest liści w ciepłej bryzie przerywał od czasu do czasu śpiew ptaka.

Pracowała u boku innych od godzin, przycinając i podwiązując winorośle, a jej ręce były podrapane od tej niecodziennej czynności. Była to ciężka praca, ale satysfakcjonująca w sposób, jakiego nigdy wcześniej nie znała. Było coś głęboko spełniającego w pielęgnowaniu ziemi, w dbaniu o delikatne rośliny, które pewnego dnia wydadzą bogate, pełne wino, z którego słynął ten region.

Gdy sięgnęła po kolejną winorośl, jej palce natrafiły na coś nieoczekiwanego. Marszcząc brwi, pochyliła się bliżej, odsuwając liście, by odsłonić niedojrzałe grono winogron, zbyt wcześnie odcięte od pędu, zmiażdżone i ociekające sokiem na ziemi. *Dziwne*, pomyślała, marszcząc czoło. *Jak to się stało?*

Wyprostowała się, lustrując pobliskie rzędy bardziej krytycznym okiem. Tam, kilka stóp dalej — uszkodzona winorośl, poszarpana, jakby czyjeś szorstkie ręce zerwały ją z podpór i podarły delikatne liście. A tam, pod koniec rzędu, sterta porzuconych sekatorów, jakby ktoś po prostu rzucił je na bok w przypływie złości.

— Jakie to dziwne — mruknęła na głos, bardziej do siebie niż do kogokolwiek innego. — Zastanawiam się, co mogło to spowodować?

Ale gdy tylko te słowa opuściły jej usta, w dole jej żołądka zaczął narastać niepokój. Jedno zmiażdżone grono, jedna uszkodzona winorośl — można to było łatwo zbyć jako zwykły wypadek. Ale sekatory, pozostawione tak niedbale... to wskazywało na coś bardziej celowego.

Potrząsnęła głową, próbując odsunąć niepokojące myśli. To pewnie nic, powiedziała sobie stanowczo. Niezdarny pracownik, może, albo dzikie zwierzę, które zabłąkało się do winnicy w poszukiwaniu przekąski. Nie było potrzeby martwić innych, nie wtedy, gdy już tyle przeszli.

Ale gdy podniosła porzucone sekatory i wróciła do pracy, nie mogła pozbyć się wrażenia, że coś jest nie tak. A gdy mijały dni i dziwne incydenty się powtarzały — tu złamana krata, tam brakujący kosz — to uczucie tylko się wzmacniało.

Rafael gnał przez winnicę, a jego buty miażdżyły opadłe liście pod stopami. Jego oczy płonęły furią, gdy spoglądał na zniszczenia przed sobą — całe rzędy winorośli, niegdyś bujne i kwitnące, teraz leżały w ruinie, ich gałęzie poskręcane i połamane nie do naprawienia. Narzędzie, które dokonało zniszczenia, leżało porzucone na ziemi — prosty sierp, brutalnie ostry. Ale czyja ręka nim władała?

— Kto mógł to zrobić? — warknął Rafael, zaciskając pięści. — Zaatakować samo źródło naszego utrzymania, dziedzictwo naszej rodziny...

Clarissa pospiesznie próbowała dotrzymać mu kroku, a jej spódnice szeleściły w ruchu. — Rafaelu, proszę, uspokój się. Gniew niczego nie rozwiąże.

Odwrócił się gwałtownie w jej stronę, z zaciętym wyrazem twarzy. — A co byś chciała, żebym zrobił, Clarisso? Stał z boku i patrzył, jak jakiś tchórz uderza w samo serce naszego domu?

Spojrzała na niego stanowczo, nie dając się zastraszyć jego temperamentowi. — Oczywiście, że nie. Ale musimy działać strategicznie. Działanie na oślep tylko pogorszy sprawę.

Rafael wziął głęboki oddech, widocznie zmagając się z opanowaniem emocji. — Masz rację, oczywiście. Wybacz mi, mówiłem w pośpiechu.

Clarissa położyła mu delikatnie dłoń na ramieniu. — Nie ma czego wybaczać. Twoja pasja w obronie rodziny dobrze o tobie świadczy.

Na jej słowa na jego usta wkradł się cień uśmiechu, ale szybko zniknął, gdy odwrócił się z powrotem do zniszczonych winorośli. — Co więc sugerujesz? Jak mamy schwytać tego sabotażystę?

Clarissa zastanowiła się przez chwilę, marszcząc brwi w zamyśleniu. — Może moglibyśmy pilnować winnicy w nocy, na zmiany. Jeśli złapiemy ich na gorącym uczynku...

Rafael skinął powoli głową, a jego oczy rozbłysły nową determinacją. — Tak, to mogłoby zadziałać. Będziemy musieli jednak uważać — ktokolwiek to robi, najwyraźniej nie boi się wyrządzić krzywdy.

— Ja się nie boję — oświadczyła Clarissa, unosząc podbródek. — Sama wezmę pierwszą wartę.

— Absolutnie nie — odparł Rafael tonem nieznoszącym sprzeciwu. — Nie pozwolę, żebyś narażała siebie ani żadnej z pozostałych pań na niebezpieczeństwo. Ja będę stał na warcie tej nocy, a rano przedyskutuję z innymi mężczyznami, czy zechcą mi pomóc.

Clarissa otworzyła usta, by zaprotestować, ale coś w jego wyrazie twarzy ją powstrzymało. Była tam zaciętość, owszem, ale także wrażliwość, desperacka potrzeba ochrony tych, których kochał.

— Dobrze więc — zgodziła się w końcu, jej głos złagodniał. — Ale obiecaj mi, że będziesz ostrożny, Rafaelu. Nie zniosłabym, gdyby coś ci się stało.

Wyciągnął rękę, by wziąć jej dłoń, a jego kciuk lekko przesunął się po jej kostkach. — Obiecuję, Clarisso. Nie pozwolę, by stała się krzywda naszej rodzinie — ani tobie. Przysięgam na swoje życie.

Ale pomimo najlepszych starań Rafaela, sabotażysta pozostawał nieuchwytny. Każdego ranka wracali do domu wyczerpani i zniechęceni, tylko po to, by odkryć nowe zniszczenia winorośli. To było tak, jakby ich wróg był duchem, wślizgującym się i wymykającym niezauważonym, pozostawiając po sobie jedynie zniszczenie.

Gdy mijały dni bez żadnego śladu winowajcy, frustracja Rafaela rosła. Clarissa widziała to w napiętym wyrazie jego szczęki, w sposobie, w jaki zaciskał pięści, spoglądając na zniszczone winorośle.

— Nie rozumiem tego — warknął, przeczesując ręką włosy. — Jak mogą nas tak unikać? To tak, jakby znali każdy nasz ruch, zanim go wykonamy. Skąd mogą wiedzieć, gdzie będziemy patrolować i kiedy? Codziennie wieczorem tworzymy nowy plan!

Clarissa położyła mu delikatnie dłoń na ramieniu, czując napięcie pod jego skórą. — Robimy wszystko, co w naszej mocy, Rafaelu. Może... może nadszedł czas, by zaakceptować, że to może być poza naszą kontrolą.

Odwrócił się, by na nią spojrzeć, a jego morsko-zielone oczy były burzliwe od emocji. — Nie mogę tego zaakceptować, Clarisso. Ta ziemia, ta winnica... to dziedzictwo mojej rodziny. Nie pozwolę, by zniszczył je jakiś tchórzliwy sabotażysta.

— Wiem — mruknęła, a jej serce bolało za niego. — Ale nie możemy tak ciągnąć w nieskończoność. Musimy znaleźć inny sposób.

Rafael westchnął, a jego ramiona opadły w geście porażki. — Masz rację, oczywiście. Po prostu... czuję się taki bezradny. Jakim jestem mężczyzną, jeśli nie potrafię nawet chronić tego, co moje?

Clarissa ujęła jego twarz w dłonie, zmuszając go, by spojrzał jej w oczy. — Jesteś dobrym człowiekiem, Rafaelu de Silva. Odważnym, honorowym, kochającym mężczyzną. I razem znajdziemy wyjście z tej sytuacji. Obiecuję ci to.

Oparł się o jej dotyk, na moment zamykając oczy, czerpiąc siłę z jej obecności. Kiedy znów je otworzył, była w nich nowa determinacja, promyk nadziei pośród rozpaczy.

— Razem — powtórzył, a jego głos był szorstki od emocji. — Podoba mi się brzmienie tego słowa.

Po drugiej stronie skąpanej w słońcu winnicy Clarissa dostrzegła Isabellę i hrabiego Bardolino pogrążonych w rozmowie. Mario gestykulował ożywionym, bez wątpienia dzieląc się kolejnymi porcjami swojej ogromnej wiedzy o uprawie winorośli. Isabella, której ciemne włosy wysuwały się ze spinek, słuchała z uwagą, a jej oczy błyszczały żywym zainteresowaniem.

Clarissa szturchnęła delikatnie Rafaela. — Spójrz na tę dwójkę. Papużki nierozłączki, prawda?

Rafael podążył za jej wzrokiem, a na kącik jego ust wkradł się krzywy uśmiech. — Rzeczywiście. Przyznaję, na początku miałem co do hrabiego pewne zastrzeżenia, ale udowodnił, że jest prawdziwym przyjacielem.

— Myślę, że kimś więcej niż przyjacielem — mruknęła Clarissa, patrząc, jak Isabella kładzie dłoń na ramieniu hrabiego, a jej śmiech niesie się przez winnicę. — Zauważyłeś, jak na siebie patrzą?

Brwi Rafaela uniosły się wysoko. — Chyba nie myślisz, że...?

— Owszem — uśmiechnęła się Clarissa. — Myślę, że Mario jest całkiem zauroczony twoją siostrą. I o ile się nie mylę, to uczucie jest w pełni odwzajemnione.

— Hm. — Rafael wyglądał na niepewnego. — Isabella ma dopiero siedemnaście lat...

— A Mario ledwie dwadzieścia — zauważyła Clarissa. — Myślę, że są dla siebie bardzo dobrze dobrani, Rafaelu. Nie sądzisz? Wiem, że twoja matka się ze mną zgadza.

— Doprawdy! — Jego brwi uniosły się, i spojrzał znowu na Mario i Isabellę. — Może powinienem porozmawiać o tym z matką. Zanim sprawy zajdą dalej.

— Pewnie powinieneś też porozmawiać o tym z Isabellą — zauważyła żartobliwie Clarissa. — W końcu ma własny rozum i zdanie.

— Rzeczywiście, masz rację. — Rafael skłonił się nad jej dłonią. — Jeśli mi wybaczysz. Isabello! — zawołał do siostry, która westchnęła i przewróciła oczami, ale posłusznie odeszła od hrabiego, by do niego podejść, i oboje ruszyli z powrotem w stronę zamku.

— Clarisso. — Mario podszedł do niej i podał jej ramię, a ona z uśmiechem położyła na nim dłoń.

— Dziękuję. Jestem zmęczona, a to strome podejście na górę!

— Ale warte widoku po dotarciu na miejsce.

— Rzeczywiście. Inny rodzaj piękna niż twój dom nad jeziorem, ale niemniej uroczy, nie sądzisz?

— Miejsce, które zaczynam kochać prawie tak samo jak Bardolino — zgodził się Mario, jego wzrok utkwiony był w bracie i siostrze idących przed nimi. — Powiedz mi... czy mam szansę, Clarisso?

— Szansę? — zapytała.

— Na to, by moje starania odniosły skutek?

Przez krótką chwilę Clarissa myślała, że sugeruje oświadczyny *jej*, ale natychmiast zobaczyła, że jego rozkochane spojrzenie ani na moment nie odrywało się od Isabelli.

— Oczywiście, że masz! — zawołała. — Każda kobieta miałaby szczęście cię mieć... ale w tym konkretnym przypadku wierzę, że twoje uczucia są w pełni odwzajemnione.

— Naprawdę tak myślisz?

Dotarli do kamiennego łuku wiodącego na dziedziniec zamkowy, przez który chwilę wcześniej przeszli Rafael i Isabella, znikając z pola widzenia. Clarissa roześmiała się, zatrzymując się i odwracając, by spojrzeć na Maria.

— Tak, naprawdę tak myślę.

Rzucił jej się na szyję z okrzykami radości po włosku, mocno ją przytulając i wykrzykując, że ma nadzieję wkrótce nazywać ją siostrą, jak kiedyś miał nadzieję, ale w ten sposób powinno być o wiele lepiej, zapewniając szczęście wszystkim zainteresowanym. Clarissa roześmiała się i odwzajemniła uścisk.

— Chyba trochę się pospieszyłeś — odpowiedziała.

— Zobaczymy!

ROZDZIAŁ PIĘTNASTY

Serce Clarissy podskoczyło do gardła, gdy Rafael wyszedł zamaszystym krokiem z wejścia do zamku, a stukot jego butów ostro odbijał się echem o zniszczone kamienie. Jego morskie oczy błysnęły z intensywnością, jakiej nigdy wcześniej u niego nie widziała, a brwi miał ściągnięte w konsternacji.

Zatrzymał się gwałtownie przed nią, zaciskając dłonie w pięści. Puls Clarissy przyspieszył. Po burzowym spojrzeniu, które zaćmiło przystojne rysy Rafaela, natychmiast zrozumiała, że musiał usłyszeć część ich rozmowy. Ale którą? Chyba nie...

— Przepraszam, że przerywam, lady Clarisso, panie hrabio Ginori — powiedział Rafael szorstko, kiwając im obu krótko głową. Jego spojrzenie spoczęło na Clarissie, a w tych oceanicznych głębinach czaiło się coś niezgłębionego. — Ufam, że nie wtrącam się w... prywatną chwilę?

Clarissie ścisnęło żołądek. Och, nie. Nie mógł chyba pomyśleć, że... — Ależ skąd, kapitanie — odparła z radosnym tonem, którego wcale nie czuła, próbując zamaskować narastający niepokój. — Hrabia i ja po prostu przyjacielsko rozmawialiśmy. Czyż nie tak, Mario?

Mario uśmiechnął się życzliwie, pozornie nieświadomy napięcia wiszącego między nimi w powietrzu. — Oczywiście, to była jedynie najprzyjemniejsza dysputa o urokach portugalskiej wsi. Lady Clarissa jest bystrą obserwatorką piękna natury. — Puścił do niej konspiracyjnie oko.

Clarissa spłonęła rumieńcem, a jej policzki zapiekły. Dlaczego mężczyźni zawsze musieli być tacy sugestywni? Zerknęła ukradkiem na Rafaela i zobaczyła, jak jego szczęka zacisnęła się niemal niezauważalnie. Drogi Panie, odniósł całkowicie mylne wrażenie! Musiała wszystko wyjaśnić, i to szybko, zanim sytuacja wymknie się spod kontroli.

— Właściwie, Rafaelu, miałam nadzieję, że moglibyśmy zamienić słowo? — Popatrzyła na niego szeroko otwartymi, wymownymi oczyma, pragnąc, by zrozumiał. — Na osobności?

Mięsień drgnął na jego szczęce, gdy przez długą, pełną napięcia chwilę lustrował ją nieprzeniknionym wzrokiem. W końcu skinął głową. — Jak sobie życzysz, moja pani.

Clarissa odwróciła się do hrabiego z przepraszającym uśmiechem. — Wybacz nam, Mario. Nie zajmie nam to długo.

— Oczywiście, oczywiście! — Hrabia machnął wielkodusznym gestem. — Nie spieszcie się.

Z pulsem dudniącym w skroniach ruszyła za szerokimi plecami Rafaela, który oddalał ich od hrabiego, a w jej głowie kłębiły się myśli. Musiała mu wytłumaczyć, przemówić do rozsądku. Sama myśl, że mógłby uwierzyć, iż przyjęłaby oświadczyny innego mężczyzny, przyprawiała ją o mdłości.

Gdy dotarli do względnego zacisza tarasu, Rafael obrócił się gwałtownie w stronę Clarissy, a jego morskie oczy pałały wzburzeniem. — Jak mogłaś przyjąć jego oświadczyny? — zażądał odpowiedzi, jego głos był cichy i intensywny. — Myślałem... myślałem, że my...

Urwał, niespokojnym ruchem przeczesując dłonią ciemne włosy. Serce Clarissy ścisnęło się na widok bólu i zagubienia malujących się na jego przystojnych rysach. Instynktownie wyciągnęła rękę, muskając palcami jego ramię.

— Rafaelu, proszę, pozwól mi wyjaśnić. To nie jest tak, jak myślisz...

Ale on odsunął się od jej dotyku, jakby się sparzył, a jego spojrzenie stwardniało. — A co z Isabellą? — naciskał bezlitośnie. — Ona szaleje za hrabią, a ty go do tego zachęcałaś? Nigdy bym cię nie podejrzewał o tak bezduszną zdradę przyjaciółki.

Clarissa cofnęła się, urażona. Jak śmiał oskarżać ją o coś takiego? Gniew wezbrał w niej, gorący i jasny. — Posłuchaj mnie, kapitanie — syknęła, prostując się na całą wysokość. — Niczego takiego nie zrobiłam! Gdybyś tylko zechciał posłuchać...

— Słyszałem wystarczająco — uciął zimno Rafael, odwracając się do niej plecami. — Myślałem, że cię znam, Clarissa. Ale wygląda na to, że się myliłem.

Jego słowa uderzyły ją jak cios, zapierając dech w piersiach. Łzy zakłuły ją w oczy, ale zamrugała wściekle, by je powstrzymać. Nie będzie płakać przed nim, nie teraz.

— Rafaelu... — Jego imię wyrwało się z jej ust, żałosne i ciche.

Ale on już odchodził, jego szerokie ramiona były sztywne z napięcia. Clarissa patrzyła, jak odchodzi, a jej serce pękało z każdym jego krokiem. Jak wszystko mogło pójść tak źle, tak szybko?

Musiała to naprawić, sprawić, by zrozumiał. Ale stojąc tam, w bezlitosnych promieniach słońca i gęstym zapachu bugenwilli, Clarissa nigdy nie czuła się bardziej zagubiona. Ani bardziej samotna.

Gdyby tylko mogła sprawić, by dostrzegł prawdę w jej sercu... ale co, jeśli było już za późno?

Odległy turkot kół powozu na zamkowym dziedzińcu wyrwał Clarissę z burzliwych myśli.

— Kto teraz przyjeżdża? — mruknęła, wracając na dziedziniec i obserwując, jak dość okazały powóz zatrzymuje się z piskiem. Ani Lucia, ani Rafael nie wspominali, że spodziewają się gości.

Drzwiczki otworzyły się i wysiedli z nich hrabia i hrabina Creighton. Na ich twarzach malowała się mieszanka ulgi i dezaprobaty, gdy ją zobaczyli. Zszokowana Clarissa przełknęła ślinę, czując, jak w ustach zasycha jej na wiór.

— Mamo, tato — zdołała wydusić, dygnąwszy. — Co... co wy tu robicie?

— Co my tu robimy? — powtórzyła hrabina, a jej głos wznosił się coraz wyżej. — Umieraliśmy o ciebie z niepokoju, Clarissa!

Ostre spojrzenie hrabiego omiotło rozpadającą się fasadę zamku, a jego usta zacisnęły się w cienką linię. — A teraz zastajemy cię mieszkającą w... w tej ruinie? Z rodziną obcych ludzi? Co ci, na Boga, strzeliło do głowy, dziewczyno?

Clarissa poczuła, jak jej policzki płoną mieszaniną wstydu i buntu. — To nie są obcy, tato. To... to przyjaciele. A Rafael... kapitan de Silva... uratował mi życie.

— Uratował ci życie? — powtórzyła hrabina, unosząc dłoń do gardła. — Co, na ziemi, się stało?

Clarissa wzięła głęboki oddech, zbierając siły. Musiała sprawić, by zrozumieli, przekonać ich, że to jest jej miejsce. Z Rafaelem i jego rodziną.

Ale gdy otworzyła usta, by mówić, mignął jej za ramieniem ojca Rafael. Stał w cieniu wejścia, a jego twarz była nieprzeniknioną maską.

I w tej chwili Clarissa zrozumiała, że cokolwiek by nie powiedziała, to nie wystarczy. Nie teraz, gdy przygniatał ją ciężar oczekiwań rodziców.

Jej ramiona opadły, a porażka spłynęła na nią jak zimna fala. — To... to długa historia — powiedziała cicho, spuszczając wzrok na ziemię. — Ale nic mi nie jest, naprawdę. I... chcę zostać.

— Absolutnie nie — oświadczył hrabia głosem nieznoszącym sprzeciwu. — Wracasz z nami do domu, Clarissa. Natychmiast.

Głowa Clarissy poderwała się do góry, a oczy rozszerzyły się z przerażenia. — Ale tato...

— Żadnych ale — przerwał, a jego wyraz twarzy był surowy. — Twoja reputacja jest zagrożona i nie pozwolę, byś zrujnowała swoje perspektywy tym... tym szaleństwem. Spakuj swoje rzeczy, natychmiast wracamy do Lizbony. Czeka na nas statek.

Łzy, gorące i szczypiące, zamgliły Clarissie wzrok. Wściekle zamrugała, nie pozwalając im popłynąć. Nie tutaj, nie teraz.

— Proszę — wyszeptała, a jej głos się załamał. — Proszę, nie róbcie tego.

Ale nawet gdy słowa opuściły jej usta, wiedziała, że to na nic. Rodzice podjęli decyzję i nic nie mogło jej zmienić.

— Lavinia! — Spokojny głos za plecami Clarissy sprawił, że w jej piersi zapłonęła nagła nadzieja. Z zamku wyszła Marianne, uśmiechając się gościnnie. — Jak miło cię widzieć! Wejdźcie, proszę, słońce strasznie pali.

Marianne, urocza i uprzejma, potrafiła udobruchać niemal każdego. Oboje rodzice Clarissy dali się porwać jej powitaniu, stwierdzając, że rzeczywiście jest okropnie gorąco i chłodny napój byłby przyjemny.

Clarissa powlokła się za nimi, powstrzymując łzy. Nieporozumienie z Rafaelem było już wystarczająco przygnębiające, ale przybycie rodziców w tym właśnie momencie mogło oznaczać gwóźdź do trumny nawet dla nadziei na pojednanie.

Lucia czekała w salonie z Isabellą, obie były uosobieniem dobrych manier, witając hrabiego i hrabinę, a chwilę później wszedł Alex, emanując spokojem i autorytetem.

Nieco później Marianne wyplątała się z grupy i podeszła do Clarissy, która stała w cieniu przy drzwiach. Chwytając ją za rękę, wyprowadziła ją na korytarz.

— Muszę z tobą porozmawiać. Wysłałam list do twoich rodziców z Gibraltaru — wyznała Marianne, a słowa wylewały się z niej pospiesznym potokiem. — Napisałam im o naszych podróżach, stąd oczywiście wiedzieli, że tu jesteśmy, ale nie wspomniałam o twoim zniknięciu w Atenach. Pomyślałam, że najlepiej będzie, jeśli usłyszą to od ciebie, osobiście.

Oczy Clarissy rozszerzyły się, a fala ulgi spłynęła na nią. — Chcesz powiedzieć, że nie wiedzą? — wyszeptała, ledwo śmiąc mieć nadzieję.

Marianne skinęła głową, a mały uśmiech pojawił się w kącikach jej ust. — Wysłałam list z Florencji, gdy tylko dowiedzieliśmy się o twoim zniknięciu, ale wydaje się, że nie dotarł, zanim wyjechali z Anglii. Na razie nie wiedzą o porwaniu.

Clarissa osunęła się na pluszowe, aksamitne siedzenie, a jej serce biło jak szalone. To było małe błogosławieństwo, ale zawsze błogosławieństwo.

Jednak gdy tylko ta myśl przemknęła jej przez głowę, wyraz twarzy Marianne spoważniał, a jej oczy badały twarz Clarissy.

— Wiesz, że nie można ich wiecznie trzymać w niewiedzy — ostrzegła łagodnie. — Prędzej czy później prawda wyjdzie na jaw. A wtedy...

Urwała, pozostawiając niewypowiedziane słowa zawieszone w powietrzu między nimi.

Clarissa skinęła głową ze ściśniętym gardłem. Wiedziała, że Marianne ma rację. Nie mogła wiecznie uciekać przed przeszłością, bez względu na to, jak bardzo by tego pragnęła.

Ale na razie będzie się trzymać tego strzępka nadziei, tego malutkiego promyka światła w ciemności.

Na razie to wszystko, co miała.

Odroczenie wyroku dla Clarissy trwało nie dłużej niż do kolacji. Hrabia i hrabina, nieco udobruchani uprzejmym przyjęciem i tym, że wnętrze zamku było znacznie mniej zrujnowane, niż wyglądało z zewnątrz, przyjęli zaproszenie Lucii, by zostać na kilka dni. Jednak przy kolacji dołączył do nich pan Dalton, a niemal pierwszą rzeczą, jaką powiedział, było:

— Musieliście być państwo bardzo zaniepokojeni, słysząc, że lady Clarissa zaginęła w Atenach. Co za ulga, że udało się ją bezpiecznie odzyskać, zanim minęło zbyt wiele dni.

Clarissa poczuła, jak krew odpływa jej z twarzy, a żołądek skręca się w supeł. Nie. Nie, to nie mogło się dziać.

Ale przerażony okrzyk matki powiedział jej, że to wszystko jest aż nazbyt realne.

— Zaginęła? — powtórzyła hrabina, jej głos wznosił się niemal do pisku. — Co to znaczy, *zaginęła*?

Odwróciła się gwałtownie w stronę Alexa i Marianne, a jej oczy płonęły furią.

— Jak mogliście do tego dopuścić? — zażądała wyjaśnień, a jej głos drżał z gniewu. — Jak mogliście być tak nieodpowiedzialni, by stracić moją córkę z oczu? Na *wiele dni*?

Marianne wzdrygnęła się, a jej twarz zbladła pod naporem jej słów. — Lavinia, ja...

Ale hrabina ucięła jej ostrym gestem. — Nie chcę słyszeć twoich wymówek — syknęła. — Miałaś się nią opiekować i zawiodłaś. Całkowicie i kompletnie.

— Reputacja Clarissy jest zagrożona — oświadczył ojciec Clarissy, jego głos był donośny w ciszy, jaka zapadła nad stołem. — Musi natychmiast wrócić do domu.

Serce Clarissy zamarło w piersi. — Nie — wyrzuciła z siebie, zanim zdążyła się powstrzymać. — Tato, proszę. Nie chcę wracać.

Spojrzenie ojca spoczęło na niej, a jego oczy zwęziły się. — Nie masz w tej sprawie nic do powiedzenia — powiedział tonem nieznoszącym sprzeciwu. — Twoja reputacja została narażona na szwank. Jedynym sposobem, aby ją uratować, jest powrót do Anglii i natychmiastowe zamążpójście.

Clarissa potrząsnęła głową, a desperacja ścisnęła ją za gardło. — Ale jestem tu szczęśliwa — błagała, a jej głos się załamał. — Znalazłam miejsce, do którego należę. Proszę, nie zmuszajcie mnie do wyjazdu.

Ale jej rodzice nie chcieli słuchać. — Wracasz z nami do domu, i to jest ostateczna decyzja — powiedziała jej matka ostrym, nieugiętym tonem. — Znajdziemy ci odpowiedniego męża, kogoś, kto pomoże przywrócić ci dobre imię.

Clarissa poczuła, jakby ziemia usunęła się jej spod nóg. Odpowiedni mąż? Na samą myśl o tym żołądek jej się przewracał.

Spojrzała na Marianne, licząc na wsparcie, ale ciotka mogła jej ofiarować jedynie współczujące spojrzenie. Nic nie mogła zrobić, zdała sobie sprawę Clarissa z sercem zamierającym z rozpaczy. Jej rodzice podjęli decyzję.

Łzy zapiekły ją w oczy, gdy dotarła do niej rzeczywistość sytuacji. Zostanie zabrana od wszystkiego, co kochała, zmuszona do życia, którego nie chciała. I nie mogła nic zrobić, by to powstrzymać.

Hrabia odchrząknął, przyciągając uwagę wszystkich. — Tak się składa, że mam przyjaciela, który wyraził zainteresowanie sojuszem z naszą rodziną. Lord Weatherby jest szanowanym członkiem socjety i byłby doskonałą partią dla Clarissy.

— Lord Weatherby? Chyba nie mówisz poważnie. Ten człowiek jest wystarczająco stary, by być dziadkiem Clarissy! — To odezwał się Alex, a jego twarz wykrzywił grymas obrzydzenia.

Hrabia zwrócił się do niego, a jego twarz poczerwieniała z gniewu. — Pan nie ma w tej sprawie nic do powiedzenia, Glenkellie! Przyszłość Clarissy to nie pańska troska.

Clarissa obserwowała tę wymianę zdań z rosnącą rozpaczą. Wiedziała, że Alex ma dobre intencje, ale jego interwencja tylko pogorszy sprawę. Jej ojciec nie był człowiekiem, któremu można było się sprzeciwiać, zwłaszcza w kwestiach rodziny i reputacji.

Poczuła narastającą panikę. Myśl o poślubieniu obcego człowieka, starca, o spędzeniu reszty życia w pozbawionym miłości związku, była nie do zniesienia. Musiała coś zrobić, cokolwiek, aby zmienić zdanie rodziców.

Ale nawet gdy ta myśl przemknęła jej przez głowę, wiedziała, że to beznadziejne. Słowo jej ojca było prawem i niczym nie mogła go przekonać. Była w pułapce, więźniem własnych okoliczności, bez drogi ucieczki.

— Clarissa natychmiast wraca z nami do Anglii — powiedział hrabia, a jego wzrok utkwiony był w córce. — I poślubi lorda Weatherby'ego, jak przystało na jej pozycję. Nie będzie dalszej dyskusji w tej sprawie.

Nie mogła zostać w tym pokoju ani chwili dłużej, z litościwymi i oskarżycielskimi spojrzeniami skierowanymi na nią. Zrywając się na równe nogi, uciekła z pokoju, pobiegła na górę do swojej sypialni, gdzie otworzyła na oścież okno i łapczywie chwytała powietrze, czując, jakby nie mogła oddychać. Łzy zamgliły jej wzrok, zachwiała się na nogach, czując, że zaraz zemdleje. Ale wtedy para silnych, delikatnych ramion objęła ją, a ona dała się wciągnąć w ciepły, pocieszający uścisk.

— Ciii, już dobrze — mruknęła Marianne, jej głos był miękki i kojący. — Jestem przy tobie, moja droga. Po prostu daj temu upust.

I z tymi słowami tama pękła. Clarissa ukryła twarz w ramieniu Marianne i zaszlochała, a jej ciałem wstrząsała siła żalu. Uczepiła się starszej kobiety jak tonący brzytwy, desperacko szukając jakiegokolwiek strzępka pocieszenia.

Marianne trzymała ją blisko, głaszcząc po włosach i szepcząc słowa otuchy. Ale nawet gdy to robiła, Clarissa czuła bezradność w dotyku ciotki, świadomość, że żadna z nich nie mogła nic zrobić, by zmienić sytuację.

— Nie mogę za niego wyjść, Marianne — wydusiła Clarissa przez szloch. — Nie mogę. Wolałabym umrzeć, niż spędzić życie z okropnym starcem.

Ramiona Marianne zacisnęły się wokół niej. — Wiem, moja droga. Wiem. Ale musimy mieć wiarę. Z pewnością musi istnieć jakiś sposób, by zmienić zdanie twojego ojca, by przemówić mu do rozsądku.

Clarissa potrząsnęła głową, a jej łzy wsiąkały w delikatny jedwab sukni Marianne. — To na nic. On jest zdeterminowany, by mnie wydać za mąż, bez względu na to, czego ja chcę. Och, Marianne, co ja mam robić?

Ale nawet zadając to pytanie, Clarissa wiedziała, że nie ma odpowiedzi. Była w pułapce, uwięziona między żądaniami rodziny a pragnieniami własnego serca. Mogła tylko trzymać się Marianne i płakać, a jej marzenia o szczęśliwej przyszłości legły w gruzach.

ROZDZIAŁ SZESNASTY

Rafael siedział sztywno u szczytu stołu, z sercem przypominającym bolącą pustkę w piersi, patrząc, jak Clarissa ucieka z jadalni po oświadczeniu ojca. Pokój był jasno oświetlony świecami i lampami, ale Rafael czuł jedynie ogarniający go, duszący mrok. Gdyby tylko znalazł w sobie odwagę, by powiedzieć jej, co naprawdę czuje! Lecz jego przeklęta duma i bezpodstawna zazdrość trzymały jego język na uwięzi. Teraz było już za późno.

Marianne wstała z miejsca i poszła za Clarissą, zostawiając resztę w niepewnej ciszy — wszyscy oprócz pana Daltona, zauważył Rafael, który podniósł nóż oraz widelec i zaczął kroić mięso, jakby to nie jego nieostrożne słowa rozpaliły furię hrabiego i przypieczętowały los Clarissy.

Kolacja zakończyła się w milczeniu. Ani Marianne, ani Clarissa nie wróciły, a Rafael usłyszał, jak jego matka cicho rozmawia ze służącą, nakazując posłanie jedzenia do ich pokoi. Zastanawiał się, czy Clarissa będzie w stanie jeść. Jemu samemu nic nie przeszło przez gardło; jedynie przesuwał jedzenie po talerzu.

Gdy tylko było to możliwe, po posiłku wymówił się i uciekł na zewnątrz, na taras, by chodzić w tę i z powrotem w cichej desperacji.

Jakoś nie było zaskoczeniem, że Alex poszedł za nim.

— Jesteś głupcem, wiesz? — odezwał się cicho Alex, kładąc ciężką dłoń na ramieniu Rafaela. — Cholernym głupcem, że za nią nie poszedłeś i nie wyznałeś jej swoich uczuć.

Rafael odsunął się gwałtownie, a z jego ust wyrwał się pozbawiony wesołości śmiech. — I co dokładnie miałbym jej powiedzieć? Że pozwoliłem, by moja własna niepewność zatruła to, co między nami rozkwitło? Że nie mogę znieść myśli, że będzie należeć do innego? — Potrząsnął głową. — Nie, lepiej, żeby wyjechała, myśląc, że jestem niepoprawnym draniem. Przynajmniej wtedy może z czasem o mnie zapomni.

— Rafaelu, chyba nie mówisz tego poważnie. Clarissa głęboko się o ciebie troszczy, każdy to widzi. Wasza historia nie może się tak skończyć.

— Ale musi — wyrzucił z siebie Rafael, z gardłem ściśniętym ledwo powstrzymywaną udręką. — Jej miejsce jest w Anglii, pośród błyszczącej socjety, a nie zmarnowane u boku kapitana bez grosza przy duszy, który nie ma nic do zaoferowania poza zrujnowaną winnicą i marzeniami głupca.

Przełknął ślinę z trudem, zmuszając się do wypowiedzenia kolejnych słów mimo guli w gardle. — Dziękuję tobie i lady Glenkellie za wszystko. Czy... czy będziecie mieć na nią oko? Dopilnujecie, by była szczęśliwa?

— Oczywiście — mruknął cicho Alex. — Marianne nie zgodziłaby się na nic innego. I nie porzucaj jeszcze wszelkiej nadziei, stary przyjacielu. Jeśli jest wam pisane być razem, odnajdziecie do siebie drogę. *Amor vincit omnia* i tak dalej.

Znał co nieco z historii Alexa i Marianne, o tym, jak ojciec Marianne zmusił ją do zaaranżowanego małżeństwa, gdy Alex został wysłany na wojnę, i dopiero gdy Marianne owdowiała, odnaleźli do siebie drogę. Taka odległa, mglista możliwość nie stanowiła dla Rafaela żadnego pocieszenia. A sama myśl o Clarissie poślubionej starcowi, który z pewnością zdusi w niej całą radość życia, sprawiała, że miał ochotę wykrzyczeć w noc swoją wściekłość.

Alex odszedł, mrucząc cicho, że musi dopilnować pakowania, i zostawił Rafaela samego.

Odwrócił się powoli, każdy jego krok był ociężały, i wypuścił głęboko powietrze, spoglądając w górę na kruszącą się fasadę swojego domu. Czekała go praca. Zawsze więcej pracy. Może gdyby rzucił się w wir spraw winnicy, napraw majątku, obowiązku wobec siostry i matki, zdołałby zapomnieć o ziejącej ranie w miejscu, gdzie kiedyś biło jego serce. Gdzie kiedyś mieszkała Clarissa.

Ale nawet gdy mówił sobie, by pozwolił jej odejść, Rafael wiedział, że zapomnienie Clarissy byłoby równie niemożliwe, jak zapomnienie, jak się oddycha. Weszła mu w krew. Mógł jedynie iść dalej, odbudować swoje życie na dzisiejszych zgliszczach i modlić się, by pewnego dnia — jeśli los się do niego uśmiechnie — miał szansę ją odzyskać.

Do tego czasu pozostanie kapitanem Rafaelem de Silva. Oddanym synem, bratem i obrońcą mórz. Ale nigdy więcej kochankiem. Jego serce bowiem miało właśnie odpłynąć do Anglii i nie wiedział, czy kiedykolwiek powróci.

*

Rafael wszedł do zamku, a jego kroki rozbrzmiewały echem w korytarzach. Znalazł Isabellę i Lucię w salonie; ich twarze były przepełnione smutkiem. Isabella podbiegła do niego z oczami pełnymi łez.

— Rafaelu, na pewno da się coś zrobić! Clarissa cię kocha, wiem to. Nie możesz tak łatwo pozwolić jej odejść — błagała Isabella, chwytając go za ręce.

Rafael delikatnie wyswobodził się z jej uścisku, z poważnym wyrazem twarzy. — To bezcelowe, Isabello. Jej ojciec już zaaranżował jej małżeństwo. Nie mogę w to ingerować.

Lucia podeszła bliżej, a na jej twarzy malowała się troska. — Ale Rafaelu, mój synu, jeśli ją kochasz...

— To nie ma znaczenia — przerwał jej Rafael napiętym głosem. — Musimy znieść to rozstanie. Nic nie da się zrobić.

Isabella gwałtownie potrząsnęła głową. — Nie wierzę w to! Jesteś najodważniejszym mężczyzną, jakiego znam. Nie możesz się tak po prostu poddać!

Szczęka Rafaela zacisnęła się, a w jego oczach błysnęły ledwo powstrzymywane emocje. — Nie poddaję się, Isabello. Akceptuję rzeczywistość. Miejsce Clarissy jest w Anglii, z jej rodziną, u boku lorda, którego wybrał dla niej ojciec.

Nasze miejsce jest tutaj, gdzie odbudowujemy nasze życie. Musimy się teraz na tym skupić.

Lucia położyła uspokajająco dłoń na ramieniu Isabelli. — Twój brat ma rację, moja droga. Musimy być silne, dla siebie nawzajem i dla Clarissy. Chciałaby, żebyśmy szły dalej.

Ramiona Isabelli opadły, a jej ognisty duch został chwilowo stłumiony przez ciężar okoliczności. Rafael przyciągnął obie kobiety do mocnego uścisku, a jego głos był szorstki od nieuronionych łez.

— Przetrwamy to, tak jak przetrwaliśmy już tak wiele. Nasza miłość do siebie nawzajem, do tej ziemi, podtrzyma nas na duchu. A być może, jeśli Bóg będzie łaskaw, los pewnego dnia sprowadzi do nas Clarissę z powrotem.

Ale nawet wypowiadając te słowa, Rafael nie potrafił w nie uwierzyć. Bo jak los mógłby być tak okrutny, by sprowadzić Clarissę do jego życia tylko po to, by mu ją wyrwać, gdy tylko zrozumiał głębię swojej miłości? Nie, pomyślał z goryczą, los nie był łaskawy. A on był głupcem, że kiedykolwiek w to uwierzył.

*

Rafael stał stoicko na schodach posiadłości, patrząc, jak Marianne i Alex pomagają Clarissie wsiąść do czekającego powozu. Serce bolało go z każdym jej krokiem, z każdym centymetrem rosnącej między nimi odległości. Pragnął do niej podbiec, objąć ją ramionami i błagać, by została. Ale pozostał jak wrośnięty w ziemię, a obowiązek i honor zabraniały mu działać zgodnie z najgłębszymi pragnieniami.

Marianne odwróciła się, a jej spojrzenie spotkało się ze spojrzeniem Rafaela, pełne mieszaniny smutku i zrozumienia. Podeszła do niego, a jej głos, choć cichy, był pełen przekonania. — Rafaelu, jesteś tego pewien? Jeszcze nie jest za późno, byś z nią porozmawiał.

Przełknął ślinę z trudem, a jego głos był napięty, gdy odpowiedział: — Jestem pewien, Marianne. Clarissa zasługuje na wygodne i bezpieczne życie, którego ja nie mogę jej zapewnić. Jestem wdzięczny, że ma ciebie i Alexa, którzy będą mieli na nią oko.

Alex dołączył do nich, kładąc mocno dłoń na ramieniu Rafaela. — Jesteś dobrym człowiekiem, Rafaelu. Nigdy w to nie wątp. A jeśli kiedykolwiek zmienisz zdanie, wiedz, że zawsze będziesz miał w Anglii przyjaciół.

Rafael skinął głową, z gardłem zbyt ściśniętym, by mówić. Patrzył, jak para wraca do powozu, a ich ostatnie pożegnanie zawisło ciężko w powietrzu. Oczy Clarissy spotkały się z jego oczami przez okno powozu, a między nimi przepłynął cały świat niewypowiedzianych emocji. W tej chwili Rafael poczuł, jak jego determinacja słabnie, a chęć pójścia do niej niemal go obezwładniła.

Ale wtedy powóz szarpnął do przodu, a kopyta koni zastukały o bruk. Rafael stał nieruchomo, gdy powóz zabierał Clarissę, a odległość między nimi rosła z każdą sekundą. Chciał za nią zawołać, powiedzieć jej wszystko to, czego był zbyt tchórzliwy, by wyznać. Ale słowa zamarły mu na ustach, ich spór pozostał nierozwiązany, a ich wspólna przyszłość była niczym więcej jak snem, który nigdy nie mógł się ziścić.

Gdy powóz zniknął z pola widzenia, Rafael poczuł głębokie poczucie straty, jakby wyrwano mu część jego duszy. Zamknął oczy, a wizerunek twarzy Clarissy wypalił mu się w pamięci, słodko-gorzkie przypomnienie wszystkiego, co znalazł i stracił w ciągu kilku krótkich miesięcy.

Kochał Clarissę, każdą cząstką swojej istoty, z pasją, która pochłaniała go jak szalejące piekło. A teraz stracił ją, niemal na pewno na zawsze.

Powinienem był się jej oświadczyć tygodnie temu. Pewnie we Florencji. Bylibyśmy już po ślubie.

Ta świadomość uderzyła go jak fizyczny cios, a kolana niemal ugięły się pod ciężarem emocji. Oparł się o kamienny mur dziedzińca, a oddech wyrywał mu się z piersi w urywanych haustach, gdy walczył o opanowanie. Jak mógł być tak głupi, tak ślepy na własne serce? Pozwolił, by jego duma i poczucie obowiązku stanęły między nimi, a teraz zapłaci cenę za swoją upartą głupotę.

Ale nawet gdy jego serce rozpadało się na milion kawałków, Rafael wiedział, że nie może porzucić swoich obowiązków, by gonić za Clarissą. Jego rodzina, ludzie, którzy na nim polegali — wszyscy potrzebowali, by był silny, by był przywódcą, na którym nauczyli się polegać. Nie mógł tak po prostu odejść od swoich obowiązków, bez względu na to, jak bardzo jego dusza krzyczała o dotyk Clarissy.

Z ciężkim westchnieniem Rafael odepchnął się od ściany, prostując ramiona, gdy odwrócił się w stronę zamku.

Będzie musiał znaleźć sposób, by iść dalej, by pogrzebać swoje złamane serce głęboko w sobie i skupić się na czekających go zadaniach. Ale nawet gdy zrobił ten pierwszy krok naprzód, wiedział, że część jego na zawsze będzie należeć do Clarissy, że będzie nosił w sobie pamięć o ich miłości do końca swoich dni.

Gdy Rafael ociężałym krokiem wszedł do zamku, przywitał go widok Isabelli i hrabiego di Bardolino, których twarze jaśniały radością i podekscytowaniem. Hrabia wystąpił naprzód z poważnym wyrazem twarzy i spojrzał Rafaelowi w oczy.

— Rafaelu — zaczął cichym, szczerym głosem. — Przychodzę dziś do ciebie nie tylko jako przyjaciel, ale jako mężczyzna głęboko zakochany w twojej siostrze. Pokornie proszę o twoje błogosławieństwo, bym mógł pojąć Isabellę za żonę, bym mógł ją pielęgnować i chronić przez wszystkie moje dni.

Rafael zamrugał, a jego umysł z trudem przetwarzał słowa hrabiego. Był tak pochłonięty własnym złamanym sercem, tak zagubiony w myślach o Clarissie, że prawie zapomniał o rodzącym się romansie między jego siostrą a młodym włoskim szlachcicem.

Spojrzał na Isabellę, zobaczył wyraz nadziei na jej twarzy, sposób, w jaki jej oczy błyszczały miłością i oczekiwaniem. Jak mógłby odmówić jej tego szczęścia, zwłaszcza po wszystkim, co wycierpiała?

Przełykając ślinę, Rafael zmusił się do uśmiechu, a jego głos był szorstki od emocji, gdy odpowiedział: — Mario, nie wyobrażam sobie mężczyzny bardziej godnego ręki mojej siostry niż ty. Masz moje błogosławieństwo i moje najgłębsze gratulacje dla was obojga.

Isabella krzyknęła z radości, podbiegając, by objąć brata. — Och, Rafaelu, dziękuję! — zawołała, a jej głos był stłumiony przy jego piersi. — Wiem, że to musi być dla ciebie trudne, tak szybko po wyjeździe Clarissy, ale twoje wsparcie znaczy dla mnie wszystko.

Rafael mocno trzymał siostrę, mrugając, by powstrzymać łzy, które groziły, że popłyną. Wiedział, że powinien się dla niej cieszyć, że powinien świętować tę radosną okazję. Ale myślał tylko o Clarissie i o przyszłości, którą pozwolił sobie wymknąć się z rąk.

— Cieszę się twoim szczęściem, naprawdę — mruknął głosem ledwo głośniejszym od szeptu. — Zasługujesz na całe szczęście tego świata, Isabello. I wiem, że Mario będzie dla ciebie kochającym i oddanym mężem.

Gdy hrabia i Isabella objęli się, ich twarze promieniały miłością i radością, Rafael poczuł ukłucie zazdrości i żalu. Miał tę samą szansę na szczęście, tę samą możliwość zbudowania życia z kobietą, którą kochał. Ale pozwolił, by jego własne lęki i wątpliwości stanęły mu na drodze, a teraz będzie musiał żyć z konsekwencjami swoich wyborów.

Z ciężkim sercem Rafael odwrócił się od szczęśliwej pary, a jego umysł już wirował od myśli o przyszłości. Rzuci się w wir pracy, odbudowy majątku rodziny i zapewnienia szczęścia siostrze. A może z czasem znajdzie sposób, by uleczyć ranę, którą w jego duszy pozostawiła nieobecność Clarissy.

*

Rafael stał na tarasie, obserwując krzątających się w tę i z powrotem służących, których ramiona obładowane były kwiatami i wstążkami. Powietrze było gęste od zapachu róż i jaśminu, a dziedziniec poniżej wypełniał dźwięk śmiechu i rozmów.

Zmusił się do uśmiechu, gdy podeszła Isabella, jej oczy lśniły z podniecenia. — Och, Rafaelu — zawołała, biorąc go za ręce. — Możesz w to uwierzyć? Już za kilka dni będę mężatką!

Rafael przełknął ślinę, a jego gardło nagle się zacisnęło. — Tak bardzo się cieszę, Isabello — zdołał powiedzieć, a jego głos nawet w jego własnych uszach brzmiał nienaturalnie. — Mario to szczęściarz.

Uśmiech Isabelli nieco przygasł i spojrzała na jego twarz z troską. — Rafaelu, wszystko w porządku? Wyglądasz na zmartwionego.

Potrząsnął głową, zmuszając się do spojrzenia jej w oczy. — Wszystko w porządku, Isabello. Jestem po prostu trochę zmęczony, to wszystko. Przed ślubem jest wiele do zrobienia, a chcę, żeby wszystko było dla ciebie idealne.

Twarz Isabelli złagodniała, a ona sięgnęła, by dotknąć jego policzka. — Jesteś dobrym bratem, Rafaelu. Wiem, że tak wiele poświęciłeś dla naszej rodziny i jestem wdzięczna za wszystko, co zrobiłeś. Ale nie możesz zapomnieć o własnym życiu. Zasługujesz na szczęście tak samo jak ja.

Rafael poczuł w sobie falę emocji i zamrugał, by powstrzymać łzy, które groziły, że popłyną. — Dziękuję, Isabello — szepnął, a jego głos był ochrypły od emocji. — Postaram się o tym pamiętać.

Gdy Isabella pospieszyła, by nadzorować przygotowania, Rafael odwrócił się z powrotem w stronę winnic, z sercem ciężkim od żalu. Wiedział, że powinien skupić się na szczęściu siostry, na przyszłości, która czekała jego rodzinę. Ale nie mógł pozbyć się uczucia, że stracił coś cennego, coś, czego nigdy nie będzie w stanie odzyskać.

Z westchnieniem wyprostował ramiona i odwrócił się w stronę zamku, zdeterminowany, by dla dobra siostry przybrać odważną minę. Na żale przyjdzie jeszcze czas, powiedział sobie stanowczo. Na razie miał do przygotowania wesele i rodzinę do ochrony.

Rafael szedł korytarzami zamku, a jego kroki rozbrzmiewały echem na kamiennych posadzkach. Dźwięk śmiechu i podekscytowanych rozmów dobiegał do niego z dziedzińca, gdzie służący byli zajęci wieszaniem girland z kwiatów i ustawianiem stołów na wesele. Zmuszał się do uśmiechu, kiwania głową i wymiany uprzejmości z mijanymi osobami, ale wewnątrz czuł pustkę, jakby wyrwano mu istotną część jego samego.

Znalazł się w bibliotece, szukając ukojenia wśród zakurzonych tomów i wyblakłych gobelinów. Pokój był ciemny i chłodny, jedyne światło sączyło się przez wąskie okna. Rafael opadł na zniszczony skórzany fotel, ukrywając twarz w dłoniach.

— Co ja zrobiłem? — szepnął do siebie, a jego głos był szorstki od emocji. — Pozwoliłem jej odejść, nawet nie mówiąc jej, co czuję. A teraz straciłem ją na zawsze.

Myślał o Clarissie, o jej przenikliwej inteligencji i zaraźliwym śmiechu, o jej szczerości, o sposobie, w jaki jej oczy błyszczały, gdy na niego patrzyła. Był głupcem, że nie powiedział jej, jak bardzo ją kocha, jak bardzo jej potrzebuje w swoim życiu. A teraz było już za późno.

Rafael siedział tak długo, pogrążony w myślach, aż dźwięk kroków na korytarzu wyrwał go z zadumy. Wstał, poprawiając marynarkę i gładząc włosy. Miał obowiązek wobec swojej rodziny, wobec siostry, i nie zawiedzie ich.

— Szczęście Isabelli musi być na pierwszym miejscu — powiedział sobie stanowczo, odsuwając na bok własny ból serca. — Skupię się na tym, a reszta sama się ułoży.

Z głębokim oddechem Rafael opuścił bibliotekę i poszedł odnaleźć siostrę, zdeterminowany, by uczynić dzień jej ślubu radosnym wydarzeniem, bez względu na koszt dla jego własnego serca.

Gdy Rafael szedł korytarzami zamku, jego myśli powędrowały ku przyszłości. Niegdyś wspaniały zamek popadł w ruinę, będąc cieniem swojej dawnej chwały. Winnice również ucierpiały z powodu lat zaniedbań, winorośle były zarośnięte, a ziemia nieuprawiana. Clarissa sprawiła, że zobaczył, iż może być inaczej, że jeśli poświęci się odbudowie swojego majątku, może przywrócić go do dawnego stanu. Ona dostrzegła tę możliwość, a teraz on postanowił, że zrealizuje jej wizję.

„Odbuduję to miejsce", przyrzekł w milczeniu Rafael, z zaciśniętą z determinacją szczęką. „Uczynię z niego dom godny pamięci Clarissy, świadectwo miłości, której nigdy nie miałem szansy z nią dzielić".

Wyobraził sobie Clarissę idącą obok niego, z ręką w jego dłoni, gdy razem oglądali posiadłość. Oczami wyobraźni widział, jak winnice znów kwitną, a zamek odzyskuje dawną świetność. To była wizja tego, co mogło być, sen, który teraz będzie musiał realizować sam.

Rafael zatrzymał się przy oknie, patrząc na pagórki rozciągające się aż po horyzont. Słońce zachodziło, malując niebo odcieniami pomarańczy i różu. To był widok, który Clarissa by pokochała, wiedział o tym, a ta myśl przyniosła nową falę bólu do jego serca.

— Nigdy cię nie zapomnę, moja miłości — szepnął, a jego głos poniósł wieczorny wiatr. — I nigdy nie przestanę walczyć o życie, które mogliśmy mieć razem.

Z ostatnim, przeciągłym spojrzeniem na zachód słońca, Rafael odwrócił się od okna i ruszył dalej, jego kroki ociężałe od ciężaru żalu i determinacji. Czekała go praca, a on nie spocznie, dopóki jej nie skończy, dopóki nie stworzy dziedzictwa, które uhonoruje wizję Clarissy tak, jak na to zasługiwała.

ROZDZIAŁ SIEDEMNASTY

CLARISSA WPATRYWAŁA SIĘ PRZEZ zalane deszczem okno londyńskiej rezydencji swojej rodziny, z sercem równie mrocznym i apatycznym jak ta deszczowa noc. Brzęk srebrnych łyżeczek o delikatną porcelanę i próżna paplanina dam zebranych w salonie po kolacji, którą właśnie wydała jej matka, rozpływały się w tle, gdy jej myśli płynęły za morze, do Portugalii, do Rafaela.

Wciąż czuła ciepłą pieszczotę słońca na skórze, słodki, cierpki smak porto na języku i dreszcz, który ją przeszywał za każdym razem, gdy Rafael wpatrywał się w nią swoimi niesamowitymi, morskimi oczami. W jego obecności po raz pierwszy poczuła, że naprawdę żyje — stanowił dla niej wyzwanie, doceniał ją, a ona była częścią czegoś ważnego. Razem doglądali winnic i marzyli o przyszłości, w której przywrócą świetność jego rodzinnym ziemiom.

Teraz, z powrotem w Anglii, Clarissa czuła przytłaczający ją cały ciężar sztywnego, powierzchownego społeczeństwa. Niekończące się herbatki, bale i wizyty towarzyskie wydawały się boleśnie puste. Tęskniła za prostą autentycznością życia w posiadłości Rafaela, za ożywczymi rozmowami i wspólnymi nadziejami, które tak mocno związały ich w tak krótkim czasie.

— Clariso, droga, co się dzieje? Od pół godziny jesteś zupełnie nieobecna — głos matki wyrwał ją z zamyślenia.

Clarissa drgnęła, niemal przewracając zapomnianą filiżankę herbaty. — To nic, mamo. Chyba wciąż jestem trochę zmęczona po podróży.

— Cóż, mam nadzieję, że szybko dojdziesz do siebie. Twój ojciec zaaranżował, by lord Weatherby zabrał cię jutro po południu na przejażdżkę po parku. — Hrabina posłała jej znaczące spojrzenie. — To niezła partia, wiesz?

Spoglądając na inne młode damy w ich pięknych jedwabiach i idealnych lokach, Clarissa poczuła narastającą desperację. Czy tak właśnie miało wyglądać jej życie — odgrywanie roli skromnej panienki, sprzedawanie swej młodości i urody oferentowi z najwyższym tytułem? One nigdy nie mogłyby zrozumieć cudów, jakich doświadczyła, głębokiej więzi, jaką nawiązała z Rafaelem.

— Myślę, że dziś wieczorem położę się wcześnie. Wybaczcie — powiedziała nagle, odstawiając filiżankę i wstając. Matka cmoknęła z dezaprobatą, ale nie próbowała jej zatrzymać.

Gdy tylko znalazła się w swoim pokoju, rzuciła się na łóżko, wpatrując się w baldachim. Niewzruszony, przystojny wizerunek Rafaela wypełnił jej umysł — sposób, w jaki na nią patrzył, nie jak na nagrodę do zdobycia, ale jak na partnerkę, która stanie u jego boku, równą mu odwagą i duchem.

— Och, Rafaelu — szepnęła do pustego pokoju — jakże bym chciała być teraz z tobą, odnajdywać cel i przygodę, zamiast więdnąć w tej pozłacanej klatce.

Ciche łzy spłynęły po jej skroniach, mocząc poduszkę.

*

Clarissa stała sztywno obok matki z twarzą niczym maska uprzejmej obojętności, podczas gdy lord Weatherby spoglądał na nią pożądliwie z drugiego końca salonu. Alex ostrzegł ją, że mężczyzna jest na tyle stary, by mógł być jej dziadkiem, i rzeczywiście musiał mieć co najmniej sześćdziesiąt lat, był siwowłosy i brzuchaty. Na samą myśl, że miałby jej dotknąć, robiło jej się niedobrze.

Gromki głos hrabiego wypełnił przestrzeń, wychwalając zalety tego mariażu.

— Weatherby to człowiek zamożny i wpływowy, Clariso. Zapewni dostatnie życie tobie i wszystkim dzieciom, które możecie mieć. — Hrabia spojrzał na córkę surowo, wyzywając ją, by mu się sprzeciwiła.

Dłonie Clarissy zacisnęły się w pięści, a chęć krzyku narastała w jej gardle. Spojrzała na matkę, mając nadzieję znaleźć w niej sojuszniczkę, ale hrabina jedynie skinęła głową, zgadzając się z mężem.

— Lord Weatherby to świetna partia, moja droga. Postąpiłabyś mądrze, przyjmując jego względy. — Ton hrabiny nie znosił sprzeciwu.

Żółć podeszła Clarissie do gardła, gdy Weatherby się zbliżył, a jego oczy bezwstydnie lustrowały jej figurę. Mdły zapach jego wody kolońskiej uderzył w jej nozdrza i walczyła z chęcią, by się cofnąć.

— Moja pani — powiedział Weatherby, sięgając po jej dłoń. — Moją największą przyjemnością byłoby uczynić panią moją żoną.

Clarissa, do diabła z konwenansami, wyrwała rękę, zanim zdążył jej dotknąć. — Nie mogę za pana wyjść, milordzie. Nie zrobię tego. — Jej głos zabrzmiał czysto i wyzywająco.

Twarz hrabiego poczerwieniała z gniewu. — Clariso, zrobisz, co ci każę! Lord Weatherby łaskawie ci się oświadczył, a ty go przyjmiesz.

Łzy zapiekły Clarissę w oczy, gdy zwróciła się do matki, a desperacja szarpała jej serce. — Proszę, mamo, nie zmuszaj mnie do tego. Nie mogę znieść myśli o byciu jego żoną.

Wyraz twarzy hrabiny na chwilę złagodniał, ale szybko przybrała z powrotem maskę determinacji. — To dla twojego dobra, Clariso. Lord Weatherby zapewni ci byt i ochroni twoją reputację. Musisz myśleć o swojej przyszłości.

Serce Clarissy pękło, gdy zdała sobie sprawę, że jej rodzice nie ustąpią. Bardziej dbali o jej szanse na zamążpójście niż o jej szczęście, bardziej o własną pozycję społeczną niż o marzenia córki.

Posławszy matce ostatnie, udręczone spojrzenie, Clarissa odwróciła się i uciekła z pokoju, ignorując krzyki ojca i zdumione okrzyki Weatherby'ego. Nie pozwoli im dłużej kontrolować swojego losu.

Lavinia, hrabina Creighton, poszła za córką do sypialni, a jej jedwabne spódnice szeleściły o polerowane deski podłogi. — Clariso, moja droga, musisz być rozsądna — błagała, a w jej głosie pobrzmiewała desperacja. — Pomyśl o reputacji rodziny. Gdyby wieści o twojej... niedyskrecji w Grecji się rozeszły, bylibyśmy zrujnowani.

Clarissa odwróciła się gwałtownie w stronę matki, z policzkami zarumienionymi od gniewu i niewylanych łez. — A co z moim *życiem*, matko? Co z moim szczęściem? Czy mam zostać sprzedana temu, kto da najwięcej, bez względu na moje uczucia?

Hrabina westchnęła, a jej ramiona opadły pod ciężarem oskarżeń córki. — To nie jest takie proste, Clariso. Mamy obowiązki do wypełnienia, pozycję do utrzymania. A pan Dalton... dał jasno do zrozumienia, że nie będzie milczał wiecznie.

Chłód przeszył Clarissę na wzmiankę o nazwisku Daltona. Mężczyzna, który kiedyś wydawał się tak czarujący i tak troskliwy, teraz miał moc zniszczenia jej przyszłości kilkoma dobrze dobranymi słowami. — Czego on chce? — szepnęła, bojąc się odpowiedzi.

— Zasugerował, że sam byłby skłonny cię poślubić, aby chronić twoją reputację — przyznała hrabina z ciężkim od rezygnacji głosem. — Ale twój ojciec odmawia rozważenia tego, przynajmniej na razie. To nie jest partia, jakiej byśmy dla ciebie pragnęli, młodszy syn bez tytułu i własnej fortuny — ale jeśli nie zechcesz Weatherby'ego, możesz nie mieć innego wyboru!

Serce Clarissy zamarło na myśl o byciu przykutą do Daltona do końca swoich dni. Mężczyzna już prawie zrujnował jej życie swoim niewyparzonym językiem, wygadując się przed jej rodzicami! Nie ufała mu ani trochę.

— Nie wyjdę za niego — oświadczyła, a jej głos zabrzmiał z przekonaniem. — Nie wyjdę za żadnego z nich! A jeśli to oznacza, że będę zrujnowana, to niech tak będzie.

Oczy hrabiny rozszerzyły się z przerażenia. — Clariso, nie mówisz poważnie. Masz młodsze siostry, pomyśl o nich! Twój ojciec i ja nie mielibyśmy innego wyjścia, jak tylko cię wydziedziczyć, aby ocalić *ich* reputację, a wtedy dokąd byś poszła? Jak byś żyła?

Ale umysł Clarissy już pędził naprzód, wyczarowując obrazy życia z Rafaelem w Portugalii, z dala od duszących oczekiwań angielskiego społeczeństwa. — Znajdę sposób — przyrzekła, z podbródkiem uniesionym w geście wyzwania.

Zanim hrabina zdążyła odpowiedzieć, rozległo się pukanie do drzwi. — Wejść — zawołała hrabina zmęczonym głosem.

Drzwi się otworzyły i ukazała się Marianne, olśniewająca w sukni ze szmaragdowego jedwabiu, która podkreślała jej ogniste włosy. — Mam nadzieję, że nie przeszkadzam — powiedziała, jej oczy przesuwały się między Clarissą a jej matką.

— Ależ skąd — powiedziała Clarissa, czując ulgę na widok ciotki. — Proszę, wejdź.

Marianne przeszła przez pokój, by objąć Clarissę, a jej perfumy otoczyły je obie delikatną chmurą jaśminu. — Martwiłam się o ciebie — mruknęła, odsuwając się, by przyjrzeć się twarzy Clarissy. — Alex i ja prawie cię nie widzieliśmy, odkąd wróciliśmy do Londynu. Odłożyliśmy wyjazd do Szkocji, żeby upewnić się, że wszystko u ciebie w porządku.

Hrabina odchrząknęła, przyciągając ich uwagę. — Marianne, może ty przemówisz mojej córce do rozsądku. Odmawia rozważenia propozycji lorda Weatherby'ego i obawiam się, że snuje jakieś głupie plany ucieczki.

Brwi Marianne uniosły się w zdziwieniu. — Ucieczki? Dokąd?

Clarissa zawahała się, nagle niepewna, ile powinna wyjawić. Ale ciepło i troska w oczach Marianne dodały jej odwagi. — Do Portugalii — przyznała, jej głos był ledwie szeptem. — Do Rafaela.

Oczy Marianne rozszerzyły się, spojrzała na hrabinę, która wyglądała na absolutnie zbulwersowaną. — Clariso — powiedziała Marianne łagodnie, biorąc dłonie przyjaciółki w swoje — rozumiem twoje uczucia do kapitana de Silvy, ale musisz to przemyśleć. Ucieczka zrujnowałaby twoją reputację, a także reputację twojej rodziny.

Clarissa wyrwała dłonie, a w jej piersi wzbierała frustracja. — A co z moim szczęściem, Marianne? Czy mam je poświęcić w imię przyzwoitości i opinii innych?

Hrabina podeszła bliżej, a jej głos był surowy. — Clariso, wystarczy. Wypełnisz swój obowiązek jako córka tej rodziny i przyjmiesz oświadczyny lorda Weatherby'ego. Nie będzie więcej mowy o Portugalii ani o kapitanie de Silvie. Marianne. — Hrabina skinęła głową w stronę drzwi, dając jasno do zrozumienia, że nie zamierza zostawiać ich samych, prawdopodobnie nie ufając Marianne.

Rzeczywiście, pomyślała Clarissa, błagałaby Marianne, żeby pomogła jej uciec, gdyby tylko mogła.

Marianne rzuciła Clarissie bolesne spojrzenie, zanim niechętnie odeszła. Hrabina poszła za nią, zamykając drzwi ze stanowczym kliknięciem, a Clarissa opadła na brzeg łóżka, jej ramiona opadły w geście porażki.

Nie, pomyślała, Marianne nie pomoże mi uciec. To byłoby zbyt wiele. Ale może... może wysłałaby list?

— Mogę napisać do Rafaela — powiedziała Clarissa na głos, ocierając łzy z oczu i z uporem zaciskając szczękę. — Nigdy nie miałam okazji powiedzieć mu, co do niego czuję. Jeśli się dowie... może... — Może go to nie obejdzie. Tyle razy myślała, że jest o krok od zapytania, ale nigdy tego nie zrobił. Cóż. Wyprostowała ramiona. Kto nie ryzykuje, ten nie pije szampana.

Podeszła do swojego biurka i wyjęła arkusz papieru i pióro.

Mój najdroższy Rafaelu, napisała. *Obawiam się, że popełniłam straszny błąd, opuszczając Portugalię, opuszczając ciebie. Każdego dnia marzę o życiu, jakie moglibyśmy mieć, o miłości, którą moglibyśmy się dzielić* .Słowa wylewały się z niej potokiem tęsknoty i rozpaczy. Opowiedziała Rafaelowi o swojej niedoli, o pustce, jaką odczuwała bez niego u boku. Wyznała mu miłość, swoje marzenia o wspólnej przyszłości, z dala od ograniczeń angielskiego społeczeństwa.

Clarissa przycisnęła skończony list do piersi, a jej serce biło szybko z mieszaniny strachu i oczekiwania. Wiedziała, że podejmuje ogromne ryzyko, sprzeciwiając się rodzicom i oczekiwaniom społeczeństwa, ale myśl o życiu bez Rafaela była nie do zniesienia. Jak najszybciej odda list w ręce Marianne i zaufa, że ciotka go dla niej wyśle.

Drżącymi dłońmi otworzyła szufladę komody i ostrożnie włożyła list do środka, ukrywając go pod stosem chusteczek. To było jej ostatnie ogniwo łączące ją z Rafaelem, namacalny dowód miłości i namiętności, które dzielili.

Nagłe pukanie do drzwi wyrwało Clarissę z zamyślenia. — Clariso, musisz się przygotować. Wychodzimy za godzinę! — To był głos jej matki, zabarwiony niecierpliwością.

— Tak, mamo — odkrzyknęła Clarissa, wiedząc, że na razie musi zachować pozory uległości. Wzięła głęboki oddech, przygotowując się na nadchodzący wieczór i zadzwoniła dzwonkiem na swoją pokojówkę.

Bal był wielkim wydarzeniem, sala balowa lśniła w blasku świec i wypełniona była gwarem londyńskiej elity. Clarissa poruszała się w tłumie, wymieniając uprzejme pozdrowienia i wymuszone uśmiechy, ale sercem była daleko. Jej myśli krążyły wokół Rafaela i listu ukrytego w jej komodzie.

— Ach, tu jesteś, moja droga. — Obleśny głos lorda Weatherby'ego przebił się przez zgiełk, a Clarissa stłumiła dreszcz, gdy wziął ją za rękę, a jego wilgotne palce objęły jej dłoń. — Czekałem na taniec z tobą przez cały wieczór.

Clarissa desperacko rozejrzała się po sali w poszukiwaniu ucieczki, ale surowe spojrzenie ojca napotkało jej wzrok z drugiego końca sali balowej. Wiedziała, czego od niej oczekuje, znała presję, pod jaką się znajdował, by zabezpieczyć jej przyszłość.

Ale gdy lord Weatherby poprowadził ją na parkiet, a jego dłoń zaborczo oplotła jej talię, Clarissa poczuła, że coś w niej pękło. Nie mogła tego zrobić, nie mogła udawać kogoś, kim nie jest, nie mogła pogodzić się z życiem w nędzy i żalu.

— Przepraszam, nie mogę — wysapała, wyrywając się z uścisku lorda Weatherby'ego. Ignorując jego zduszone protesty i wściekłe spojrzenie ojca, uniosła spódnice i uciekła z sali balowej z łzami spływającymi po twarzy.

Biegła na oślep przez korytarze, z sercem walącym w uszach, aż znalazła się w cichej wnęce, ukrytej przed wzrokiem. Opadła na podłogę, chowając twarz w dłoniach, a jej ciałem wstrząsał szloch.

— Tu jesteś — powiedział cichy głos, a zapach jaśminu otoczył ją, gdy Marianne, olśniewająca w sukni z połyskującego szmaragdowego jedwabiu, przykucnęła obok niej. — Chodź, najdroższa. Alex czeka z naszą karetą. Pozwól, że zabiorę cię do domu.

Do domu. Jedynym domem, jakiego pragnęła, był walący się zamek na portugalskim klifie, u boku jedynego mężczyzny, który na zawsze zawładnął jej sercem. Zrezygnowana Clarissa pozwoliła Marianne pomóc sobie wstać i poprowadzić się na zewnątrz, gdzie czekała na nich kareta Glenkellie.

— Poinformuję twoich rodziców, że Marianne zabrała cię do domu — powiedział cicho Alex, pomagając jej wsiąść do karety, z twarzą pełną współczucia.

Clarissa mogła tylko skinąć głową, wdzięczna, ale rozumiejąc, że to cała pomoc, jaką mogli jej zaoferować. W milczeniu wpatrywała się w okno, nie widząc, jak kareta toczy się przez ciemne ulice, nieświadoma zmartwienia na twarzy Marianne, gdy ciotka ją obserwowała.

Gdy kareta zatrzymała się przed rezydencją Creightonów, Clarissa zwróciła się do ciotki.

— Marianne, potrzebuję twojej pomocy. Muszę wysłać list. Czy wyślesz go dla mnie dyskretnie?

Oczy Marianne rozszerzyły się ze zdziwienia, ale bez wahania skinęła głową. — Oczywiście, moja droga. Wiesz, że zawsze możesz na mnie liczyć. Ale co to za list? I do kogo go wysyłasz?

Clarissa wzięła głęboki oddech, przygotowując się do wyznania. — Do Rafaela, Marianne. Kocham go, prawdziwie i głęboko, i nie mogę znieść myśli o utracie go na zawsze. Muszę mu powiedzieć, co czuję, nawet jeśli oznacza to sprzeciwienie się ojcu i zaryzykowanie wszystkiego.

Wyraz twarzy Marianne złagodniał i sięgnęła, by ująć dłonie Clarissy w swoje. — Och, moja kochana dziewczyno. Rozumiem. Miłość to cenna rzecz i warto o nią walczyć. Daj mi list, a ja dopilnuję, by bezpiecznie do niego dotarł.

Clarissa poczuła przypływ wdzięczności i uczucia dla ciotki. Pospiesznie wbiegła do swojego pokoju, przyniosła list i wcisnęła go w dłonie Marianne, a pojedyncza łza spłynęła po jej policzku. — Dziękuję ci, Marianne. Dziękuję za wszystko.

Gdy Marianne wymknęła się z listem ukrytym w fałdach spódnicy, Clarissa poczuła, jak w jej sercu zapala się iskierka nadziei. Zrobiła pierwszy krok, odważyła się sięgnąć po miłość, której tak desperacko pragnęła. Teraz mogła tylko czekać i modlić się, aby Rafael odpowiedział na jej wezwanie, aby przybył po nią i porwał ją do życia pełnego namiętności i przygód, z dala od duszących ograniczeń londyńskiego społeczeństwa.

W wyobraźni widziała statek Rafaela, Santa Dorotéia, przecinający fale, z żaglami wydętymi na wietrze. Wyobrażała sobie, jak stoi obok niego na pokładzie, a słona bryza całuje jej twarz, a ciepły wiatr plącze jej włosy.

W jej marzeniach popłynęliby do Portugalii, do walącego się zamku i zaniedbanej winnicy, które były dziedzictwem Rafaela. Razem przywróciliby posiadłości jej dawną świetność, wlewając swoją miłość i poświęcenie w każdy kamień i każdą winorośl. Widziała siebie spacerującą ręką w rękę z Rafaelem przez zalane słońcem winnice, śmiejąc się i rozmawiając, dzieląc się nadziejami i marzeniami.

Nocą udawaliby się do swoich komnat, gdzie Rafael brałby ją w ramiona i kochał z pasją, która rozpalałaby jej duszę. Oddałaby mu się w pełni, ciałem i sercem, i razem stworzyliby życie wypełnione radością i celem, z dala od płytkich intryg i drobnych skandali angielskiej arystokracji.

Clarissa westchnęła, a jej serce bolało z tęsknoty. To było piękne marzenie. Ale czy było naprawdę możliwe? Czy naprawdę mogłaby porzucić wszystko, co znała, sprzeciwić się rodzinie i obowiązkom w imię miłości?

Clarissa zamknęła oczy, pozwalając, by sen ją ogarnął, napełniając ją dziką, niezachwianą determinacją. Tak, pomyślała. Tak, przyjdę do ciebie, mój ukochany. Stawię czoła każdej burzy, pokonam każdą przeszkodę, by być z tobą. I razem stworzymy miłość, która przetrwa wieki, miłość, która nigdy nie umrze.

ROZDZIAŁ OSIEMNASTY

TORRE DO ROCHADO NIE widziało tak hucznych uroczystości od dekad. Zamek z okazji ślubu Isabelli był wypełniony po brzegi kwiatami i świętującymi gośćmi.

Muzyka przybrała na sile, gdy Isabella i jej świeżo poślubiony mąż, Mario, Conte di Bardolino, wyszli na parkiet, by zatańczyć swój pierwszy taniec jako mąż i żona. Rafael obserwował z boku, dotkliwie świadomy pustego miejsca obok, które powinna zajmować Clarissa.

Gdy szczęśliwa para przemknęła obok w tańcu, Isabella napotkała jego wzrok, a jej promienny uśmiech ustąpił miejsca współczującemu grymasowi. Pochyliła się do Mario i szepnęła mu coś do ucha. Kiwnął głową i z gracją sprowadził ją z parkietu. Chwilę później Isabella maszerowała już w stronę Rafaela z rękami na biodrach, a jej nowy mąż podążał za nią z rozbawioną miną.

— Co ty robisz, *fratello mio*? Dlaczego nie tańczysz?

Rafael westchnął i pociągnął łyk wina. — Obawiam się, że nie jestem w nastroju do tańca. Nie pozwól, by mój zły humor zepsuł ci ten dzień, moja droga.

— Tęskni za Clarissą, jak sądzę — rzekł Mario ze śmiechem.

— Och, Rafa — Isabella potrząsnęła głową. — Czy ty nie widzisz? Biedaczka jest w tobie zakochana! A ty pozwoliłeś, by twoja głupia męska duma stanęła wam na drodze.

— Zakochana we mnie? — prychnął Rafael. — Raczej nie. Przecież wyjechała!

— Mężczyźni! Szczerze mówiąc, czasami jesteście tacy ślepi. — Isabella chwyciła go za ramię, a jej uścisk był zaskakująco silny jak na tak drobną osobę. — Posłuchaj mnie, Rafaelu. Ta dziewczyna patrzyła na ciebie tak jak... tak jak mama patrzyła na tatę. Wyjechała tylko dlatego, że nie poprosiłeś jej, żeby została!

Czy to mogła być prawda? Czy całkowicie źle odczytał sytuację z Clarissą? Ta myśl napełniła go w równej mierze uniesieniem i przerażeniem.

Jeśli zniszczył wszystko swoimi pochopnymi słowami i samolubnymi założeniami... Mój Boże, nigdy by sobie tego nie wybaczył. Musiał to naprawić, do diabła z dumą. Nawet jeśli go odrzuci, musiał spróbować.

Rafael odstawił kieliszek i pocałował Isabellę w policzek. — *Grazie, sorella*. Dałaś mi wiele do myślenia.

Uśmiechnęła się i poklepała go po twarzy. — Idź do niej, Rafa. Walcz o miłość, na którą zasługujesz.

— Nie martw się o posiadłość — wtrącił Mario. — Isabella i ja dopilnujemy wszystkiego pod twoją nieobecność.

Ulgę i wdzięczność Rafael odczuł z tą samą mocą. — Dziękuję ci, bracie. Twoje wsparcie znaczy więcej, niż potrafię wyrazić słowami.

Z nową determinacją Rafael rozpoczął przygotowania do podróży. Gdy pakował kufer, w głowie kłębiły mu się myśli. A co, jeśli Clarissa nie zechce go widzieć? A co, jeśli jej uczucia się zmieniły? Nie, nie mógł sobie pozwolić na takie myślenie. Odzyska ją, bez względu na cenę.

Gdy powóz oddalał się od skąpanych w słońcu winnic jego ojczyzny, serce Rafaela przepełniała nadzieja i niepokój. Wpływał na nieznane wody, ale dla Clarissy był gotów stawić czoła każdej burzy. Anglia i pragnienie jego serca czekały.

Powóz szarpnął i zatrzymał się przed elegancką londyńską kamienicą, której fasada lśniła nieskazitelną bielą na tle szarego, mglistego nieba. Rafael wysiadł, a serce waliło mu w piersi, gdy zbliżał się do drzwi. Zastukał mosiężną kołatką, a dźwięk odbił się echem na cichej ulicy.

Chwilę później drzwi otworzyły się na oścież, ukazując wytwornego kamerdynera. — W czym mogę panu pomóc? — Przeszył Rafaela wzrokiem, a jego czoło zmarszczyło się, gdy spojrzał na znoszone ubranie podróżne Rafaela. — Nie wydaje mi się...

— Muszę natychmiast rozmawiać z markizem i markizą Glenkellie — przerwał mu Rafael, a jego głos był stanowczy i pełen determinacji.

— Sprawdzę, czy przyjmują, sir. Pańska wizytówka?

Rafael zamrugał. — Ach... nie mam wizytówki. Proszę im powiedzieć, że przyszedł Rafael de Silva.

— Doskonale, sir. — Kamerdyner wprowadził go do środka, prowadząc go do dobrze urządzonego salonu i zostawiając go samego z miną sugerującą, że spodziewa się, iż Rafael mógłby położyć brudne buty na kanapie, gdyby został bez nadzoru na zbyt długo.

Minęła zaledwie minuta, gdy drzwi otworzyły się z hukiem, ukazując Marianne i Alexa, których twarze wyrażały mieszaninę szoku i radości.

— Rafael! — wykrzyknęła Marianne, podbiegając, by go uściskać. — Co ty tu, u licha, robisz?

Alex uścisnął jego dłoń, a w jego oczach błysnęło rozbawienie. — Muszę przyznać, że to niespodzianka, mój przyjacielu. Myślałem, że doglądasz swojej posiadłości w Portugalii.

Rafael przeczesał włosy dłonią, nagle czując się skrępowany. — Owszem, ale zdałem sobie sprawę... Zdałem sobie sprawę, że nie mogę pozwolić Clarissie odejść bez walki.

Twarz Marianne złagodniała, a w jej oczach pojawiło się zrozumienie. — Och, Rafaelu. Miałam nadzieję, że pójdziesz po rozum do głowy.

Wskazała mu gestem, by usiadł, a jej mina spoważniała. — Muszę ci powiedzieć, że Clarissa napisała do ciebie zaledwie kilka dni temu. Sama wysłałam ten list.

Serce Rafaela podskoczyło, a w jego piersi zapłonął promyk nadziei. — Napisała do mnie? Co napisała?

Marianne potrząsnęła głową, a jej rude loki podskoczyły. — Przykro mi, Rafaelu. Nie moja rola czytać jej korespondencję. Ale mogę ci powiedzieć jedno: jest nieszczęśliwa od powrotu do Anglii. Jej ojciec jest zdeterminowany, by ją wydać za mąż, ale ona odrzuca każdego kandydata, którego jej przedstawia.

Alex pochylił się, a jego spojrzenie stało się intensywne. — Rafaelu, jeśli naprawdę ją kochasz, musisz działać natychmiast. Jej ojciec z dnia na dzień staje się coraz bardziej natarczywy.

Rafael kiwnął głową, a determinacja spłynęła na niego niczym płaszcz. — Kocham ją, każdym włóknem mego jestestwa. I nie spocznę, dopóki nie będzie moja.

Wstał, prostując się dumnie. — Złożę jej wizytę jutro i będę się modlił, by zechciała mnie przyjąć. Ale najpierw muszę znaleźć lokum i doprowadzić się do porządku.

Marianne machnęła ręką, zbywając jego obawy. — Nonsens, zatrzymasz się u nas. Mamy aż nadto miejsca i nalegam na to. Jesteś naszym honorowym gościem. To najmniej, co możemy zrobić, by odwdzięczyć się za wspaniałą gościnność, jaką okazałeś nam w Portugalii!

Wdzięczność wezbrała w piersi Rafaela, rozgrzewając go od środka. — Dziękuję wam obojgu. Wasza przyjaźń jest dla mnie wszystkim.

Gdy podążał za nagle znacznie bardziej gościnnym kamerdynerem do swojej komnaty, umysł Rafaela pędził w oczekiwaniu. Jutro złoży swoje serce u stóp Clarissy, żywiąc wbrew wszystkiemu nadzieję, że ona je przyjmie. Na razie mógł się tylko modlić i marzyć o chwili, w której znów obejmie ją ramionami.

Ledwo przekroczył próg, gdy za plecami usłyszał głos Alexa, który zmusił go do odwrócenia się.

— Słuchaj, Rafaelu... nie planowaliśmy iść, ale dziś wieczorem jest bal, a Marianne uważa, że Clarissa tam będzie. Chciałbyś pójść? W przeciwnym razie możesz odwiedzić ją jutro w jej domu.

— Ale mogą mnie do niej nie wpuścić — rzekł Rafael, myśląc szybko. — Jednak hrabia nie może mi zabronić rozmowy z nią publicznie. Tak, Alex, bardzo chciałbym pójść, jeśli to możliwe.

— Zaraz napiszę liścik do gospodyni, informując ją, że przyprowadzimy gościa. — Alex błysnął uśmiechem. — Zaletą bycia markizem jest to, że ludziom bardzo trudno jest odmawiać, nawet jeśli zgłaszasz nierozsądne prośby! Czy masz odpowiednie ubranie? W przeciwnym razie śmiem twierdzić, że moje garnitury będą na ciebie pasować...

— Mam odpowiednie ubranie — odparł Rafael. — W końcu wciąż jestem oficerem portugalskiej marynarki wojennej.

— Mundur wojskowy jest zawsze do przyjęcia. — Alex skłonił głowę. — Poślę mojego człowieka, żeby pomógł ci się wykąpać i ogolić!

Serce Rafaela biło jak szalone, gdy wchodził do lśniącej sali balowej, a jego oczy przeszukiwały tłum w poszukiwaniu Clarissy. Morze nieznajomych twarzy i bogate otoczenie londyńskiego balu towarzyskiego były dalekie od pokładu jego statku, ale poruszał się po tym nowym świecie z tą samą determinacją, która dobrze mu służyła na pełnym morzu.

I wtedy ją zobaczył.

Clarissa stała po drugiej stronie sali, olśniewająca w sukni z bladoniebieskiego jedwabiu, która podkreślała jej delikatne rysy i muśnięte słońcem włosy. Jakby wyczuwając jego obecność, odwróciła się, a ich oczy spotkały się ponad zatłoczoną salą balową. W tej chwili reszta świata przestała istnieć i była tylko ona.

Rafael przedzierał się przez tłum, nie spuszczając wzroku z twarzy Clarissy. Gdy się zbliżał, widział grę emocji na jej rysach — zaskoczenie, radość i głębię uczuć, która zaparła mu dech w piersiach. W tamtej chwili wiedział bez cienia wątpliwości, że go kocha, tak samo jak on kochał ją.

— Clarissa — szepnął, biorąc jej dłoń w swoją. — Czy mogę prosić o ten taniec?

Kiwnęła głową, najwyraźniej niezdolna do mówienia, a on poprowadził ją na parkiet. Gdy poruszali się razem w idealnej harmonii, Rafael zachwycał się uczuciem jej obecności w swoich ramionach, sposobem, w jaki jej dłoń idealnie pasowała do jego. Nigdy nie czuł się tak żywy jak w tej chwili z Clarissą.

— Myślałam, że już nigdy cię nie zobaczę — szepnęła Clarissa, a jej głos drżał z emocji.

Rafael mocniej ją przytulił, a jego serce ścisnęło się na myśl o bólu, jaki jej zadał. — Tak mi przykro, moja miłości. Byłem głupcem, pozwalając, by moja duma i zazdrość stanęły między nami. Ale teraz tu jestem i już nigdy cię nie opuszczę.

Oczy Clarissy lśniły od powstrzymywanych łez. — Czy naprawdę tak myślisz, Rafaelu?

Kiwnął głową, a jego spojrzenie było intensywne i niezachwiane. — Kocham cię, Clarissa. Kocham cię od chwili, gdy cię pierwszy raz ujrzałem, i będę cię kochał aż do ostatniego tchnienia. Proszę, powiedz mi, że czujesz to samo.

Jej następne słowa rozpaliły jego serce.

— Tak, Rafaelu. Kocham cię bardziej, niż kiedykolwiek sądziłam, że to możliwe. Ale... — zawahała się, a troska zmarszczyła jej czoło. — Moi rodzice nigdy nie zaaprobują naszego związku. Są zdeterminowani, bym poślubiła lorda Weatherby'ego.

Rafael ujął jej policzek, a kciukiem delikatnie otarł zabłąkaną łzę. — Przezwyciężę ich sprzeciw, moja miłości, w jakikolwiek sposób będę musiał. Udowodnię im, że jestem godzien twojej ręki, że moja miłość do ciebie jest szczera i niezachwiana.

Clarissa oparła się o jego dłoń, czerpiąc siłę z jego przekonania. — Wierzę w ciebie, Rafaelu. Razem możemy stawić czoła wszystkiemu.

Hrabia Creighton siedział sztywno za biurkiem, a jego oczy zwęziły się, gdy Rafael wszedł do gabinetu. — Kapitanie de Silva — rzekł chłodno. — Czemu zawdzięczam tę... niespodziewaną wizytę?

Rafael bez lęku spojrzał hrabiemu w oczy, wyprostowany i dumny. — Panie, przybyłem prosić o rękę pańskiej córki.

Twarz hrabiego przybrała alarmujący odcień czerwieni, a pięści zacisnęły się po bokach. — Chyba pan nie mówi poważnie! Clarissę czeka znacznie lepszy los niż spłukany kapitan portugalski z rozpadającym się zamkiem i kilkoma nędznymi winnicami na swoje nazwisko.

Szczęka Rafaela zacisnęła się, ale nie dał się sprowokować. — Być może nie mam bogactwa ani tytułów, panie, ale mam coś o wiele cenniejszego: moją miłość do pańskiej córki. Jest powietrzem, którym oddycham, światłem, które prowadzi mnie przez ciemność. Bez wahania oddałbym za nią życie.

Hrabia prychnął, a jego warga wykrzywiła się w pogardzie.
— Piękne słowa, kapitanie, ale nic nie znaczą w obliczu
twardej rzeczywistości. Clarissa zasługuje na męża, który
będzie w stanie ją utrzymać, który da jej życie, do jakiego
została stworzona. A pan nie jest tym człowiekiem.

Serce Rafaela waliło w piersi, a przez jego żyły przepływała
mieszanina gniewu i frustracji. Stawiał czoła korsarzom
i walczył z wzburzonym morzem, ale nic nie mogło go
przygotować na zjadliwą odmowę hrabiego. — Pan nie
docenia swojej córki, panie — powiedział niskim, inten-
sywnym głosem. — Clarissa nie jest jakimś delikatnym
kwiatkiem, który trzeba rozpieszczać i chronić. To kobieta
silna i odważna, z sercem wielkim jak ocean.

Oczy hrabiego błysnęły gniewem. — Za dużo pan sobie
pozwala, kapitanie. Nie będę tu stał i słuchał, jak pan mówi
o mojej córce, jakby znał ją pan lepiej ode mnie. A teraz
sugeruję, żeby pan wyszedł, zanim każę pana wyrzucić.

Dłonie Rafaela zacisnęły się w pięści, a chęć wybuchu była
niemal nie do opanowania. Wiedział jednak, że przemoc
niczego nie rozwiąże. Z sztywnym ukłonem odwrócił się
na pięcie i wyszedł z pokoju, a jego buty odbijały się echem
na wypolerowanej podłodze.

Gdy wyszedł na rześkie londyńskie powietrze, umysł
Rafaela pędził, rozważając konsekwencje słów hrabiego.
Jakim cudem miał przekonać tego człowieka do rozsądku?
Do zrozumienia, że jego miłość do Clarissy jest czysta i
prawdziwa, nieskażona troską o bogactwo czy status?

Pogrążony w myślach, Rafael ledwo zauważył powóz podjeżdżający do krawężnika, dopóki nie zawołał go znajomy głos. — Rafael?

Spojrzał w górę i zobaczył Marianne i Alexa, których twarze malowała troska. — Przyszedłem prosić o rękę Clarissy — powiedział zachrypniętym z emocji głosem. — Ale hrabia... odmówił mi wprost. Powiedział, że jestem jej niegodzien.

Oczy Marianne rozszerzyły się, a dłoń pofrunęła do jej ust. — Och, Rafaelu... tak mi przykro. Ale z pewnością musi przemówić do niego rozsądek! W końcu Clarissa zawdzięcza ci życie.

Alex kiwnął głową na znak zgody, a jego czoło zmarszczyło się w zamyśleniu. — Oczywiście. A pański charakter jest bez zarzutu. Hrabia nie może mieć na tym polu żadnych zastrzeżeń.

Rafael potrząsnął głową, a z jego ust wyrwał się gorzki śmiech. — Nie doceniacie uporu tego człowieka. Jest zdeterminowany, by wydać Clarissę za jakiegoś bogatego lorda, bez względu na jej własne uczucia w tej sprawie.

Marianne wymieniła spojrzenie z mężem, a w jej oku pojawił się zdecydowany błysk. — Zobaczymy. Chodź, Alex... musimy sami porozmawiać z hrabią. Z pewnością posłucha rozsądku, jeśli usłyszy go od nas.

Gdy zniknęli w domu, Rafael mógł się tylko modlić, by ich słowa wystarczyły, by poruszyć serce hrabiego. Wiedział bowiem, że bez Clarissy u boku jego własne życie będzie

tylko pustą skorupą, pozbawioną wszelkiego światła i
radości.

Hrabia siedział w swoim gabinecie z kamiennym wyrazem
twarzy, gdy wprowadzono Marianne i Alexa. Ledwo spojrzał znad swoich papierów, a jego głos był zimny, gdy się
odezwał. — Przypuszczam, że jesteście tu, by wstawić się
za tym... cudzoziemcem.

Marianne najeżyła się na pogardę w jego tonie, ale
zachowała spokój, odpowiadając. — Rafael to dobry
człowiek, panie. Z pewnością musi pan to widzieć. Ocalił
życie pańskiej córki, z wielkim ryzykiem dla własnego. A
jego charakter jest bez zarzutu.

Hrabia prychnął, w końcu podnosząc wzrok, by spotkać
się z jej spojrzeniem. — Charakter? Cóż znaczy charakter, skoro nie ma tytułu, nie ma fortuny, o której warto
by mówić? Clarissa zasługuje na kogoś lepszego niż jakiś
spłukany szlachcic z obcego kraju.

Alex wystąpił naprzód, a jego głos również był stanowczy.
— Rafael może nie mieć bogactwa ani tytułu, ale ma coś
o wiele cenniejszego: honor i serce, które bije tylko dla
pańskiej córki. Czy nie widzi pan, jak bardzo się kochają?

Ale hrabia tylko potrząsnął głową, a jego szczęka była up-
arcie zaciśnięta. — Miłość? Co znaczy miłość w obliczu
praktyczności? Clarissa poślubi lorda Weatherby'ego i to

jest ostateczna decyzja. Nie chcę już słuchać żadnych argumentów w tej sprawie.

Marianne wymieniła z Alexem bezradne spojrzenie, a jej serce zamarło. Wyglądało na to, że hrabia był zdeterminowany pozostać ślepym na prawdę, bez względu na to, jak jasno mu ją przedstawiono.

Gdy wychodzili, Marianne mogła tylko mieć nadzieję, że w jakiś sposób Rafael i Clarissa znajdą sposób, by być razem. Zbyt dobrze znała ból odrzuconej miłości i nie życzyłaby takiego losu nikomu.

ROZDZIAŁ
DZIEWIĘTNASTY

ZDUSZONE SZEPTY PODĄŻAŁY ZA Rafaelem niczym rój kąsających much, gdy tylko wszedł do sali balowej lorda Moncrieffe'a. Ozdobne żyrandole oświetlały drwiny na upudrowanych twarzach i arystokratyczne nosy zadarte na jego widok.

— Portugalski kapitan w naszych kręgach? Co za czelność! — zachichotała lady Dunmore zza wachlarza.

— Słyszałem, że to praktycznie chłop. I bez grosza przy duszy — dodał lord Talbot z pogardliwym prychnięciem.

Rafael zniósł ich szyderstwa z podniesioną głową, choć wewnątrz płonął z oburzenia. Chłop? Gdyby tylko wiedzieli, jaki ciężar odpowiedzialności nosił, ile istnień od niego zależało. Lecz nie było im dane tego zrozumieć. Był tu dla Clarissy i tylko dla niej.

Jakby wywołana jego myślami, Clarissa pojawiła się przed nim, promieniejąca w sukni z połyskującego srebra. Jej uśmiech był wymuszony, ale oczy tańczyły wyzywająco.

— Kapitanie de Silva, tak się cieszę, że mogłeś przyjść.

— Lady Clarissa. — Skłonił się głęboko, świadom dziesiątków par oczu śledzących każdy jego ruch. — Cała przyjemność po mojej stronie.

Pochyliła się, ściszając głos do konspiracyjnego szeptu. — Nie zwracaj na nich uwagi, Rafaelu. Ich opinie są równie nietrwałe co morska piana.

Nie mógł powstrzymać śmiechu, podziwiając jej ducha. — I równie łatwo rozwiewane przez wiatr. Może damy im prawdziwy powód do rozmów?

Rafael wyciągnął dłoń w otwartym zaproszeniu. Uśmiech Clarissy rozkwitł niczym wschód słońca, gdy wsunęła swoje odziane w rękawiczkę palce w jego dłoń. Gdzieś w tle ten moment podkreśliło zgorszone westchnienie.

Prowadząc ją na parkiet, Rafael dostrzegł hrabinę z zaciśniętymi w dezaprobacie ustami. Bez wątpienia to ona zaaranżowała ten pokaz pogardy. Ale nawet jej machinacje nie mogły zachwiać jego determinacją. Dla Clarissy przetrwałby każdą burzę.

W powietrzu uniosły się pierwsze takty walca. Rafael przyciągnął Clarissę blisko, rozkoszując się jej ciepłem przez warstwy jedwabiu i koronki. Tu, w kręgu jego ramion, reszta świata zniknęła. Żadne plotkujące języki ani uniesione brwi nie mogły ich dosięgnąć.

Niech szepczą, pomyślał, gdy zaczęli tańczyć. Niech drwią i szydzą. Jego serce znało prawdę, a to wystarczyło. Wystarczyło, by znieść tysiąc małostkowych upokorzeń.

Gdy wirowali po lśniącym parkiecie, oczy Clarissy zalśniły psotnie. — Wydaje mi się, że wywołaliśmy niezłe poruszenie.

— W istocie. Obawiam się, że hrabina może zemdleć z powodu tej całej niestosowności.

Roześmiała się, a dźwięk ten był w jego uszach jak bąbelki szampana. — Och, mama to przeżyje. Chociaż podejrzewam, że później czeka mnie reprymenda.

Czoło Rafaela zmarszczyło się. — Nie cierpię być powodem sporów między wami.

— Nonsens. — Palce Clarissy zacisnęły się na jego ramieniu. — Nie pozwolę nikomu dyktować mojemu sercu. Nawet własnej matce.

Duma wezbrała w nim. Ta odważna, piękna kobieta wybrała jego, niech piekło pochłonie pogardę towarzystwa. Czuł się tym zarówno onieśmielony, jak i uskrzydlony.

Ostatnie nuty walca ucichły, a rzeczywistość powróciła niczym zimna fala. Rafael z ociąganiem cofnął się, już opłakując utratę jej dotyku.

Ledwie się rozstali, a nadciągnęła hrabina, z twarzą niczym chmura gradowa. — Clarissa, słowo, jeśli pozwolisz.

Clarissa ścisnęła jego dłoń, składając cichą obietnicę, po czym ruszyła za matką do cichej wnęki. Rafael patrzył, jak odchodzą, przygotowując się na nadchodzącą bitwę.

Głos hrabiny, choć przyciszony, niósł się w ciszy. — Czyś ty rozum postradała? Afiszować się z tym... z tym nikim?

— On nie jest nikim. — Ton Clarissy mógłby przeciąć szkło. — To dobry, honorowy człowiek.

— Jest poniżej ciebie! — Zirytowanie hrabiny było słyszalne w szeleście jej spódnic. — Marnujesz swoją przyszłość, reputację…

— Moją reputacją będę ryzykować sama.

Serce Rafaela omal nie pękło z dumy. W tej chwili wiedział z oślepiającą pewnością, że będzie kochał tę kobietę aż do ostatniego tchnienia.

Kroki hrabiego Creighton rozbrzmiewały niczym wystrzały, gdy maszerował w stronę Rafaela z twarzą pocętkowaną ze złości. — Pan tam. De Silva.

Rafael odwrócił się, prostując ramiona. — Milordzie.

— Nie będę owijał w bawełnę. — Oczy hrabiego były jak krzemień. — Niech się pan trzyma z dala od mojej córki, albo dopilnuję, żeby znalazł się pan na pierwszym statku z powrotem do Portugalii. Na stałe.

Groźba zawisła w powietrzu, ostra jak ostrze. Rafael stawił jej czoła ze spokojnym spojrzeniem. — Z całym szacunkiem, milordzie, nie mogę tego zrobić.

— Nie może pan? — wykrztusił hrabia. — Zapomina pan o swoim miejscu, sir.

— Nie. — Głos Rafaela był spokojny, niewzruszony. — Znam swoje miejsce. Jest u boku Clarissy, dopóki będzie mnie chciała.

Pięści hrabiego zacisnęły się, jego kłykcie zbielały. — Nigdzie pana nie będzie chciała, kiedy ja z tym skończę. Nie pozwolę, by została zrujnowana przez kogoś takiego jak pan.

Serce Rafaela waliło jak młotem, ale on stał twardo. — Nigdy bym jej nie zrujnował. Kocham ją bardziej niż własne życie.

— Miłość? — zadrwił hrabia. — A co miłość ma z tym wspólnego? Jest pan gołym jak święty turecki cudzoziemcem, nikim. Nic pan nie wnosi do tego związku.

Nic, prócz mojego serca, pomyślał Rafael. *I mojego honoru, cokolwiek jest on wart w tym lśniącym świecie pozorów.*

Głośno powiedział: — Wnoszę moje oddanie, moją lojalność. Będę niestrudzenie pracował, by zapewnić Clarissie życie, na które zasługuje.

— Piękne słowa — prychnął na niego hrabia. — Niewiele będą znaczyć, gdy będziecie głodować w rynsztoku.

Rafael uniósł podbródek, jego determinacja stwardniała. — Nie sprzeniewierzę się swoim wartościom ani dla statusu, ani dla aprobaty. Jeśli muszę udowodnić swoją wartość, zrobię to poprzez czyny, a nie przez uginanie się pod dyktando mody.

Twarz hrabiego pociemniała do purpury. — W takim razie niech pan udowadnia to z Portugalii. Jeszcze raz postawi pan stopę w pobliżu Clarissy, a dopilnuję, by pana wygnano. To obietnica.

Po tych słowach odwrócił się na pięcie i odszedł, zostawiając Rafaela samego w lśniącej sali balowej, z przyszłością wiszącą na włosku.

— Nie zważaj na Arthura. — Odwrócił się i ujrzał uśmiechającą się do niego Marianne. — On więcej szczeka, niż gryzie. Zamierzam przypomnieć mu, co się stało ostatnim razem, gdy próbował interweniować w sprawach sercowych.

— A cóż takiego się stało, lady Glenkellie? — Skinęła mu, by poprowadził ją na parkiet, a on uczynił to, ignorując pełne dezaprobaty spojrzenia tych, którzy uważali, że nie godzien jest tańczyć z markizą.

— Łabędź — odparła tajemniczo Marianne, chichocząc na widok jego zdezorientowanej miny. — Powiem tylko, że boska sprawiedliwość została wymierzona, a Arthur stał się dzięki temu lepszym człowiekiem – w większości. Zostaw mi jego i Lavinię. Alex zabierze cię do swojego klubu i przedstawi kilku wpływowym dżentelmenom, których dobra opinia będzie miała wielką wagę w towarzystwie.

— A mianowicie? — zapytał Rafael z lekkim powątpiewaniem.

— Starszym rangą wojskowym, którzy nie zawracają sobie głowy takimi bzdurami. — Marianne machnęła ręką wokół nich, gestem pogardy dla fanaberii i plotek, którym oddawali się otaczający ich ludzie. — Mężczyznom, którzy zrozumieją i uszanują dokładnie to, kim jesteś, przez co przeszedłeś i z jakimi wyzwaniami się teraz mierzysz, ponieważ wielu z nich walczyło w kampanii na Półwyspie Iberyjskim. Zobaczysz.

Nie podobało mu się, że musiał powierzyć los swój i Clarissy innym, ale Marianne od początku wspierała jego starania. Skłonił się jej na koniec tańca i szczerze podziękował.

— Cała przyjemność po mojej stronie. A teraz... oto moja przyjaciółka, lady Havers... Ellen, pozwól, że przedstawię ci kapitana de Silva! Tak uprzejmie ugościł nas w swoim pięknym zamku w Portugalii, co za wspaniała kraina! — Zazwyczaj łagodny głos Marianne był dość głośny i kilkoro pobliskich dam i dżentelmenów spojrzało na siebie zdezorientowanych, najwyraźniej zastanawiając się, czy historie, które słyszeli, były zgodne z prawdą, skoro markiza Glenkellie tak gorąco chwaliła tego dżentelmena.

Lady Havers była ładną, ciemnowłosą kobietą po dwudziestce, ubraną w olśniewającą niebieską suknię. Uśmiechnęła się do niego ciepło. — Każdy przyjaciel Marianne jest moim przyjacielem — powiedziała szczerze.

— On i Clarissa są zakochani, a Arthur sprawia problemy — powiedziała Marianne szeptem, tak że tylko Ellen i Rafael ją usłyszeli.

— Rozumiem! To takie... w stylu Arthura. — Ellen zaśmiała się łagodnie. — Zobaczmy więc, co możemy zrobić. Chodź poznać mojego męża, kapitanie. On też jest obcokrajowcem — zwierzyła się, wplatając ramię w jego i prowadząc go przez tłum. — Amerykaninem. Narobił sporego zamieszania w towarzystwie swoimi nowomodnymi pomysłami, kiedy odziedziczył hrabstwo, powiem ci.

Rafael od razu polubił Thomasa Haversa; amerykański hrabia emanował spokojem, który był niezwykle krzepiący. Był otoczony grupą mężczyzn, którzy okazali się nie tylko imponująco utytułowani, ale i wpływowi w sferze politycznej. Dzięki natychmiastowej akceptacji Thomasa po przedstawieniu go przez Ellen i przyjaznemu nastawieniu towarzyszących mu dżentelmenów, Rafael mógł niemal poczuć, jak fala opinii na sali zaczyna przechylać się na jego korzyść.

Nawet lady Belmont, jedna z najsłynniejszych plotkarek towarzystwa, dała się słyszeć, jak zauważała: — Być może w tym Portugalczyku jest coś więcej, niż się wydaje.

— Z pewnością jest wystarczająco przystojny — odparła lady Jersey. — Wcale nie winię panienki Creighton. Gdybym była dwadzieścia lat młodsza...

— Raczej trzydzieści! — odcięła się lady Belmont, po czym obie panie zaśmiały się złośliwie.

A potem, ku kompletnemu zdumieniu Rafaela, podeszła do nich matronalna dama w okazałej sukni, z rumieniącą się młodą kobietą u boku, szturchając Ellen, by ich przedstawiła.

— Lady Partlebury, panna Partlebury — powiedziała Ellen z lekkim uśmiechem — pozwólcie, że przedstawię kapitana Rafaela de Silva.

— Kapitanie de Silva — zatrajkotała skwapliwie lady Partlebury. — Moja córka Amelia bardzo pragnie zawrzeć z panem znajomość.

Rafael zamrugał, ledwo mogąc uwierzyć w nagłą odmianę losu. Niegdyś wrogie spojrzenia zmieniły się w oceniające spojrzenia, drwiny zastąpione zostały zalotnymi uśmiechami.

— Miło mi panią poznać, panno Partlebury — zdołał wydukać, kłaniając się uprzejmie nad jej dłonią w rękawiczce. W jego umyśle kłębiły się implikacje tego nieoczekiwanego zwrotu akcji. Czyżby los naprawdę się odmieniał? Czy towarzystwo zaczynało w nim widzieć kogoś więcej niż obcego intruza?

Gdy kolejne damy zaczynały podchodzić, z chętnymi córkami u boku, Rafael nie mógł się nadziwić sile postrzegania. Jak szybko mogą zmieniać się opinie, jak łatwo uprzedzenia mogą zostać zachwiane przez poparcie kilku szanowanych osób.

To samo wydarzyło się, gdy Alex zabrał go do swojego klubu. Obecny był tam sam książę Wellington, który na jeden rzut oka na mundur Rafaela wstał i wyciągnął dłoń. — To zaszczyt gościć pana, kapitanie — powiedział płynną portugalszczyzną, jeszcze zanim Alex ich przedstawił.

— Zaszczyt jest mój, wasza książęca mość — odparł Rafael z głębokim ukłonem.

— Ależ bez ceregieli. Trochę brandy! — Książę skinął na kelnera. — Niech pan siada i opowie mi o swoim statku, młody człowieku.

Serce Clarissy zamarło, gdy żelazny uścisk matki zacisnął się na jej nadgarstku, nieubłaganie ciągnąc ją w stronę wyjścia z sali balowej. Wyciągnęła szyję, by ostatni raz spojrzeć na Rafaela.

— Chodź, Clarissa — syknęła hrabina, a jej głos był ledwo słyszalny ponad dźwiękami orkiestry. — Wychodzimy natychmiast.

Clarissa potknęła się lekko, jej jedwabne pantofelki zahaczyły o wypolerowany parkiet. — Ależ matko, z pewnością możemy zostać jeszcze chwilę? Wieczór ledwo się zaczął.

— Nie pozwolę ci zadawać się z tym... z tym łowcą posagów — warknęła matka, ciągnąc Clarissę za sobą jak niesforne dziecko.

Policzki Clarissy płonęły z oburzenia. Jak matka śmiała tak mówić o Rafaelu?

Gdy dotarły do szatni, myśli Clarissy wirowały w burzy emocji. Zapach sandałowej wody kolońskiej Rafaela wciąż unosił się na jej rękawiczkach po ich krótkim tańcu. Wciągnęła głęboko powietrze, delektując się wspomnieniem jego silnych ramion wokół talii, jego morskich oczu wpatrujących się w jej z taką czułą intensywnością.

— Nie mogę uwierzyć, że tak nas zawstydziłaś, tańcząc z tym portugalskim dorobkiewiczem — mruknęła matka, z grubsza zapinając płaszcz Clarissy. — Co ludzie powiedzą?

Clarissa wyzywająco uniosła podbródek. — Powiedzą, że tańczyłam z odważnym i honorowym człowiekiem, matko. Kapitan de Silva nie jest łowcą posagów.

Oczy hrabiny zwęziły się niebezpiecznie. — Nic nie wiesz o świecie, głupia dziewczyno. A teraz chodź, nasz powóz czeka.

Gdy zbiegały po marmurowych schodach, chłodne nocne powietrze musnęło zarumienione policzki Clarissy. Rzuciła ostatnie tęskne spojrzenie na rozświetlone okna sali balowej, zastanawiając się, czy Rafael właśnie jej szuka.

— To dla twojego własnego dobra, Clarissa — powiedziała matka, lekko łagodniejąc. — Pewnego dnia mi podziękujesz, gdy będziesz bezpiecznie zamężna z szanowanym angielskim dżentelmenem.

Clarissa powstrzymała się od odpowiedzi, wiedząc, że trafi ona na głuche uszy. Wsiadając do powozu, w duchu poprzysięgła, że nie widzi Rafaela de Silvy po raz ostatni. Jakoś, w jakiś sposób, znajdzie drogę, by być z mężczyzną, który skradł jej serce.

ROZDZIAŁ DWUDZIESTY

Kolejne dni upłynęły niczym we mgle, wypełnione nużącymi wizytami towarzyskimi i starannie dobranymi wydarzeniami. Clarissa tęskniła za tętniącą życiem energią wielkich bali, ale jej matka pozostawała nieugięta w swoim postanowieniu.

— Dziś wieczorem kameralne przyjęcie u lady Ashbourne, moja droga — oznajmiła pewnego popołudnia hrabina, poprawiając koronkowy kołnierzyk córki. — Wybrane grono wyłącznie najznakomitszego towarzystwa.

Clarissa westchnęła w duchu. — I przypuszczam, że kapitan de Silva nie będzie na nim obecny?

Usta jej matki zacisnęły się w wąską kreskę. — Z całą pewnością nie. Lady Ashbourne mnie o tym zapewniła. Naprawdę, Clarissso, musisz wybić sobie tego człowieka z głowy. A teraz usiądź i napisz podziękowanie dla lorda Pembrooka za kwiaty, które ci przysłał. — Rzuciwszy ostatnie surowe spojrzenie, hrabina wyszła z pokoju, zostawiając Clarissę samą, najwyraźniej oczekując, że córka posłusznie wykona jej polecenie.

— Lord Pembrook! Kwiaty! — Nie wiedziała nawet, który z licznych bukietów zdobiących stoły w pokoju przysłał lord, i nie obchodziło jej to. Mógł sobie czekać na podziękowanie! Clarissa kroczyła po salonie, a jej loki podskakiwały z każdym wzburzonym krokiem. Pukanie do drzwi sprawiło, że obróciła się gwałtownie, z szeroko otwartymi w oczekiwaniu oczami. Czyżby Rafael jakoś do niej dotarł?

Kamerdyner otworzył drzwi i oznajmił: — Jej Łaskawość, księżna Balford.

Nie Rafael, ale za to jakże mile widziany gość. — Diana! — Clarissa podbiegła i mocno uścisnęła siostrę. — Tak się cieszę, że tu jesteś.

Diana odwzajemniła uścisk, a jej łagodne oczy wypełniło ciepło. — Oczywiście, że przyjechałam, najdroższa. Jak mogłabym tego nie zrobić po otrzymaniu twojego listu? Nie mogę się doczekać, by poznać twojego przystojnego kapitana de Silvę!

Clarissa odsunęła się, badając twarz siostry. — I nie przeszkadza ci sprawa z Rafaelem? To, że nie jest... nie do końca tym, kogo ojciec miał dla mnie na myśli?

Diana roześmiała się dźwięcznie, co natychmiast uspokoiło Clarissę. — Przeszkadza? A dlaczegóż by miało? Z twojego opisu brzmi cudownie. Dzielny kapitan marynarki, szlachetnie służący swojemu krajowi pomimo nieszczęścia. To wszystko jest zachwycająco romantyczne.

Ulga spłynęła na Clarissę niczym kojący balsam. Obawiała się, że nawet Diana może nie zrozumieć jej uczuć do

Rafaela. Ale powinna była wiedzieć lepiej. Kochana, słodka Diana zawsze ją wspierała, bez względu na wszystko.

— Jest cudowny — powiedziała Clarissa z rozmarzonym westchnieniem. — I odważny, i honorowy, i przystojny jak grzech. Och, Diano, tak bardzo go kocham. Ledwo mogę myśleć o czymkolwiek innym.

— W takim razie tylko to się liczy. — Diana ujęła dłonie Clarissy, a jej wyraz twarzy spoważniał. — Jeśli go kochasz, a on odwzajemnia twoje uczucie, musisz podążać za głosem serca. Życie jest zbyt krótkie, by pozwolić innym dyktować swoje szczęście.

Łzy zakłuły Clarissę w kącikach oczu. Jak mogła mieć takie szczęście i siostrę tak wspaniałą jak Diana? — Dziękuję ci — szepnęła. — Twoje wsparcie znaczy dla mnie wszystko.

Diana uśmiechnęła się, po czym wzięła Clarissę pod ramię i poprowadziła ją w stronę kanapy. — A teraz musisz mi opowiedzieć absolutnie wszystko o swoim przystojnym kapitanie. Chcę wiedzieć dokładnie, jak zawrócił ci w głowie. Nie pomijaj żadnego szczegółu, nieważne jak drobnego. Nalegam, by usłyszeć całą tę ekscytującą historię.

Clarissa zachichotała, czując się lżejsza niż przez ostatnie dni, gdy usiadła obok Diany. Z siostrą u boku wreszcie odważyła się mieć nadzieję, że w jakiś sposób ona i Rafael znajdą sposób, by być razem. Bez względu na przeszkody stojące im na drodze.

Wchodząc do bogato urządzonego salonu lady Ashbourne, Clarissa przybrała uprzejmy uśmiech. Powietrze
było ciężkie od perfum i mdłego zapachu zbyt wielu ciał
w zbyt małej przestrzeni. Przemierzyła wzrokiem pokój,
a serce jej zamarło, gdy rozpoznała znajome twarze kilku
dżentelmenów, których jej rodzice przedstawili jako potencjalnych mężów.

— Lady Clarissso! — Lord Pembrook zmaterializował się
u jej boku z promiennym uśmiechem na kwiecistej twarzy.
— Jakże miło panią widzieć. Czy mogę zaproponować
partyjkę wista?

Clarissa zdusiła w sobie jęk. — Jakże to miło z pańskiej
strony, milordzie, ale obawiam się, że czuję się dziś wieczorem dość zmęczona. Może innym razem?

Gdy z wdziękiem się wywinęła, myśli Clarissy
powędrowały do Rafaela. Czy bywał na innych przyjęci-
ach, szukając jej na próżno? A może się poddał, dochodząc
do wniosku, że jej nagła nieobecność oznacza odrzucenie?
Diana obiecała wysłać liścik do Marianne, wyjaśniając, jak
okropnie zachowują się rodzice Clarissy, ale ta nienawidz-
iła czuć się tak bezsilna.

— To nie do zniesienia — mruknęła pod nosem, przyjmując kieliszek letniej lemoniady od przechodzącego lokaja.

— Mówiłaś coś, moja droga? — spytała ostro jej matka.

Clarissa wymusiła promienny uśmiech. — Ależ skąd, mamo. Zauważyłam tylko, jak... kameralne jest to spotkanie.

W miarę upływu wieczoru Clarissa była osaczana przez kolejnych chętnych zalotników. Tęskniła za dowcipem i swobodną rozmową Rafaela, za sposobem, w jaki jego oczy lśniły, gdy się śmiał. Ci mężczyźni, z ich wypolerowanymi manierami i pustymi pochlebstwami, bledli w porównaniu z nim.

Zdesperowana, by choć na chwilę odetchnąć, Clarissa przeprosiła i skierowała się do ustronnej wnęki, mając nadzieję na moment spokoju. Gdy skręciła za róg, zderzyła się z wysoką postacią.

— Proszę o wybaczenie — zaczęła, po czym zamarła, rozpoznając stojącego przed nią mężczyznę. — Pan Dalton?

Przystojna twarz Edwarda Daltona rozjaśniła się w czarującym uśmiechu. — Lady Clarissso! Cóż za wspaniała niespodzianka.

Umysł Clarissy pracował na najwyższych obrotach. — Ja ... myślałam, że wrócił pan do Durham. Do rodziny.

Uśmiech Daltona na chwilę zbladł, zanim się opanował. — Ach, tak. Cóż, widzi pani, mój ojciec miał inne plany. Rozkazał mi wrócić do Londynu, by znaleźć sobie żonę.

— Jakże... fortunnie — odparła Clarissa, nie mogąc ukryć nuty podejrzliwości w głosie. Coś w wyjaśnieniu Daltona brzmiało fałszywie, chociaż nie potrafiła dokładnie określić, co.

— W istocie — zgodził się Dalton lekkim tonem. — I jakże szczęśliwie, że spotykam tu panią. Tęskniłem za naszymi rozmowami, zwłaszcza za czasem spędzonym w Atenach.

Gardło Clarissy zacisnęło się na wzmiankę o Atenach. Wspomnienie jej porwania i śmiałego ratunku z rąk Rafaela zalało jej umysł. Z trudem utrzymywała pozory spokoju.

— Owszem, cóż, od tamtej pory wiele się zmieniło — powiedziała chłodno.

Oczy Daltona lekko się zwęziły. — Naprawdę? Miałem nadzieję, że moglibyśmy odnowić naszą... przyjaźń. Portugalia była... cóż, nie mogliśmy być tak *blisko* jak w Atenach, ale...

Clarissa cofnęła się o krok, a jej serce biło jak szalone. — Panie Dalton, ja—

— Clarissso, kochanie! — Głos hrabiny przeciął napięcie niczym nóż. — Tutaj jesteś. I pan Dalton, jak miło pana znów widzieć.

Clarissa odwróciła się i zobaczyła zbliżającą się matkę, z wyrachowanym błyskiem w oku. Jęknęła w duchu, zbyt dobrze rozpoznając to spojrzenie.

— Mamo — powiedziała Clarissa, wymuszając uśmiech. — Pan Dalton właśnie opowiadał mi o swoim powrocie do Londynu.

— Oraz o poleceniach mojego ojca, abym znalazł sobie żonę — wtrącił pan Dalton, kłaniając się służalczo.

— Jak wspaniale — rozpromieniła się hrabina. — Musimy zaprosić pana na obiad wkrótce, panie Dalton. Prawda, Clarissso?

Uśmiech Clarissy wydawał się kruchy. — Oczywiście, mamo.

Gdy pożegnali się z panem Daltonem i wracali do głównej części przyjęcia, hrabina nachyliła się do ucha Clarissy.

— Pan Dalton może nie jest do końca tym, czego byśmy sobie życzyli pod względem majątku i pozycji — mruknęła — ale pochodzi z dobrej rodziny. I przynajmniej jest młodszy od niektórych faworytów twojego ojca.

Gniew Clarissy zapłonął. — Mamo, chyba nie mówisz poważnie! To pan Dalton doniósł ci o... incydencie z korsarzami — wysyczała. — Zdradził moje zaufanie i naraził na szwank moją reputację! Nie mogę mu ufać.

Hrabina machnęła lekceważąco ręką. — Mężczyźni często mówią bez namysłu, kochanie. Nie ma co wiecznie chować o to do niego urazy.

Clarissa zacisnęła pięści, czując narastającą frustrację. — Nie wyjdę za niego, mamo — powiedziała stanowczo. — Nawet tego nie rozważę.

Oczy hrabiny stwardniały. — Zobaczymy, Clarissso. Zobaczymy.

Edwardowi Daltonowi nie zajęło wiele czasu, by odkryć, że kapitan Rafael de Silva jest w Londynie, najwyraźniej podążając tam za lady Clarissą Creighton z silnym zamiarem poślubienia jej.

Oczywiście nie można było do tego dopuścić. Edward postanowił, niemal natychmiast po odkryciu, że Clarissa jakoś uniknęła losu, który miał ją spotkać z rąk algierskich korsarzy, że mimo wszystko będzie dla niego dobrą żoną. Była urocza, dobrze uposażona, a jej siostra była księżną. Jego miejsce na szczytach angielskiego towarzystwa byłoby zapewnione.

Najpierw jednak musiał zdyskredytować tego kłopotliwego portugalskiego kapitana i odesłać go do domu z podkulonym ogonem. I dziś ustalił, że de Silva będzie na tym balu, prawdopodobnie w nadziei, że Clarissa również się pojawi. Czego nie zrobi, jako że hrabina została uprzedzona o prawdopodobnej obecności de Silvy... oczywiście przez samego Edwarda.

Edward stał przy kominku, mieszając brandy w kieliszku, i obserwował salę balową ze zmrużonymi oczami. Jego spojrzenie spoczęło na de Silvie, który właśnie wszedł do pomieszczenia, prezentując się niezwykle elegancko w swoim mundurze. Obserwował, jak morskie oczy Rafaela przesuwały się po tłumie, wyraźnie szukając Clarissy. Palce

Daltona zacisnęły się na kieliszku, aż zbielały mu knykcie. Czas wprowadzić plan w życie.

— Dobry wieczór, kapitanie! — zawołał Dalton tonem przesiąkniętym fałszywą serdecznością, podchodząc do Rafaela.

Rafael odwrócił się, a na jego twarzy mignęło zaskoczenie. — Panie Dalton, dobry wieczór. Nie spodziewałem się pana w Londynie.

— Och, jestem pełen niespodzianek — odparł Dalton z uśmieszkiem. — Słyszałem, że od swojego przybycia robi pan furorę. Proszę mi powiedzieć, co sprowadza portugalskiego oficera marynarki do angielskiego towarzystwa?

Rafael zawahał się, starannie dobierając słowa. — Mam do załatwienia... sprawy osobiste.

— Sprawy osobiste, doprawdy. Jestem pewien, że lady Clarissa jest zachwycona pańską obecnością. — Zauważył, jak Rafael zesztywniał na wzmiankę o Clarissie. *Doskonale*, pomyślał Dalton. *To będzie łatwiejsze, niż sobie wyobrażałem.*

— Wydaje się pan dobrze zorientowany w sprawach lady Clarissy — odparł Rafael powściągliwym tonem.

Dalton roześmiał się pustym, nieszczerym śmiechem. — Och, Clarissa i ja znamy się od dawna. Przyjaciele z dzieciństwa, wie pan. W gruncie rzeczy, myślałem, że najwyższy czas, bym się ustatkował. Może ze znajomą twarzą.

Obserwował, jak szczęka Rafaela się zaciska, a satysfakcja przepływała przez jego żyły. Ziarna zwątpienia zostały zasiane. Teraz należało je pielęgnować, aż wyrosną na pełnowymiarowe plotki, które zniszczą wszelkie szanse Rafaela u Clarissy.

Dalton nachylił się, zniżając głos do konspiracyjnego szeptu. — Między nami, dżentelmenami, słyszałem szepty o pańskich... zamiarach. Niektórzy mówią, że jest pan całkiem niezłym łowcą posagów.

Morskie oczy Rafaela błysnęły gniewem. — Słucham?

— Och, dajże pan spokój — naciskał Edward, rozkoszując się dyskomfortem kapitana. — Szlachcic bez grosza przy duszy, ubiegający się o jedną z najbardziej pożądanych dziedziczek w Anglii? To raczej przejrzyste, nie sądzi pan?

Pięści Rafaela zacisnęły się u jego boków. — Nic pan nie wie o moich zamiarach, panie Dalton. Sugeruję, by zajął się pan własnymi sprawami.

Edward uniósł ręce w geście udawanej kapitulacji. — Bez urazy, kapitanie. Powtarzam tylko to, co słyszałem w pewnych kręgach. Ale jestem pewien, że człowiek z pańskim... pochodzeniem... rozumie, jak szybko plotki mogą się rozprzestrzeniać w londyńskim towarzystwie.

Gdy Rafael otworzył usta, by odpowiedzieć, podeszła do nich zmysłowa ruda kobieta w wydekoltowanej sukni. Edward stłumił uśmiech, rozpoznając aktorkę, którą wynajął właśnie w tym celu.

— Kapitanie — zamruczała, przyciskając się do ramienia Rafaela. — Przez cały wieczór pragnęłam z panem porozmawiać.

Rafael zesztywniał, wyraźnie skrępowany. — Proszę pani, nie sądzę, byśmy zostali sobie przedstawieni.

Kobieta zachichotała, a jej palce powędrowały w dół jego piersi. — Och, ależ tak, kochanie. Nie pamiętasz naszego namiętnego spotkania w zeszły piątek wieczorem?

Edward z satysfakcją obserwował, jak goście w pobliżu odwracają się, by się gapić, szepcząc za wachlarzami. Twarz Rafaela zbladła, gdy delikatnie, ale stanowczo, usunął rękę kobiety.

— Musiała zajść jakaś pomyłka — upierał się Rafael napiętym głosem. — Nigdy wcześniej pani nie spotkałem.

Dolna warga aktorki zadrżała przekonująco. — Jak możesz tak mówić? Po wszystkich twoich obietnicach...

Gdy scena się rozwijała, Edward wymknął się z triumfalnym uśmiechem na ustach. Pułapka została zastawiona, a reputacja Rafaela wkrótce legnie w gruzach. Clarissa nie będzie miała innego wyjścia, jak tylko zwrócić się do niego, Edwarda, po pocieszenie i bezpieczeństwo. Wszystko szło zgodnie z planem.

Zadowolenie Edwarda nie trwało długo. Gdy przedzierał się przez zatłoczoną salę balową, znajomy głos przeszył powietrze, sprawiając, że zamarł w pół kroku.

— Zapewniam panią, że kapitan de Silva był ze mną w czasie, kiedy rzekomo miało miejsce to... spotkanie — oświadczył głośno Alex, markiz Glenkellie, tonem nieznoszącym sprzeciwu.

Edward obrócił się gwałtownie, a serce mu zamarło, gdy zobaczył Alexa stojącego obok Rafaela, z dłonią zaciśniętą mocno na ramieniu portugalskiego kapitana.

— W rzeczywistości — kontynuował Alex, przesuwając wzrokiem po sali — kapitan de Silva był w moim domu każdego wieczoru w zeszłym tygodniu. Mogę przedstawić licznych świadków, którzy to potwierdzą, jako że moja żona, markiza, i ja przyjmowaliśmy gości na kolacji każdej nocy, a kapitan rezyduje u nas jako honorowy gość w naszym domu.

Aktorka zająknęła się, a jej pewna siebie postawa rozsypała się w proch. — Ale... ja... to znaczy...

Szepty przetoczyły się przez tłum, gdy przedstawienie kobiety legło w gruzach.

— Nie znam nawet pani imienia, proszę pani — powiedział Rafael, a jego głęboki głos niósł się po sali. — Obawiam się, że nigdy wcześniej nie widziałem pani na oczy. Być może pomyliła mnie pani z kimś innym?

— Ja... — aktorka rozejrzała się, rozpaczliwie szukając przychylnej twarzy, a jeśli nie tego, to ucieczki. — Tak... być może.

— W takim razie życzę pani dobrego wieczoru — rzekł uprzejmie Rafael.

Edward zacisnął pięści, patrząc bezradnie, jak jego starannie przygotowany plan rozpada się na jego oczach.

Morskie oczy Rafaela spotkały się ze wzrokiem Edwarda ponad salą, a w ich głębi malowała się mieszanina ulgi i podejrzeń. Edward szybko odwrócił spojrzenie, a jego umysł pracował gorączkowo.

— Niech to wszyscy diabli — mruknął pod nosem, szarpiąc za krawat, gdy pot spłynął mu na czoło. Potrzebował nowej strategii, i to szybko.

W umyśle Edwarda zaczął się formować desperacki pomysł. Jeśli nie mógł zniszczyć reputacji Rafaela, może mógł zmusić Clarissę do działania w inny sposób. Było to ryzykowne, ale kończyły mu się opcje.

— Doskonale — mruknął ponuro. — Jeśli tak trzeba grać w tę grę, niech tak będzie. Clarissa będzie moja, tak czy inaczej.

Z odnowioną determinacją Dalton wymknął się z sali balowej, a jego umysł już formułował następny ruch. Miał jeszcze jedną kartę do zagrania i zamierzał użyć jej z niszczycielskim skutkiem.

Kolejny wieczór, kolejna nudna prywatna kolacja, na której nie było szans, by zobaczyła Rafaela. Kolejna gromada potencjalnych zalotników nudnych jak flaki z olejem. Clarissa miała ochotę rwać włosy z głowy i krzyczeć.

Może pomyślą, że oszalałam, pomyślała zuchwale. *To mogłoby zniechęcić przynajmniej kilku z nich.*

Przynajmniej dziś wieczorem miała towarzystwo siostry. Diana siedziała oczywiście dalej przy stole, jako księżna była jednym z najważniejszych gości. Jej mąż Will, książę Balford, kilkakrotnie w ciągu wieczoru przychodził Clarissie na ratunek, odwracając uwagę niektórych z jej bardziej natrętnych zalotników.

— Na pewno wszystko w porządku? — spytał Will półgłosem. — Wyglądasz dość blado.

— Nienawidzę każdej chwili tego wieczoru — powiedziała Clarissa z brutalną szczerością, przypominając sobie, jak bardzo zawsze lubiła Willa, gdy ten posłał jej konspiracyjny uśmiech.

— Czemu nie wymkniesz się przez te drzwi za tobą do biblioteki i nie schowasz się na kilka minut sama? Powiem, że cię nie widziałem.

— Błogosławię cię, szwagrze. — Posłała mu pierwszy szczery uśmiech tego wieczoru, zabrała mu z ręki kieliszek z brandy i pociągnęła niegodny damy łyk, zanim mu go oddała. — Nie zniknę na długo, obiecuję.

Chichot Willa został przerwany przez stuknięcie zamykanych za nią drzwi.

Biblioteka była błogo cicha, całkowicie pusta i przyjemnie oświetlona. Wystarczająco dobrze, by mogła odczytać tytuły książek na półkach, z których większość wyglądała, jakby nigdy nie była dotykana. Clarissa spędziła kilka szczęśliwych minut na przeglądaniu zbiorów, zanim dźwięk otwieranych drzwi sprawił, że obróciła się gwałtownie. Edward Dalton właśnie wchodził do biblioteki, przez inne drzwi niż te, których użyła, uśmiechając się do niej, a następnie zamykając je za sobą.

Clarissa nagle zdała sobie boleśnie sprawę, że są sami.

— Panie Dalton — powiedziała, unosząc dumnie podbródek. — Proszę mi wybaczyć. — Ruszyła w stronę drugich drzwi, z pełnym zamiarem powrotu w wir przyjęcia. Lepiej to, niż być sam na sam z tym człowiekiem.

Usta Daltona wygięły się w uśmiechu, który nie sięgał jego oczu. — Jeśli pozwoli mi pani na chwilę prywatności, droga lady Clarissso, obawiam się, że mam pani do przekazania dość niepokojące wieści.

Czoło Clarissy zmarszczyło się, gdy odwróciła się, by spojrzeć na niego z podejrzliwością. — Jakie to wieści?

Podszedł bliżej, a jego głos ściszył się do konspiracyjnego szeptu. — Dotyczą pańskiej... niefortunnej przygody w Atenach. Pańskiego porwania przez korsarzy, dni w niewoli i brawurowego ratunku z rąk kapitana de Silvy. Niezły skandal, nie sądzi pani?

Ręce Clarissy zadrżały, gdy walczyła o zachowanie spokoju. — Jak pan śmie — wysyczała. — To prywatna sprawa.

— Na razie prywatna — zgodził się Dalton. — Ale proszę sobie wyobrazić, co by było, gdyby wieść rozeszła się po londyńskim towarzystwie. Pańska reputacja ległaby w gruzach.

Zimny strach ścisnął Clarissę za żołądek, gdy zdała sobie sprawę z pełnych konsekwencji jego groźby. — Czego pan chce? — spytała głosem ledwo przekraczającym szept.

Oczy Daltona zabłysły triumfem. — To dość proste, moja droga. Zgódź się za mnie wyjść, a zapewnię, że ta plugawa historia nigdy nie ujrzy światła dziennego.

Myśli Clarissy wirowały, rozdarta między oburzeniem a strachem. Jak mogła zgodzić się na takie żądanie? A jednak, jeśli wieść o jej porwaniu się rozniesie, zniszczy to nie tylko jej reputację, ale także reputację jej rodziny. Jej młodsze siostry mogłyby nigdy nie wyjść za mąż. Nawet Dianie mogłyby zaszkodzić te plotki.

— Jest pan podły — splunęła, zaciskając dłonie w pięści u boków.

— Być może — wzruszył ramionami Dalton. — Ale jestem też pańską jedyną opcją. Co to będzie, lady Clarissso? Małżeństwo czy skandal?

ROZDZIAŁ DWUDZIESTY PIERWSZY

SERCE CLARISSY ZAMARŁO, GDY słowa Daltona zawisły w powietrzu. Nagle wszystko ułożyło się w jej głowie w spójną całość, choć powinna była zdać sobie z tego sprawę już wcześniej.

— Czekaj — powiedziała głosem niewiele głośniejszym od szeptu. — Skąd wiedziałeś o korsarzach?

Swobodny uśmiech Daltona zniknął, a jego niebieskie oczy uciekły w bok. — Słucham?

Palce Clarissy zacisnęły się na materiale sukni, a delikatny jedwab omal nie pękł w jej uścisku. — O korsarzach, Edwardzie. Wspomniałeś o nich przed chwilą, a także powiedziałeś o tym moim rodzicom w Portugalii, ale ja nigdy nie opowiadałam ci o tej części moich... ciężkich przejść.

Kropla potu spłynęła po skroni Daltona. Odchrząknął, poprawiając krawat. — Och, jestem pewien, że musiałaś o tym wspomnieć w którymś momencie, moja droga.

— Nie — odparła Clarissa, a jej głos nabierał siły, gdy pewność osiadła w jej piersi niczym kamień. — Na pewno tego nie zrobiłam.

Zrobiła krok w jego stronę, a szelest sukni w panującej między nimi nagłej ciszy wydał się nienaturalnie głośny.

— Edwardzie — powiedziała zwodniczo lekkim tonem — czy jest coś, czego mi nie mówisz?

Czarująca fasada Daltona pękła jeszcze bardziej, odsłaniając przebłysk czegoś mroczniejszego. — Clariso, kochanie, coś sobie wyobrażasz.

Myśli Clarissy wirowały jak w tańcu derwisza. *Skąd mógłby to wiedzieć? Kto mógł mu powiedzieć?*

Dalton wyciągnął do niej rękę, lecz ona instynktownie ją odtrąciła, robiąc gwałtowny krok w tył. — Ani się waż mnie dotykać. Mów prawdę. Już.

Ręka Daltona opadła bezwładnie, a jego dawna pewność siebie wyparowała. Przełknął ślinę z trudem, a jego jabłko Adama poruszyło się nerwowo.

— Ja... ja... — wyjąkał, rozglądając się po pokoju, jakby szukał drogi ucieczki. — Powiedziała mi lady Helena. To znaczy, owdowiała lady Glenkellie.

Oczy Clarissy zwęziły się, a jej dłonie przy bokach zacisnęły się w pięści. To kłamstwo było przejrzyste jak szkło. Lady Helena bywała bezpośrednia, ale nigdy w życiu nie powiedziałaby czegoś tak niedyskretnego i szkodliwego dla reputacji Clarissy. — Naprawdę myślisz, że w to uwierzę? — syknęła, podchodząc do niego o krok bliżej.

Dalton cofnął się, niemal potykając o mały stolik. — To prawda! — upierał się, a jego głos podniósł się o oktawę. — Ona... martwiła się o ciebie. Chciała, żebym miał cię na oku.

Absurdalność tego twierdzenia tylko podsyciła gniew Clarissy. Lady Helena miałaby ją zdradzić w taki sposób? Sama ta myśl była obrazą. — Edwardzie Daltonie — powiedziała cichym, groźnym głosem — jesteś różnymi ludźmi, ale nigdy nie brałam cię za głupca. Czy naprawdę sądzisz, że dam się nabrać na tak oczywisty fałsz?

Jego przystojna twarz wykrzywiła się, a desperacja zastąpiła zwykły, swobodny uśmiech. — Clariso, proszę — błagał, znów wyciągając do niej rękę. — Musisz zrozumieć...

Odsunęła się gwałtownie, czując w żołądku falę obrzydzenia. — Zrozumieć co? Że mnie okłamywałeś? Że wiesz o mojej gehennie znacznie więcej, niż powinieneś? — Jej głos wznosił się z każdym pytaniem.

Gdy Dalton miotał się w poszukiwaniu odpowiedzi, umysł Clarissy pracował na najwyższych obrotach. Jak głęboko sięgało jego oszustwo? I co ważniejsze, co zamierzała z tym zrobić?

Oczy Clarissy zwęziły się, gdy przyglądała się twarzy Daltona, szukając jakiejkolwiek oznaki prawdy. — Nie zaprzeczasz — powiedziała głosem ledwie głośniejszym od szeptu. — Skłamałeś na temat lady Heleny.

Ramiona Daltona opadły, a duch walki zdawał się z niego ulatywać. — Clariso, ja...

Ale ona już nie słuchała. Jej umysł wirował, składając w całość fragmenty rozmów, dziwne spojrzenia i niewytłumaczalne zbiegi okoliczności. Straszliwa prawda uderzyła w nią niczym fala.

— Jedynym sposobem, w jaki mogłeś wiedzieć... — zaczęła, jej głos drżał z mieszaniny wściekłości i niedowierzania. — Jedyne możliwe wyjaśnienie jest takie, że byłeś w to jakoś zamieszany.

Dalton zbladł, potwierdzając jej podejrzenia, zanim zdążył wypowiedzieć choćby słowo.

Clarissa poczuła, jakby ziemia usunęła jej się spod stóp. — Mój Boże — wyszeptała, bardziej do siebie niż do niego. — Coś ty narobił?

Wyprostowała się, zbierając każdą uncję siły, jaką posiadała. — Powiedz mi prawdę, Edwardzie — zażądała, a jej głos dźwięczał autorytetem, o który się nie podejrzewała. — Chcę usłyszeć każdy plugawy szczegół twojego udziału w moim porwaniu. I niech Bóg zlituje się nad twoją duszą, jeśli znów mnie okłamiesz.

Czekając na jego odpowiedź, Clarissa czuła, jak serce wali jej w piersi. Jak człowiek, którego kiedyś myślała, że mogłaby pokochać, był zdolny do takiej zdrady? I jakie inne sekrety mógł ukrywać?

Twarz Daltona wykrzywiła się w grymasie wstydu i desperacji, malującym się na jego niegdyś przystojnych rysach. — Byłem... byłem winien pieniądze — wyznał łamiącym się głosem. — Greckiemu lichwiarzowi. Dług był astronomiczny, Clariso. Byłem zdesperowany.

Żołądek Clarissy skręcił się, a gorzki smak zdrady podszedł jej do gardła. — Więc *sprzedałeś* mnie *korsarzom*? — wycedziła, jej ręce drżały z wściekłości.

— Nie! — zawołał Dalton. — Przysięgam, myślałem, że będą cię trzymać tylko dla okupu. Bogactwo twojego ojca... Nigdy bym nie przypuszczał, że cię sprzedadzą.

Pokój zdawał się wirować wokół Clarissy, gdy przetwarzała jego słowa. Oparła się o pobliskie krzesło, a jej kłykcie zbielały, gdy chwyciła zdobione drewniane oparcie. Kolejne straszne podejrzenie zaczęło kiełkować w jej umyśle.

— Winnice — wyszeptała, jej oczy rozszerzyły się z rosnącym przerażeniem. — To byłeś ty, prawda? To *ty* sabotowałeś winnice Rafaela.

Milczenie Daltona było wymowne. Clarissa patrzyła, jak zdawał się rozpadać na jej oczach, nie będąc już tym przystojnym mężczyzną, którego kiedyś podziwiała, lecz żałosną, tchórzliwą wydmuszką człowieka.

— Jak mogłeś? — wyszeptała, jej głos był ochrypły z emocji. — Ufałam ci, Edwardzie. Wszyscy ci ufaliśmy.

Gdy cały ciężar jego zdrady zwalił się na nią, umysł Clarissy gorączkowo analizował konsekwencje. Ile istnień zniszczył? Jak wiele szkód wyrządziły jego samolubne czyny?

Jej oczy błysnęły słusznym gniewem, a głos zadrżał, gdy miażdżyła go słowami. — Prędzej poślubiłabym kundla z ulicy niż człowieka bez honoru, takiego jak ty, Edwardzie Daltonie.

Z ponurą satysfakcją patrzyła, jak Dalton cofnął się przed nią, a na jego twarzy malował się wstyd.

— Clariso, proszę — błagał Dalton, sięgając po jej rękę. — Wciąż możemy to naprawić. Twój ojciec...

Wyrwała rękę, a jej skóra cierpła na jego dotyk. — Nie mów o moim ojcu — syknęła. — Nie masz prawa.

Umysł Clarissy pracował na najwyższych obrotach, rozważając możliwości. Wiedziała, że teraz ma władzę, i część jej się tym rozkoszowała. Biorąc głęboki oddech, spojrzała na Daltona stalowym wzrokiem.

— Zrujnuję cię — oświadczyła cichym, groźnym głosem. — Każdy salon w Londynie dowie się o twojej zdradzie. A Rafael... — przerwała, delektując się sposobem, w jaki Dalton zbladł na dźwięk tego imienia — ...powiem mu wszystko.

Twarz Daltona straciła kolor. — Nie zrobisz tego — wyszeptał, a w jego oczach malował się strach.

Clarissa hardo uniosła podbródek. — Spróbuj mnie.

— On... on mnie zabije!

Clarissa nie miała co do tego najmniejszych wątpliwości. Rafael nie zawahałby się wyzwać Daltona na pojedynek za sam sabotaż winnic, nie mówiąc już o sprzedaniu jej korsarzom, i zastrzeliłby go na miejscu.

Oczy Daltona biegały po pokoju jak u zagonionego zwierzęcia. W jednej chwili rzucił się do drzwi, w pośpiechu niemal przewracając delikatny boczny stolik.

Clarissa patrzyła, jak ucieka, a jej serce waliło jak młotem. — Tchórz — mruknęła pod nosem, drżącymi rękami wygładzając suknię.

— Clariso? — Głos zawołał jej imię kilka chwil później. Obejrzała się i zobaczyła Dianę wchodzącą do biblioteki. — Wszystko w porządku? Will mówił, że się tu ukrywasz, ale mama cię szuka.

— Wszystko w jak najlepszym porządku, dziękuję. — Clarissa uniosła podbródek i uśmiechnęła się. — A teraz tym lepiej w twoim towarzystwie, oczywiście.

Diana roześmiała się i wzięła Clarissę pod ramię. — Tęskniłam za tobą, moja droga. — Pochyliła się bliżej i powiedziała poufale: — Będę za tobą tęsknić jeszcze bardziej, gdy zamieszkasz w Portugalii. Planuję jednak zmuszać Willa, by zabierał mnie w odwiedziny przynajmniej raz na rok lub dwa.

— Może i pozbyłam się pana Daltona, ale to wciąż nie przybliża mnie do przekonania papy, by pozwolił mi poślubić Rafaela — powiedziała ponuro Clarissa.

— Pozbyłaś się pana Daltona? — Delikatne brwi Diany uniosły się. — Jak ci się to udało, Clarry? Wydawał się dość natrętny.

— Owszem, posunął się nawet do gróźb szantażu! — Jej ręce wciąż drżały. Clarissa próbowała głęboko oddychać, powtarzając sobie, że to już koniec, nawet gdy jej siostra wykrzyknęła z przerażenia i zażądała szczegółów.

Sama mu się postawiłam. Była z tego dumna, chociaż na koniec uciekła się do grożenia Daltonowi zemstą Rafaela. I rzeczywiście, powie Rafaelowi... przynajmniej o sabotażu winnic przez Daltona, bo zasługiwał na to, by wiedzieć. Jakoś nie sądziła, by Dalton kiedykolwiek zaryzykował pokazanie się w tym samym mieście co ona lub Rafael.

Pokonawszy Daltona, nagle poczuła się pewniej co do swojej zdolności przekonania rodziców. Nie zmuszą jej do małżeństwa, tego była pewna. Jej ojciec więcej szczekał, niż gryzł. Jeśli będzie cierpliwa i niezłomna w swoim uporze, że Rafael jest jedynym mężczyzną, którego poślubi, w końcu ustąpią.

Gdyby tylko mogła go zobaczyć!

Ta myśl dała jej pomysł i spojrzała na siostrę. — Di. Wyświadczyłabyś mi przysługę?

— Wszystko, najdroższa, musisz tylko powiedzieć!

— Urządziłabyś bal?

Diana mrugnęła ze zdziwienia. — Bal?

— Tak. Mama i papa raczej nie zabronią mi w nim uczestniczyć, a ty możesz się upewnić, że Rafael znajdzie się na liście gości.

Zrozumienie zaświtało na jej twarzy i Diana zachichotała. — Oczywiście, Clarry. Zorganizowanie tego może jednak zająć trochę czasu... dwa tygodnie?

— To będzie idealnie — zgodziła się Clarissa. Dwa tygodnie powinny dać jej czas, by jasno pokazać rodzicom, że żaden z kandydatów, których jej przedstawiają, nigdy nie będzie do zaakceptowania... i, jak sądziła, dałoby to również Edwardowi Daltonowi czas na zniknięcie z każdego miejsca, w którym Rafael mógłby go szukać, gdy już opowie mu o sabotażu.

Dwa tygodnie później Clarissa stała przed pozłacanym lustrem w londyńskiej rezydencji Diany. Światło świec migotało, rzucając tańczące cienie na szmaragdowy jedwab jej nowej sukni balowej.

— Wyglądasz promiennie, najdroższa — powiedziała Diana, poprawiając zbłąkany lok, który wymknął się z misternej fryzury Clarissy.

Clarissa zmusiła się do uśmiechu. — Dziękuję, Di. — Przełknęła ślinę, czując suchość w ustach. — Jest tu?

— Przybył kilka minut temu z Alexem i Marianne. — Diana wzięła Clarissę pod ramię. — Jesteś gotowa?

— Tak. — Clarissa uniosła podbródek z determinacją. Dziś wieczorem zamierzała zobaczyć się z Rafaelem, porozmawiać i zatańczyć z nim, bez względu na to, co powie jej ojciec. Hrabia nie zamierzał robić awantury na pierwszym londyńskim balu Diany; jego żona nigdy by mu tego nie wybaczyła.

Gdy siostry schodziły po wielkich schodach, ogarnęły je dźwięki śmiechu i muzyki. Oczy Clarissy przesuwały się po zatłoczonej sali balowej, a jej oddech zaparło, gdy dostrzegła znajomą wysoką, ciemną postać.

Rafael.

Nawet z daleka widziała, jak wyróżniał się spośród innych dżentelmenów, jego praktyczny, ale dobrze skrojony granatowy mundur stanowił ostry kontrast z ich zdobionymi kamizelkami i brokatowymi surdutami.

— Clariso — surowy głos ojca zaskoczył ją, gdy zeszła na dół schodów i ruszyła w stronę Rafaela. Hrabia Creighton pojawił się u jej boku z surowym wyrazem twarzy. — Muszę z tobą pomówić.

Zaprowadził ją do cichego zakątka sali balowej, z dala od ciekawskich uszu. Żołądek Clarissy ścisnął się z niepokoju.

— Zauważyłem, jak patrzysz na tego portugalskiego kapitana — powiedział jej ojciec cichym, potępiającym tonem. — Zabroniam ci się do niego dziś wieczorem zbliżać. Rozumiesz?

Policzki Clarissy oblały się rumieńcem oburzenia. — Ależ ojcze, kapitan de Silva jest dżentelmenem i...

— Gołodupcem z zagranicy — przerwał hrabia. — Nie jest dla ciebie odpowiednim towarzystwem. Nie pozwolę na żadne plotki o mojej córce i mężczyźnie o jego... sytuacji.

Clarissa ugryzła się w język, wiedząc, że kłótnia tylko pogorszy sprawę. Skinęła sztywno głową, a jej umysł już pracował nad sposobami obejścia zakazu ojca.

— Tak, ojcze — odpowiedziała, jej głos ociekał ledwo skrywanym sarkazmem. — Postaram się unikać dziś wieczorem wszystkich mężczyzn z honorem i dobrym charakterem.

Oczy hrabiego zwęziły się. — Uważaj na ton, młoda damo. A teraz idź i bądź miła dla lorda Ashbury'ego. Pytał o ciebie.

— Absolutnie nie. — Clarissa hardo uniosła podbródek. — Jeśli nie mogę poślubić kapitana de Silvy, nie poślubię nikogo!

Odwróciwszy się na pięcie, oddaliła się od ojca, ginąc w błyszczącym tłumie, zanim zdążył zacząć krzyczeć i robić scenę. Na wpół oślepiona łzami wściekłości i frustracji, potykała się, nie patrząc, dokąd idzie, ignorując głosy, które ją wołały, aż wpadła na nieruchomą przeszkodę, a ciepłe, silne ramiona objęły ją.

— Clariso. — Jego niski głos wyszeptał jej imię. Spojrzała w górę i zobaczyła, że patrzy na nią z troską wypisaną na przystojnej twarzy. — Wszystko dobrze, *meu amor*?

— Zatańcz ze mną — poprosiła, a on nie zadawał pytań, tylko porwał ją na parkiet. Dołączyli do setu z Alexem i Marianne, a Clarissa starała się zatracić w tańcu, choć omal znów się nie rozpłakała, gdy Marianne delikatnie ścisnęła jej dłoń, mijając ją. Widziała matkę stojącą na skraju parkietu, patrzącą z dezaprobatą, i ojca również, a Diana i Will u jego boku byli prawdopodobnie jedynym, co powstrzymywało hrabiego przed zrobieniem sceny.

— Muszę ci coś powiedzieć — zaczęła, patrząc na Rafaela.

— Że twoi rodzice są zdeterminowani, by mnie od ciebie odsunąć? — Jego usta wykrzywiły się w ironicznym uśmiechu. — Mimo wszystko nie ustąpię.

Kochała go za to jeszcze bardziej. — A jeśli będzie to konieczne, zostawię wszystko i ucieknę z tobą — powiedziała cicho, tylko dla jego uszu. — Jedyną rzeczą, która powstrzymuje mnie przed zrobieniem tego dziś wieczorem, jest myśl o moich młodszych siostrach i ich przyszłości. Nie zasługują na to, by zostać wplątane w skandal.

— Rozumiem. — Rafael poważnie skinął głową. — Poczekam, *meu amor*. Tak długo, jak będzie trzeba.

Jej serce pękało z dumy, gdy po raz drugi nazwał ją *swoją miłością*, a ona uczepiła się jego dłoni na cenne sekundy, na które pozwalała figura taneczna. — I nie poślubię nikogo innego, bez względu na to, co usłyszysz, proszę, uwierz w to. Ale nie to mam ci do powiedzenia, Rafaelu. Odkryłam, kim jest sabotażysta.

Jego morskie oczy błysnęły niebezpiecznie, gdy opowiadała mu o swoim odkryciu, nie zdradzając, że działania Daltona doprowadziły do sprzedania jej korsarzom, a jedynie, że Dalton przypadkowo zdradził się ze swoją winą w sprawie sabotażu.

— Próbował mnie zrujnować — mruknął Rafael, po czym wymamrotał kilka słów po portugalsku, których Clarissa nie rozpoznała, ale sądząc po rozbawionej minie Alexa, gdy ich mijał, były to prawdopodobnie przekleństwa.

— Jest tchórzem — powiedziała Clarissa. — Jestem prawie pewna, że uciekł z Londynu. Powiedziałam mu, że wyjawię ci prawdę. Wątpię, by którekolwiek z nas kiedykolwiek go jeszcze zobaczyło.

— Lepiej niech ma nadzieję, że tak się stanie — warknął groźnie Rafael.

— Mam nadzieję, że ta mina nie wróży niczego złego twojemu ojcu, Clariso — powiedziała lekko Marianne, gdy taniec zmusił ich do zmiany partnerów. Clarissa widziała po minie ciotki, że żartowała tylko w połowie.

— Rafael i ja zgadzamy się, że przeczekamy mojego ojca. Tak długo, jak będzie trzeba. — Wiedza, że Rafael jest gotów czekać, dała Clarissie zastrzyk pewności siebie. W końcu zmęczy ojca.

— Arthur zachowuje się absurdalnie. Najwyższy czas, żebym z nim pomówiła. — Szczęka Marianne zacisnęła się z determinacją. — Odwiedzę was jutro rano, Clariso.

Clarissa nie mogła sobie wyobrazić, co jej ciotka mogłaby powiedzieć, by zmienić zdanie ojca. Musiała po prostu cieszyć się tymi kilkoma skradzionymi chwilami z Rafaelem, ponieważ taniec dobiegał końca, a widziała zbliżającego się ojca z twarzą niczym chmura gradowa.

— Nie mogę pozwolić, by zrujnował bal Diany — powiedziała Rafaelowi i zobaczyła zrozumienie na jego twarzy.

— Zrób, co musisz — odparł Rafael, a ona zapragnęła rzucić mu się w ramiona i pocałować go. Zamiast tego, po zakończeniu tańca, wykonała nienaganny dyg, po czym szybkim krokiem oddaliła się i uczepiła ramienia ojca.

— Proszę, nie zawstydzaj Diany — powiedziała szybko, zanim hrabia zdążył cokolwiek powiedzieć.

Jej ojciec wziął głęboki oddech, a plamy na jego policzkach zbladły. — Nie opuścisz już dziś mojego boku — powiedział tylko.

Clarissa skłoniła głowę w geście skruchy, ale gdy ojciec ją odprowadzał, zerknęła ukradkiem na Rafaela. Patrzył na nią, uśmiechając się, gdy ich spojrzenia się spotkały, a ciepło tego uśmiechu towarzyszyło jej przez resztę wieczoru.

ROZDZIAŁ DWUDZIESTY DRUGI

Następnego ranka Clarissa przebywała z matką w salonie, kiedy przybyła Marianne. Lokaj ją wprowadził, lecz Marianne ograniczyła się do najkrótszych ukłonów, po czym oświadczyła, że przybyła z wizytą do hrabiego, i pomaszerowała do jego gabinetu.

— No, no — mruknęła hrabina. — Marianne jest dziś najwyraźniej nie w sosie. Czy to ma coś wspólnego z tobą, moja droga?

— Doprawdy nie mam pojęcia, co masz na myśli, mamo. — Clarissa udała niewiniątko, choć w duchu umierała z ciekawości, co jej ciotka mówi ojcu.

— Daruj sobie. — Gospodyni weszła do pokoju z pełnym szacunku dygnięciem. — Jest mały problem w kuchni, czy mogłaby pani poświęcić kilka chwil?

— Doskonale! — Hrabina westchnęła i wstała, a Clarissa została sama. Nie tracąc czasu, wymknęła się do holu i pospieszyła do drzwi gabinetu, kucając, by nasłuchiwać przez dziurkę od klucza.

— ...jesteś skrajnie nierozsądny, Arthurze — mówiła Marianne urywanym tonem, który zdradzał jej zniecierpliwienie. — Dziewczyna jest w nim ewidentnie zakochana. Zakazując tego małżeństwa, tylko szybciej wepchniesz ją w jego ramiona. Czy tego właśnie chcesz?

Clarissa wstrzymała oddech, a jej serce waliło jak młotem, gdy czekała na odpowiedź ojca.

Po pełnej napięcia pauzie hrabia ciężko westchnął. — Nie, oczywiście, że nie. Ale do licha, Marianne, ten człowiek to cudzoziemiec. I na dodatek bez grosza przy duszy. Jak mogę poprzeć taki związek? Clarissa zasługuje na kogoś lepszego.

— Jesteś całkiem zdolny do zmiany zdania, gdy uświadomi ci się błąd w twoim rozumowaniu, Arthurze — naciskała bezlitośnie Marianne. — To jedna z twoich lepszych cech, choć niechętnie to przyznaję.

Clarissa niemal słyszała najeżone oburzenie ojca po drugiej stronie drzwi. Wyobraziła sobie, jak prostuje się na całą wysokość, a jego twarz czerwienieje z wściekłości na samą myśl, że on, hrabia Creighton, mógłby się w czymkolwiek mylić.

— Błąd w moim rozumowaniu? — zagrzmiał. — Próbuję tylko zrobić to, co dla niej najlepsze. Na litość boską, to moja córka. Mam obowiązek zapewnić jej dobre zamążpójście.

— I nie sądzisz, że z kapitanem de Silvą byłaby dobrze zaopatrzona? — zapytała Marianne, a jej ton nieco złagodniał. — Mężczyzna, który ją uwielbia, który udowodnił, że jest honorowy i pracowity? Mężczyzna, któremu, ośmielę się dodać, zawdzięcza życie? Nie byłoby jej tu bez jego interwencji u korsarzy, Arthurze, a tego faktu musisz być świadomy.

— On jest katolikiem! — zaprotestował hrabia, ale Clarissa zastanawiała się, czy nie zaczynał mięknąć, gdyż jego głos był zauważalnie cichszy.

Marianne prychnęła. — A co cię to obchodzi? Kup specjalne zezwolenie i niech wezmą ślub w Creighton House. Lavinia z pewnością przeżyje rozczarowanie, że nie będzie mogła zobaczyć ślubu córki w kościele Świętego Jerzego na Hanover Square.

Nastąpiła długa, wymowna cisza. Clarissa wstrzymała oddech, ledwie śmiejąc mieć nadzieję.

Wreszcie, tak cichym głosem, że musiała się wysilić, by go usłyszeć, ojciec zapytał żałośnie: — Naprawdę uważasz, że powinienem na to pozwolić, Marianne? Że powinienem dać błogosławieństwo Clarissie na małżeństwo tak dalece poniżej jej stanu?

Serce Clarissy podskoczyło jej do gardła. Wszystko zależało od odpowiedzi Marianne.

— Uważam — powiedziała powoli i ostrożnie Marianne — że powinieneś zaufać osądowi swojej córki. I własnym oczom. Każdy widzi, że Clarissa i Rafael są w sobie głęboko zakochani. Z pewnością to się liczy, prawda?

Hrabia prychnął zniecierpliwiony. — Miłość! Co dobrego z miłości, gdy mężczyzna nie ma grosza przy duszy? Widziałaś ten jego rozpadający się zamek!

Głos Marianne się zaostrzył. — Arthurze, otwórz oczy i chociaż raz w życiu naprawdę *spójrz* na swoją córkę. Czy widziałeś, jak Clarissa promienieje, gdy Rafael jest blisko? Jak szybko wybucha śmiechem, jak chętnie dzieli się z nim swoimi myślami i opiniami?

Dał się słyszeć szelest jedwabnych spódnic, a potem szczęk otwieranych drzwi gabinetu. Clarissa pospiesznie zerwała się na nogi i cofnęła o kilka kroków.

— Po prostu pomyśl o tym, co powiedziałam — nalegała Marianne, po czym wyszła do holu, przystając tylko na chwilę, gdy zobaczyła tam Clarissę, a następnie minęła ją z uśmiechem i ruszyła w stronę frontowych drzwi.

Clarissa ledwo zdążyła się odwrócić i udawać, że jest pochłonięta obrazem na przeciwległej ścianie, gdy rozległ się głos jej ojca.

— Clarissa, proszę, wejdź tutaj.

Skrzywiła się, czując się jak niegrzeczne dziecko przyłapane z ręką w słoiku z ciasteczkami. Przybierając niewinny wyraz twarzy, wślizgnęła się do gabinetu. — Tak, papo?

Jej ojciec siedział za swoim masywnym dębowym biurkiem, splatając palce pod brodą, gdy przyglądał jej się zmrużonymi oczami. — Siadaj — rozkazał, wskazując na jedno z krzeseł ustawionych naprzeciwko niego.

Clarissa przysiadła na krawędzi krzesła, z kręgosłupem prostym jak struna i dłońmi złożonymi grzecznie na kolanach. Wewnątrz żołądek ściskał jej się z nerwów. Spojrzała mu w oczy, zdeterminowana, by nie odwrócić wzroku jako pierwsza. Cisza między nimi się przedłużała, ciężka od niewypowiedzianego napięcia.

Clarissa wzięła głęboki oddech, zbierając odwagę. — Papo, czy mogę o coś zapytać?

Jej ojciec zmarszczył czoło, ale skinął głową. — Mów dalej.

— Dlaczego tak bardzo zależy ci na tym, żebym dobrze wyszła za mąż? — Słowa wyrwały się jej w pośpiechu. — Jesteś teraz hrabią. Nikt nie może ci odebrać tego tytułu. Masz pieniądze i pozycję. Kiedy wreszcie będziesz miał dość?

Oczy hrabiego rozszerzyły się na jej szczere pytanie. Oparł się w fotelu, przyglądając jej się, jakby po raz pierwszy widział ją wyraźnie. — Chcę dla ciebie tego, co najlepsze, Clarissso. Bezpiecznej przyszłości. Szanowanej pozycji w społeczeństwie.

— Ale z Rafaelem miałabym to wszystko! — Jej głos uniósł się z pasją. — Może teraz nie jest bogaty, ale ma szlachecką krew i wspaniałą karierę w marynarce. Kochamy się, papo. Czy to nie jest najważniejsze?

Szczęka jej ojca zacisnęła się. — A co z twoim posagiem? Co, jeśli zdecyduję się go wstrzymać?

Clarissa uniosła podbródek, patrząc mu prosto w wyzywające oczy. — Więc niech tak będzie. Nigdy nie liczyłam na to, że go otrzymam. — Pomyślała o Rafaelu, o zniszczonym, ale uroczym zamku, który był jego dziedzictwem. — Rafael i ja jesteśmy w pełni gotowi włożyć pracę w odrestaurowanie jego posiadłości. Nie potrzebujemy fortuny, żeby być szczęśliwi.

Hrabia zabębnił palcami o biurko, a na jego twarzy malował się konflikt. Serce Clarissy waliło, gdy cisza się przedłużała.

W końcu hrabia westchnął głęboko, a jego ramiona opadły. — Naprawdę go kochasz, prawda?

— Z całego serca — odparła Clarissa bez wahania, a jej głos dźwięczał przekonaniem.

Spojrzenie jej ojca złagodniało, a w jego oczach pojawił się błysk zrozumienia. — Chyba byłem zbyt skupiony na pozorach statusu i bogactwa. Ale widząc cię teraz, tak zdecydowaną, tak... — Machnął ręką, szukając odpowiedniego słowa. — ...ożywioną celem, zdaję sobie sprawę, że być może mierzyłem sukces niewłaściwą miarą.

Clarissa wstrzymała oddech, ledwie śmiejąc mieć nadzieję. Czy naprawdę zmieniał zdanie?

Hrabia wstał z fotela i podszedł do niej, kładąc dłonie на jej ramionach. — Jeśli kapitan de Silva jest człowiekiem, który wnosi tyle radości i determinacji w twoje oczy, to kimże ja jestem, by stawać na drodze? — Gorzki uśmiech pojawił się na jego ustach. — Podejrzewam, że znalazłabyś sposób, by go poślubić z moim błogosławieństwem lub bez niego.

Łzy ulgi i szczęścia napłynęły Clarissie do oczu. — Och, papo! — Rzuciła mu się na szyję, mocno go przytulając. — Dziękuję. Dziękuję za zrozumienie.

Odwzajemnił jej uścisk, czule poklepując po plecach. — I dostaniesz swój posag, moja droga. Użyj go, by zbudować życie, o jakim marzysz, ze swoim kapitanem.

Clarissa roześmiała się, a jej śmiech był dźwiękiem czystej, niepohamowanej radości. Cofnęła się, ocierając wilgotne policzki. — Nie mogę się doczekać, żeby powiedzieć o tym Rafaelowi. Będzie zachwycony!

— W takim razie idź do niego — nalegał jej ojciec, a kąciki jego oczu zmarszczyły się. — I zaproś go dziś na obiad. Uważam, że najwyższy czas, abym porządnie poznał mojego przyszłego zięcia.

— Arthurze! — Piskliwy głos od drzwi sprawił, że oboje się odwrócili. — Chyba nie zamierzasz poważnie godzić się na tę... tę *kpinę*!

— Usiądź, Lavinio. — Hrabia poklepał Clarissę po ramieniu, delikatnie popychając ją w stronę drzwi. — Idź napisać list do ciotki, powiedz jej i Glenkellie, żeby przyszli na obiad i przyprowadzili ze sobą dobrego kapitana — powiedział cicho. — Zostaw matkę mnie.

Gdy Clarissa z wdzięcznością uciekła z gabinetu, usłyszała, jak jej ojciec mówi stanowczo: — Lavinio, moja droga, jedna z naszych córek mogła poślubić księcia, ale nierozsądnie jest oczekiwać, że wszystkie odniosą taki sukces...

Okazało się, że Marianne wcale nie opuściła domu; być może widziała, jak Clarissa wchodzi do gabinetu, i postanowiła poczekać w salonie, aby poznać wynik. Jedno spojrzenie na zarumienione policzki i radosny uśmiech Clarissy, a Marianne podeszła, by ją objąć.

— Och, moja droga dziewczyno! Ustąpił?

— Tak. Bardzo ci dziękuję, że z nim porozmawiałaś. — Clarissa mocno przytuliła ciotkę.

— Ech. — Marianne wzruszyła ramionami, nie przyjmując podziękowań. — W końcu by zrozumiał, ale cieszę się, jeśli mogłam choć trochę przyspieszyć twoje szczęście.

— Ogromnie, najdroższa ciociu! Gdybyś nie zaprosiła Diany i mnie na swoją podróż poślubną do Włoch, nigdy bym nie poznała Rafaela!

— Chyba to prawda — powiedziała Marianne, wyglądając na nieco zaskoczoną. — I śmiem twierdzić, że Diana też nie poślubiłaby Balforda. Zrobiłam dokładnie to, co sugerowałam twojej matce — znalazłam wam obu idealnych mężów, chociaż nigdy nie miałam takiego zamiaru. Chciałam tylko dać wam możliwość zobaczenia trochę więcej świata.

— Możliwość, za którą będę na zawsze wdzięczna. — Clarissa ponownie ją objęła. — Ty — i oczywiście wujek Alex — zawsze będziecie honorowymi gośćmi w Torre da Rochedo.

— Z wielką przyjemnością zobaczę, jak winnice rozkwitają dla swojej nowej pani. A teraz napisz liścik dla mnie, abym

mogła dostarczyć go Rafaelowi z twoimi dobrymi wiado-
mościami.

Słońce wpadające przez okna wielkiej sali balowej
Creighton House rzucało jasne, złote światło na kościaną
suknię Clarissy, gdy stała u wejścia, a jej serce trzepotało
jak ptak w klatce. Wzięła głęboki oddech, wdychając zapach lilii i róż, których ogromne kompozycje zdobiły każdą
powierzchnię, i mocniej chwyciła ramię ojca.

— Gotowa, moja droga? — zapytał szorstko hrabia
Creighton, a jego zwykła stoicka postawa zdradzała lekkie
drżenie głosu.

Clarissa skinęła głową, niezdolna wydusić słowa, gdy
kwartet smyczkowy zaczął grać. Gdy zrobili pierwsze kroki
wzdłuż nawy między rzędami siedzących gości, dostrzegła
Rafaela na przodzie sali z wikarym, który miał udzielić im
ślubu, a jego morskozielone oczy utkwione były w niej z
taką intensywnością, że ugięły się pod nią kolana. W swoim
mundurze marynarskim prezentował się zjawiskowo na tle
białych kwiatów i złotych kandelabrów.

— Nigdy nie sądziłem, że dożyję tego dnia — mruknął jej
ojciec, gdy szli. — Moja mała diablica, dorosła i wychodzą-
ca za mąż za portugalskiego kapitana.

Clarissa nie mogła się powstrzymać od chichotu. — Czy kiedykolwiek wyobrażałeś sobie, papo, że zadowolę się czymś mniej ryzykownym?

Hrabia chrząknął, ale Clarissa poczuła, jak jego ramię zaciska się wokół jej ramienia. Gdy dotarli na przód sali, odwrócił się do niej, a jego oczy podejrzanie błyszczały. — Clarissso, moja dziewczyno — powiedział, a jego głos był szorstki od emocji — kocham cię. I bez względu na to, dokąd zaprowadzą cię twoje przygody, zawsze będziesz miała tu dom.

Łzy zakłuły Clarissę w oczy, gdy objęła ojca. — Dziękuję, papo — wyszeptała.

Gdy ojciec złożył jej dłoń w dłoni Rafaela, Clarissa poczuła dreszcz podniecenia. Spojrzała na swojego przyszłego męża, podziwiając, jak los ich połączył.

— Wyglądasz promiennie, *meu amor* — mruknął Rafael, a jego akcent wywołał dreszcze na jej plecach.

Clarissa uśmiechnęła się psotnie. — A ty, mój kapitanie, wyglądasz absolutnie zjawiskowo.

Wikary odchrząknął. — Drodzy moi — zaczął — zebraliśmy się tu dzisiaj...

Gdy ceremonia się rozpoczęła, myśli Clarissy powędrowały do życia, które czekało ich w Portugalii. Wyzwania związane z odrestaurowaniem rodzinnej posiadłości Rafaela wydawały się teraz mniej zniechęcające, z obietnicą, że stawią im czoła razem. A gdy wymieniali przysięgi, Clarissa wiedziała, że bez względu na to, co przyniesie przyszłość, ich miłość będzie kompasem, który poprowadzi ich do domu.

Gdy nowożeńcy odwrócili się do gości, Clarissa dostrzegła matkę ocierającą oczy koronkową chusteczką. Ramiona Lady Creighton drżały od cichego płaczu, a jej twarz była mieszanką radości i smutku.

— Och, mamo — szepnęła Clarissa, a serce jej się ścisnęło. Nie spodziewała się, że jej matka będzie aż tak emocjonalna.

Zanim zdążyła ją pocieszyć, Diana podeszła do boku ich matki, a jej twarz promieniała tajemniczą radością. Clarissa patrzyła, jak siostra nachyla się blisko, szepcząc coś, co sprawiło, że oczy Lady Creighton rozszerzyły się ze zdziwienia.

— Jak myślisz, co jej mówi Diana? — mruknął Rafael, a jego dłoń spoczęła ciepło na dole jej pleców.

Clarissa potrząsnęła głową, zdziwiona. — Nie jestem pewna, ale cokolwiek to jest, wydaje się, że zdziałało cuda.

Rzeczywiście, łzy Lady Creighton ustały, zastąpione promiennym uśmiechem, gdy mocno objęła Dianę. Clarissa napotkała wzrok siostry, unosząc brew w niemym pytaniu. Diana tylko mrugnęła, dyskretnie poklepując się po brzuchu.

— Och! — Clarissa sapnęła, gdy dotarła do niej prawda. — Zdaje się, że niedługo zostaniemy ciotką i wujem, mój drogi mężu.

Rafael zaśmiał się. — Wygląda na to, że ród Balfordów jest zabezpieczony. Will musi być przeszczęśliwy.

Jakby przywołany ich słowami, książę Balford pojawił się u boku Diany, z piersią wypiętą z dumy. Clarissa nie mogła się powstrzymać od chichotu na ten widok.

— Nigdy nie sądziłam, że doczekam dnia, w którym moja siostra przyćmi mnie na moim własnym ślubie — zażartowała, a jej oczy błyszczały wesoło.

Rafael pocałował ją w policzek. — Niemożliwe, *meu amor*. Ty przyćmiewasz nawet słońce.

Ich czułą chwilę przerwał znajomy śmiech. Clarissa odwróciła się i zobaczyła zbliżającą się Marianne, której żywe rude włosy stanowiły ostry kontrast z jej elegancką suknią.

— Gratulacje, kochani — powiedziała ciepło Marianne, obejmując Clarissę. — Mam nadzieję, że wybaczycie mi, że nie byłam druhną. Bliźniaki dały mi porządnie w kość.

Clarissa ścisnęła dłoń przyjaciółki. — Oczywiście, kochanie. Jesteśmy zaszczyceni, że w ogóle mogłaś przybyć.

Wzrok Clarissy przebiegł po sali, ogarniając radosne twarze rodziny i przyjaciół. Jednakże w sercu poczuła ukłucie smutku. Odwróciła się do Rafaela, a jej głos był cichy i zabarwiony żalem.

— Och, Rafaelu, tak bardzo żałuję, że twoja matka i Isabella nie mogą być tu z nami, by dzielić tę chwilę.

Oczy Rafaela złagodniały, gdy spojrzał na swoją żonę. Delikatnie ujął jej twarz w dłonie, a jego szorstki kciuk musnął jej policzek. — Moja droga Clarissso, niech cię to nie martwi. Kiedy wrócimy do domu, urządzimy wielkie przyjęcie. Takie, przy którym nawet najbardziej ekstrawaganckie portugalskie wesele zblednie.

Clarissa wtuliła się w jego dotyk, a jej usta wygięły się w lekki uśmiech. — Obiecujesz?

— Na mój honor de Silvy — obiecał Rafael, a jego głos był pełen szczerości. — Isabella będzie wprost wniebowzięta. Męczyła mnie o planowanie *festy*, odkąd napisałem jej o naszych zaręczynach.

Clarissa zaśmiała się, wyobrażając sobie energiczną siostrę Rafaela krzątającą się przy dekoracjach i liście gości. — Mogę to sobie tylko wyobrazić. A twoja matka? Czy zaaprobuje, że jej syn poślubia zuchwałą angielską dziewczynę?

Śmiech Rafaela był ciepły i uspokajający. — Moja matka już cię uwielbia, *meu amor*. Od lat modliła się, żebym znalazł kobietę wystarczająco silną, by dorównać mojej upartej naturze. Ona i Isabella niemal wypchnęły mnie z Torre da Rochedo, żebym popłynął do Anglii i zabrał cię do domu!

— Cóż — powiedziała Clarissa, a jej oczy błysnęły psotnie — chyba będę musiała zrobić wszystko, co w mojej mocy, by sprostać jej oczekiwaniom.

Cztery tygodnie później

Clarissa stała za sterem Santa Dorotéi, jej ręce ściskały polerowane drewniane szprychy, a Rafael stanowił stałe oparcie za jej plecami, gdy prowadziła statek przez fale Atlantyku. Słona morska bryza targała jej włosy, a na ustach czuła posmak soli.

— Powinniśmy omówić nasze plany, gdy wrócimy do domu — mruknął jej do ucha Rafael. — Winnica sama się nie odnowi, a Mario będzie chciał jak najszybciej zabrać Isabellę do swojego domu we Włoszech, więc stracimy jego doświadczenie.

Clarissa skinęła głową, a jej umysł już pracował na pełnych obrotach. — Myślałam o tym. Co, jeśli my...

Głos Clarissy urwał się, gdy Santa Dorotéa nagle zakołysała się. Zachwiała się, ale silne ramiona Rafaela złapały ją, przytrzymując przy jego piersi.

— Co, jeśli my, co, *meu amor*? — ponaglił Rafael, obsypując jej policzek ciepłymi pocałunkami.

Clarissa zebrała myśli, opierając się o niego, by móc spojrzeć mu w twarz. — Co, jeśli zdywersyfikowalibyśmy uprawy? Czytałam o nowych technikach rolniczych. Może moglibyśmy wprowadzić jakieś inne rośliny obok winogron?

Brwi Rafaela uniosły się, a na jego twarzy malowała się mieszanka zaskoczenia i podziwu. — Jestem pod wrażeniem. Z pewnością dobrze wykorzystujesz swój bystry umysł.

— Cóż — odparła z uśmiechem — nie mogłam pozwolić, żebyś miał całą frajdę z planowania naszej przyszłości, prawda?

Krzyk z bocianiego gniazda sprawił, że oboje spojrzeli przed siebie, a już po kilku minutach na horyzoncie zaczął wyłaniać się brzeg Portugalii. Clarissa poczuła motyle w żołądku. To było to — początek ich nowego wspólnego życia.

— Jak tu pięknie — wyszeptała, chłonąc widok skąpanych w słońcu klifów i lśniącego morza.

Ramię Rafaela zacisnęło się wokół jej talii. — Witaj w moim domu, moja miłości.

Clarissa odwróciła się do niego, z sercem pełnym uczuć. — W naszym domu — poprawiła go cicho.

Gdy ich usta spotkały się w czułym pocałunku, Clarissa wiedziała, że bez względu na to, jakie wyzwania ich czekają, stawią im czoła razem. Z Rafaelem u boku była gotowa na każdą przygodę, jaką przyniesie życie.

Koniec

Mam nadzieję, że podobała ci się seria *Rumieniące się panny*! Wypatruj mojej nowej serii *Panny z Belle Haven*!

INNE KSIĄŻKI AUTORKI CATHERINE BILSON

Rumieniące się panny

Hrabia dla Ellen

Markiz dla Marianne

Książę dla Diany

Kapitan dla Clarissy

Panny z Belle Haven

Narzeczona z Belle Haven

Panna Molly i uparty major

Panna Clara i markiz

Pomyłka panny Anny

Panna Eliza przejmuje ster

Kłopoty z panną Charlotte

Zakochana panna Laura

Wścibska panna Louise

St. George i Potwór z Rzeki (tylko dla subskrybentów newslettera)

Poznaj wszystkie publikacje Shenanigans Press, odwiedzając naszą stronę internetową, https://www.shenaniganspress.com/pl!

Możesz też obserwować nas w mediach społecznościowych – jesteśmy na Facebooku i Instagramie (@ShenanigansPressPolska)

I nie zapomnij zapisać się do naszego newslettera, aby otrzymywać informacje o nowościach, promocjach, konkursach i wiele więcej!